서정과 서사의 미로

푸른사상
평론선

13

The labyrinth of lyric and narrative

서정과 서사의 미로

지주현

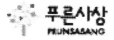 푸른사상
PRUNSASANG

어제도 오늘도 내일도 거친 파도 위를 노 젓는 뱃사공처럼 쉼없이 발가락을 움직이는 수면 아래 물오리처럼 녹록지 않은 삶의 길을 걸어갑니다. 그 무엇도 확실한 지표가 되지 못하고 어떤 이데올로기나 신념도 그 확고한 정당성을 상실한 바쁜 현대인들은 하루하루 쫓기듯이 일상을 지탱하고 있습니다. 고착화된 관료제와 매스미디어의 영향 등으로 획일화의 일로에 있는 현대인들의 삶은 등대의 빛줄기를 찾아 방황하는 모습들을 보여줍니다. 이 저서는 이러한 세태 속에서 미로와 같이 복잡다단한 현대인들의 삶을 인도할 한 장의 작은 지도를 찾는 마음에서 기획되었습니다. 전통적 서정과 서사적인 이야기, 현실에서 일탈한 초현실주의적 테마, 생태 및 치유에 이르기까지의 비평적 담론은 하나의 궤적으로 연결시켜 보았습니다.

2008년 말 처음으로 평론 원고를 집필하기 시작한 이후로 어느새 5년 이상의 세월이 흘렀습니다. 이 원고들의 대부분은 『시와 사람』, 『시와시』, 『현대시』 등의 문학잡지들에 게재된 것입니다. 또한 이 원고들은 주로 활발하게 활동 중인 시인들의 시세계에 대하여 평하고 있으며 시의성 있는 이슈들과 결부되어 있습니다.

각 부분들은 테마에 따라 4개의 장으로 나뉘어서 구성되었습니다. 하나는 "전통적 서정의 아름다움"을 주제로 한 장으로서 우리나라의 전통 정서와 보편적 성정이 잘 표현된 글들을 담았습니다.

두 번째로는 "리얼리즘, 현실적 체험, 서술성의 시화"와 관련된 내용들을 묶어 보았습니다. 이 대목은 현실에서의 핍진한 체험과 구체적인 경험들, 그리고 시의 서술성에 관련된 내용들을 한데 담았습니다.

세 번째로는 "초현실주의와 포스트모더니즘, 감각적 새로움"을 내용의 주된 테마로 하였습니다. 초현실주의적 시풍, 현실에서 동떨어진 텍스트의 상상력과 감각의 새로움 등이 잘 드러난 글들을 조명하고 있습니다.

네 번째로는 "치유와 회복, 생태주의"에 관한 내용들을 그 대상으로 하였습니다. 여기서는 복잡다단한 현대 사회 속에서 쉽지 않은 삶을 살아가면서, 현대인들이 느끼는 상처를 치유하고 회복시키는 문제 및 관련된 내용들을 드러내고자 하였습니다.

관심 있는 몇 개의 테마들을 축으로 하여 시텍스트들을 평한 첫 평론집을 정성껏 묶어봅니다. 이 책이 이렇게 출간되기까지 장일구 선생님을 비롯한 전남대 국문과 선생님들과 이외에 도움을 주시고 아껴주신 많은 분들, 수고해주신 푸른사상사 여러분들께 진심으로 머리 숙여 감사드립니다.

2014년 3월
지주현

제1부
전통적 서정의 아름다움

현실을 승화시키는 통찰과 열정

― 강경호, 강만 시세계

강경호 시인의 네 번째 시집 『휘파람을 부는 개』는 기억의 의미에 대하여 새삼 생각해보게 한다. 이 시집에 나타난 기억은 대체로 두 가지 실루엣을 띈다. 하나가 과거의 긍정적인 기억이 밝은 색채로 현재 안에 융합된 양상이라면, 다른 하나는 과거의 아픈 기억이 그대로 이어져 현재를 구속하는 형상이다. 전자는 의지의 도움을 받아 현재를 좀 더 알차고 풍요롭게 하기 위하여 선택된 것들이다. 이 경우 화자는 과거를 현재의 생산적인 자양분으로 사용한다. 눈 속의 앙상한 겨울 나무가 힘든 상황 속에서도 흔들림 없이 "오롯한 정신 하나로" 서 있을 수 있는 것은 다시 예전의 "붉거나 노란 기억들을 피워올리기 위해"(「눈 속에서」) 부지런히 준비해야 함을 잘 알기 때문이다.

한편 과거의 상처가 무차별적으로 현재에 스며들 때 이와 관련된 기억은 현재 속에 어두운 그늘을 드리우는 요소가 된다. 상처는 불가항력적인 상황이나 환경에 의해 만들어지는가 하면 타인과의 사소한 불협화음에서 비롯하는 경우도 적지 않다. 시편 「용서」에서 평생 원망과 증오의 대상이던 '그'가 죽은 이후, 화자는 그에게 조문을 가서야 가까스로 "용서하는 나를 생각하니 눈물이 나고 슬펐다"고 말한다. 대상의 죽음에 접해서야 겨우 긴긴 세월 동안 묵혀온 질긴 기억 하나를 털어낸 자조감의 표현이다.

그런데 시집 안에서 어두운 기억의 정점에는 공통적으로 '죽음'이 자리하고 있다. 이때 주체를 붙잡고 괴롭히는 끈질긴 상처란 애틋했거나 혹은 연민을 불러일으키던 타자의 죽음들과 관련되며, 주체는 죽음으로부터의 상처로 인하여 고뇌한다.

> 히말라야 눈 속엔
> 수백 명이 묻혀 있다는데
> 눈보라 치는 8천미터 고도에
> 마르코스의 시신도 묻혀있다.
> 헬기도 접근 못하는 그 산에
> 삼일 째 크레바스 아가리 위를 오가며
> 동상에 걸린 형이 아우의 시신을 찾는다.
> 빙벽 끝에 묻힌 아우를
> 기적적으로 1년 만에 찾았는데
> 꽁꽁 언 아우의 몸 묶은 줄 제 몸에 묶고
> 거대한 히말라야를 묶은 채
> 눈 내리는 어둠 속의 히말라야를 내려온다.
> 숨은 턱턱 막히고, 정신은 흐려지는데

얼음 속에 묻힌 수많은 정신을 끌고

해 뜨는 아침에서야

온 산을 녹이고

마침내 캠프에 도착하였다.

　　　　　　　　　　　　　　　　　—「견고한 정신」 전문

　위 시는 가까운 존재의 죽음이 한 인간에게 얼마나 큰 충격으로 다가오는지 잘 보여준다. 「견고한 정신」에서 동생의 죽음은 형의 삶을 그 이전과 이후로 갈라놓았으며, 반전을 맞은 형의 인생은 어떻게든 동생의 시신이라도 찾으려는 여망에 의해 지탱된다. 위 시에서 형은 동생의 돌연사라는 상처 앞에서 이를 회피하려고도, 이로부터 무심해지려고도 하지 않는다. 동생의 시신을 수습하려는 행위는 상처에 대한 적극적인 극복의 의지 및 자신의 상처로부터 자유로워지려는 영혼의 몸부림을 보여준다. 결국 그는 히말라야를 뒤진 끝에 "기적적으로 1년 만에" 아우를 찾는다. "동상에 걸린" 채로 아우의 몸을 제 몸에 묶고 히말라야를 내려오면서 그의 상처와 짐은 심신의 고통에 비례하여 작아지고 있다.

　트라우마라 할 수 있을 불가항력적인 상처는 벼랑의 끝에 선 주체가 자신을 희생하여 기꺼이 죽음까지 각오함으로써 해결의 실마리를 얻는다. "숨은 턱턱 막히고, 정신은 흐려지는데" 오직 "견고한 정신" 하나로 문제에 직면하는 태도에서 고통으로 인해 무너지기보다 오히려 고통을 통해 성장해가는 인간만의 고매함을 엿보게 된다.

　시집 전체의 화두이기도 한 충격으로서의 죽음은 "생의 절벽 아래로 제 목숨을" 내던지는 "새 한 마리"(「능소화」)의 이미지로 변용되기도 하고, "그 봄날 이후, 내가 씨 뿌린 것들은 어느 것 하나 싹을 틔우지 않았다"(「석류나무·1」)라는 절망적 고백과 함께 아우의 죽음이 붉은 석류나무로 형상화되기도 한다.

　삶의 가혹함을 의미하던 죽음이란 기표는 그러나 좀 더 넓은 시각에서 바라볼 때 자연계를 지탱하는 최대 본질이다. 따지고 보면 인류의 역사 가운데 태어남과 죽음이 멈추었던 적은 없었을 뿐 아니라, 선조의 죽음이 있어 후손의 삶이 이어진다는 점에서 죽음은 이미 삶을 잉태한 씨앗이기도 하다. 이와 같은 인식으로 말미암아 화자는 "강줄기 같은 영원의 고리"인 죽음과 화해하고, 더 이상 "죽음을 슬퍼하지 않기로"(「생명의 고리」) 결심한다. 주관적으로 파멸의 상징이었던 죽음이 객관적으로는 삼라만상의 존재 원리임을 깨달으면서 화자에게 죽음은 서서히 기피의 대상으로부터 벗어나 우호적인 대상으로 화한다.

　　　산중엔 무덤이 없다.
　　　마을 가까운 곳에만 무덤이 있을 뿐
　　　부장품이 든 포식자의 무덤뿐
　　　산중엔 무덤이 없다.

　　　그러나, 산중은 온통 무덤이다.
　　　고라니는 풀의 무덤이고
　　　독수리는 멧토끼의 무덤이고
　　　바람은 독수리의 무덤이고
　　　풀은 마침내 물과 흙이 된 모든 것들의 무덤이지만
　　　계급과 부장품이 없는

가족 같은 무덤이 된다.

—「무덤」 부분

죽음이라는 상처에 천착한 화자가 고통의 끝에서 발견한 것은 자신을 괴롭히던 숙명으로서의 죽음이 결코 삶의 대타적 존재가 아니었다는 사실이다. 자연계의 모든 개체들은 예외없이 타자로부터 생명을 얻어 살아가며 삶의 과정에서 또 다른 생명을 잉태하고 양육한다. 그러다가 생명이 다하면 죽음을 맞고, 궁극적으로 땅 속에 묻혀 생태계를 유지하는 양분으로 기여한다. 이러한 측면을 인식한 화자에게 삶과 죽음은 더 이상 이원론적 잣대로 분리시킬 수 없는 공존의 한 쌍이 된다. 생(生)과 사(死)는 우주적 질서의 체계 안에서 사이좋게 서로를 어루만지는 커플인 것이다.

위 시에서 '통찰'의 눈으로 바라본 "산중"은 "온통 무덤"이다. 부분적으로 관찰할 때 그것이 포식자와 피식자 간의 치열한 생존 다툼의 결과라 할지라도 전체적으로는 자연계의 원만한 흐름을 보여주는 평화의 기표일 뿐이다. 먹이사슬을 잇고 있는 피의 매듭 역시 자연의 역사에 순응하고 봉사하는 법칙의 일부이다. 우주의 번영을 위하여 포식자를 무덤으로 할 수밖에 없는 피식자의 안타까운 희생 역시, 한편으로 누구나 피식자이면서 동시에 포식자로 존재한다는 점에선 동등하게 공평하다. 이러한 눈으로 멀리서 조망한 "산중"은 화자에게 단지 "가족 같은 무덤"을 이루고 있다.

삶과 죽음이 서로의 일부가 되어 그 경계가 사라지면서 죽은 자와 산 자의 관계에서뿐 아니라 자아와 타자 사이의 간극 역시 서서히 좁

혀진다. 그리고 구별이 희미해진 지점으로부터 비로소 나와 너, 우리의 한데 어우러짐이 싹트기 시작한다. 생명의 가장 큰 위험이었던 죽음을 생명의 부분으로 인식하고 껴안은 화자이기에 세상은 바야흐로 "내 것 네 것 구분하지 못한" 상태에서, "경계란 경계를 허물어" "온갖 것들이 섞어 자라는"(「어우러지다」) 공존의 장이 될 수 있다. 같은 맥락에서 "며칠씩 입어도 내 몸 같은", "거울 속의 나"(「오래된 친구」)의 모습을 친구 안에서 발견하는 일 또한 자연스럽다.

이 시세계의 화자는 가장 두려운 상처였던 죽음을 극복해냄으로써 내면의 평화와 성숙을 맘껏 구가한다. 뿌리 깊은 통찰의 힘을 빌어 죽음마저 준비 중인 생명의 일부로 인식하게 된 화자에게 또한 생의 도정에 놓인 모든 존재는 더욱 소중할 수밖에 없다.

자벌레는 땅을 측량하지 않는다
부동산투기를 하지 않는다
묵묵히 길을 간다

오체투지를 하다가
남들 안 보는 나무 그늘에서도
허투르게 그냥 걸어가지 않는다

부처를 향해 가지 않으며
천국을 꿈꾸지 않는다
연약한 그의 몸엔 사리 같은 건 없다
헐벗은 지구의 옷
초록색 실로

한 땀 한 땀 바느질 한다.

— 「자벌레」 전문

생명에 관하여 새롭게 인식하기 시작하면서 화자는 놓인 그 자리를 꿋꿋하게 지켜가는 동시에 스스로의 생명력을 키워나가는 존재들에 대한 경이의 시선을 보여준다. 내면을 단단하게 일구고 개간하여 내부로부터의 자유와 구원을 모색하려는 모든 존재는 아름답다.

그들은 삶의 기준을 다른 존재와의 비교에서 찾으려 하지 않으며 묵묵히 자기만의 길을 가되 지나치지도 부족하지도 않은 중도에 설 줄 안다. 한계를 초월하여 생명을 사랑하고 내면의 힘에 의해 고통을 승화시키는 견고함이야말로 이 시세계가 지향하는 이상적 존재가 지녀야 할 미덕이기도 하다.

이러한 존재의 이상향은 더디 갈지라도 쉬지 않고 매일 목적을 향해 조금씩 치솟아오르는 "나무"(「나무」)로 형상화되는가 하면, 난리 통에 총알받이로 고문당하면서도 흔들림 없이 노래 부르기를 멈추지 않는 수백 년 된 "당산나무"(「울지 않는 나무」)로 표상된다. 또한 "어깨 축 늘어지면서도", "사력을 다해" 포기하지 않고 자신의 생명을 키워나가는 "나팔꽃"(「나팔꽃」)의 이미지로 드러나기도 하며, 「태안선에서」에서는 탐진사기 안에 담긴 국화의 고결하고 당당한 '군자'의 모습으로 변용되고 있다.

강만 시인의 근작 시집 『유랑의 새』는 평범한 일상을 새로운 눈으로 바라보고 낯선 것으로 바꾸어놓는 시인만의 놀라운 안목을 가감없이 잘 보여주고 있다. 익숙한 주제들에 대하여 '낯설게 하기'의 마법을 거는 시적 장치의 이면에는 중심과 주변을 해체시키고 안과 밖의 경계를 지워버릴 수 있는 현대적 상상력이 자리한다.

> 연막소독차가
> 하늘의 뭉게구름을 골목에 내려놓았다
> 구름의 하얀 드레스 속으로 개구리 떼 모냥
> 아이들이 뛰어들었다 아이들은
> 구름 속에 무지개가 살고 있다는 것을 알고 있었다
> 무지개를 찾아 아이들은 구름의 계단을 마구 뛰어다녔다
> 뛰는 검은 발가락들이 보였다 안 보였다 했다
> 까르륵 소리가 포도알처럼 골목 안을 굴러다녔다
> 마침 배고픈 술참 때여서
> 아이들은 솜사탕을 먹듯 구름을 뜯어먹었다
> 뭉게구름이 내려와 낡은 건물들의 치마가 되는
> 축제날 골목 안은
> 순결한 천국이었다.
>
> — 「골목 안 축제」 전문

위 시는 이 시세계의 개성인 기발한 착상과 전도의 미학에 동화적인 상상력이 어우러진 작품이다. 위 시에서 풍요롭기보다는 곤궁하고 쾌적하기보다는 지저분할 것 같은 어느 골목을 거친 굉음과 역한 냄새를 몰고 소독차가 지나가고 있다. 그러나 화자는 최소한의 위생적 필요를 채우기 위해 벌어진 이 평범한 장면에서 삶을 고양시키는 표지들을 발견해내고, 거기에 아름다운 색깔의 옷을 입혀나간다. 즉 현실과 비현실의 경계가 무너지면서 아이들에게 연막소독차가 쏟아

내는 연기 다발은 구름이 되고, 무지개가 되고, 솜사탕이 되고, 마침내 순결한 천국으로 화하는 것이다.

기존의 익숙한 존재와 현상들에 대한 변형은 타성에 젖지 않으려는 시인만의 끊임없는 노력과 암중모색의 결과이다. 그 안에는 삶의 본질들을 해부하고 그 조각조각을 충분히 맛보고 음미한 이의 노련함이 깃들어 있다. 또한 고통과 낙(樂), 나아가 삶과 죽음 사이의 경계마저 힘들이지 않고 지워버리는 모습에서 현실의 고초를 웃음으로 승화시키는 긍정의 미덕을 발견케 한다.

> 하늘에서 죄를 지으면
> 지상으로 귀양 보내는 것이
> 그곳의 율법이다
>
> 죄질에 따라 유배지에서의 삶은
> 길거나 짧다
>
> 여름날 강둑에서
> 낙천주의자의 춤이나 즐기며 살다
> 하루 만에 귀양에서 풀려나 귀향하는
> 저 하루살이의 죄목은 무엇이었을까
>
> 중환자실 오래된 목숨들은
> 그것이 궁금하다.
>
> ― 「즐거운 귀향」 전문

삶의 시선으로부터 죽음을 바라보는 습관을 버리면 삶과 죽음의 자리 또한 전도된다. 따라서 무한한 우주의 그것을 기준으로 할 때, 이승에서의 유한한 삶의 형식은 오히려 일탈적이며 일시적이다. 이처럼 시세계 특유의 전복적인 시각은 위 작품에서도 잘 나타난다. 이 시각 안에서 존재의 삶은 "유배지"로의 "귀양"이며, 결국 본질적 자리로의 "즐거운 귀향"을 위한 것일 뿐이다. 잠시 있어야 할 곳을 벗어나 여행처럼 들른 이승에서의 삶은 따라서 자연스레 "낙천주의자의 춤"이 되는지도 모른다.

낙천주의자의 가벼운 듯한 미소는 그러나 결코 피상적인 가벼움이 아니다. 이러한 제스처는 오히려 고통에 대하여 더 큰 응전의 위력을 지닐 수 있다. 어떠한 위험과 고통조차도 '놀이'로 바꾸어버린 낙천주의자에게서는 불안에서 해방된 강인함이 엿보인다. 놀이하는 태도는 무엇인가에 맹목적으로 집중할 수 있는 가능성이라는 측면에서 헤아리기 어려울 정도의 인내심을 발휘하기도 한다. "순백의 정신"으로 무장하여 "결빙의 시간"을 견디는 겨울 나비의 "춤"(「겨울나비」)에서 그런 강한 절실함이 감지된다.

그런데 이토록 삶의 고단함까지도 '춤'이 될 수 있는 것은 외부의 세계를 향한 화자의 사랑과 열정 때문이다. 평온해보이기만 하는 춤의 동작들에서는 삶이 준 모순과 생채기마저도 능히 용해시켜버릴 만한 에너지가 느껴진다. 크고 작은 세계의 구성체에 대한 열린 마음과 강렬한 애정으로 말미암아 낙천주의자의 열정적인 춤은 지속될 수 있다.

너만 견디고 있는 것이 아니다
천년 세월 만권의 책을 지어 쌓는다 해도
다하지 못한 말은 있는 것이다

갈기 세우고 그리움 솟구칠 때마다
손가락 마디마디에 푸른 멍이 들도록
바위에 불립문자를 새기는
저 파도를 보아라
달빛 아래 뒤척이는 저
불면의 고통을 보아라
다시 천년의 세월이 흐르고
만권의 책을 이 바닷가에 더 쌓는다 해도
기어이는 차마 하지 못한 말
뼈 속에 남으리

사랑아, 우리는 모두
견디고 있는 것이다.

— 「채석강」 전문

위 시에 나타난 채석강의 위용은 그러나 하루 아침에 쉽사리 이루
어진 것이 아니다. 황홀하게 보이는 아름다움의 이면엔 하고픈 말을
속으로 삼키며 "불면의 고통 속에서", "불립문자"를 바위에 새겨온
파도의 시름이 존재한다. 이 시름은 또한 열망과 그리움 혹은 사랑의
다른 이름이다. "천년 세월 만권의 책"을 쌓아놓을 정도로 강렬한 사
랑이기에 그 사랑으로 인하여 고통은 견딜 만한 것이 되고 어제와 같
은 오늘 하루도 다시 한 번 애틋한 대상으로 다가온다.

세계에 대한 이 씩씩하고 열정적인 사랑은 작고 연약하며 힘없는 존재들에 대한 연민과 보호의 자세로도 나타난다. 벌레들의 다세대 주택이기 때문에 썩은 장작은 화자에게 그 무엇보다 소중한 대상이며(「희나리를 태우다」), '가난한 노숙자'들은 지상으로 내려온 '별'들의 다른 이름이(「별들의 합숙소」) 되고 있다.

한편 이와 같은 사랑과 그리움의 절정에는 모든 인간에게 그 삶의 시작인 어머니가 자리한다. 기실 이 시세계 전체에 넘쳐흐르는 세계와 피조물에 대한 충만한 애정은 모성적인 사랑을 그 근원으로 하고 있다 해도 과언이 아닐 것이다. 긍정적이면서 맹목적인 낙천주의자의 사랑은 자식에 대한 어머니의 그것을 닮아 있으며, 그렇기 때문에 또한 어머니에 대한 뜨거운 사모곡으로 이어진다.

> 어머니
> 젖으로 구 남매 자작나무 숲처럼 기르고
> 하늘로 오르신 후
>
> 비쩍 마른 초사흘달이 하루가 다르게
> 포동포동 살이 오르기 시작했다
>
> 달의 몸에서
> 어머니 젖내가 났다
>
> — 「젖내」 전문

지상에서 자식들을 포동포동 살찌우는 데 여념이 없던 어머니는 천상에 올라서도 그곳의 대상들을 기르느라 여념이 없다. 위 시에서

"초사흘달"이 하루하루 풍만해져 가는 것은 구 남매를 길러내고 난 다음에도 마르지 않은 어머니의 사랑 때문이다. 화자는 세상을 살아가게 하는 원동력이 사랑이라고 할 때, 그 사랑의 기원에는 반드시 다른 사랑들에 대한 수원지(水源池)가 되는 어머니의 사랑이 존재함을 말하고자 한다.

자식들을 향해 자신을 송두리째 바치는 이 한국적 모성은 "가을 산 찢겨져 밟히는 어머니"(「밤송이」)의 모습이 되기도 하고, "푸른 눈물"로 채워진 "빈병"(「바다」)의 이미지로 나타나기도 한다.

앞에서, 강경호 시인의 시세계가 고통으로 가득찬 현실에 대하여 깊이 있는 통찰을 통해 평정에 도달했다면 강만 시인의 시세계는 열린 태도와 디오니소스적 열정으로 갈등을 무화시키고 있다. 한쪽이 '그리하여 깨달은 자'의 '초연함'을 보여준다면 다른 쪽은 '그럼에도 불구하고 웃어버린 자'의 '여유'를 느끼게 한다고나 할까.

인간과 자연의 현대적 조화

— 이병기 시세계

1. 가람 이병기 시인의 작품들이 주는 인상은 매우 깨끗하고 담백하다. 이 작가의 시조들은 흐르는 듯한 곡선을 지닌 비취색 연적처럼 도도한 기품이 넘친다. 전체의 많은 부분을 차지하는 한국적 서경이 담긴 시편들은 하나하나가 독특하고 값진 수묵화를 만들고 있다. 가장 한국적인 정경들을 시의 주요 테마로 끌어옴으로써 독자들은 작품에서 모국의 자연과 풍광 및 민족적인 삶의 토대까지 음미하게 된다.

> 1) 맑은 시내 따라 그늘 짙은 소나무숲
> 높은 가지들은 비껴드는 볕을 받아
> 가는 잎 은비늘처럼 어지러이 반작인다
>
> 청(靑)기와 두어 장을 법당(法堂)에 이어 두고
> 앞뒤 비인 뜰엔 새도 날아 아니 오고

홈으로 나리는 물이 저나 저를 울린다

— 「계곡(溪谷)」 부분

2) 봄날 궁궐 안은 고요도 고요하다
　　어원(御苑) 넓은 언덕 버들은 푸르르고
　　소복한 궁인은 홀로 하염없이 거닐어라

　　썩은 고목 아래 전각(殿閣)은 비어 있고
　　파란 못물 우에 비오리 한 자웅(雌雄)이
　　온종일 서로 따르며 한가로이 떠돈다

— 「봄 · 2」 전문

위 1) 「계곡(溪谷)」은 팔도강산 어디에서나 쉽게 접할 수 있는 자연 풍경인 '계곡'을 대상으로 하여 진솔한 서경을 드러낸 시조이다. 아마도 위 작품의 광경은 한국인이라면 누구에게나 친숙하게 여겨질 것이다. 대체로 우리 국토 중 경치 좋은 곳이라면 빠질 수 없는 요소가 산과 계곡, 그리고 그 사이를 흐르는 갈래 갈래의 길이니까.

화자는 계곡 곁 아기자기한 등산로를 따라 걸으면서 산수화에 빠져서는 안될 대상들을 끌어안고 차례로 읊조린다. 세상 시름을 다 잊은 선비의 느긋한 시선 안에서 구름과 하늘, 산과 나무들, 계곡의 물과 폭포, 계곡 곁의 정다운 길, 찬란한 햇빛과 바위, 고즈넉한 법당 등 대상들의 형체가 구체적으로 모습을 드러낸다. 여섯 수로 구성된 작품 전체를 통해 전통적 시조의 한계로 지적되는 관념의 노골적인 토로나 교훈성의 표출에서 탈피하여 배경으로서의 서경이 아닌, 서경 자체를 위한 존재로서의 서경에 대한 묘사가 심도 있게 이루어짐을 본다. 한편, 2)의 시조는 마치 풍속화나 사극의 한 장면을 대하는 듯한 느낌을 준다. 위 작품에 등장한 "궁궐"은 어느 쇠락한 왕조의 그것인 양 이전의 영화는 오간 데 없이 오직 고요한 적막함으로 둘러싸여 있을 뿐이다. "소복한 궁인"과 "썩은 고목 아래 전각"은 봄을 알리는 푸르른 "버들"과 사뭇 대조를 이룬다. 또한 이 대비를 통해 흥망이 거듭되는 인간사와 시간이 흘러도 변함없는 자연 법칙 사이의 간극이 고스란히 드러나는 모습이다. 사람과 동물이 정답게 배색되어 어우러진 이 작품에서 감상자들은 가장 한국적인 공간의 서경이 간직한 정(靜)적인 고즈넉함과 여백의 운치를 맛볼 수 있다. 각 수의 종장에 놓인 어휘 '홀로 하염없이'나 '한가로이'에서는 우리 민족 특유의 다정다감함과 유유자적한 성정을 느끼게 한다.

2. 그런데 이 시조세계가 집중적으로 묘사한 서경은 위에서 본 작품들에서처럼 산수화나 풍속화의 분위기를 띠기도 하지만, 구체적 대상을 지시하는 정물화의 특성을 나타내기도 한다. 이때 화자는 화폭에 담은 대상에 대하여 남달리 강한 애정과 집착을 보이는 것으로 간주된다. 그리고 이 애정과 집착은 정서나 감정의 직접적인 표출로 드러나는 대신, 대상의 이면과 본질을 날카롭게 파헤치는 탐구심으로 화하고 있다. 탐구의 과정에서 주의 깊은 관찰자의 시선으로부터 하나의 대상이 포함하는 여러 특질들 가운데서도 가장 대표적인 개성이 검출되고 있음을 본다.

1) 본래 그 마음은 깨끗함을 즐겨하여
   정한 모래 틈에 뿌리를 서려 두고
   미진(微塵)도 가까이 않고 우로(雨露) 받아 사느니라
   　　　　　　　　　　　—「난초(蘭草)·4」둘째 수

2) 잎이 빳빳하고도 오히려 영롱(玲瓏)하다
   썩은 향나무껍질에 옥 같은 뿌리를 서려두고
   청량(淸凉)한 물기를 머금고 바람으로 사노니

   꽃은 하얗고도 여린 자연(紫煙)빛이다
   높고 조촐한 그 품(品)이며 그 향(香)을
   숲속에 숨겨 있어도 아는 이는 아노니
   　　　　　　　　　—「풍란(風蘭)—그 잡난(雜蘭)」전문

　예로 든 작품들은 '난(蘭)'에 대한 화자의 천착을 잘 보여준다. 화자는 사물을 관찰할 때마다 최대한의 감정이입을 동반하여 대상과의 일체감에 도달하려 노력한다. 또한 서정적 동일시를 구현한 상태에서 대상의 보이지 않는 곳까지 투시하려는 이 태도는 관찰자로 하여금 대상의 개성을 가장 긍정적인 방식으로 포착하게 한다.

　1)에서 화자에 의해 규명된 난초의 으뜸가는 개성은 '마음'의 '깨끗함'이다. 화자가 기꺼이 난초에 자신을 동화시키면서, 종장에서는 작은 티끌조차 멀리 한 채 맑은 물로만 살아가는 대상의 고귀한 성정이 명료하게 밝혀지고 있다. 또한 2)는 '풍란'을 대상으로 한 탐구자의 주도면밀한 접근 과정을 보여준다. 첫 수와 둘째 수의 초장까지는 겉으로 드러난 외양의 "영롱(玲瓏)"함과 "청량(淸凉)"함 및 은은한 빛

깔이 포착된 데 이어, 둘째 수의 중장과 종장에 오면 '풍란(風蘭)'만의 고유하고 특질적인 성정이 드러난다. 이때 대상으로부터 검출된 '높고', '조촐한' 품과 향은 "숲속" 깊은 곳에 숨어 있을지라도 '아는 이'라면 다 알아보게 만드는 그만의 본질적인 미덕이다.

한편, 구성 측면에서는 위의 두 시조 공히 첫 수에서 대상의 외양을, 둘째 수에서 내면의 개성을 다룬 점에서 유사성을 보인다. 다만 대상의 부분들에 접근하는 방식의 경우 1)은 작품 전체에서 화자의 시선이 '잎→꽃→뿌리'로 이어지는 데 반해, 2)에서는 '잎→뿌리→꽃'의 순서로 이동하여 상호 간에 약간의 차이를 나타낸다. 또한 이와 같은 구체적 대상에의 치밀한 접근은 「괴석(怪石)」,「옥잠화(玉簪花)」 등의 시조에서도 잘 드러나고 있다. 「괴석(怪石)」에서 대상의 특질은 "얼음과 같이 차고 담박"한 것으로 간파되었으며 「옥잠화(玉簪花)」에서는 "맵시며 차림차리 담장(澹粧)한 미인"으로 묘사됨을 본다. 부연하여 이 계열의 작품들에서 화자의 정서는 대상에 대한 긍정적인 뉘앙스를 풍기는 정도로 행간에 묻어날 뿐, 결코 명시적으로 표출되지 않는 점도 주목을 요한다.

3. 가람 이병기 시인의 작품세계에서 서경은 앞서 살펴본 것처럼 산수화나 풍속화 혹은 정물화의 양상을 띠고 전개된다. 작품의 많은 비중이 서경을 대상으로 하고 있는데, 이 서경의 모습이 풍경이나 사물과의 거리를 전제로 한 채 객관적으로 제시되는 특징을 보인다. 그러나 일부 시편들에서는 서경을 배경으로 하여 개인적인 서정의 표출이 적절하게 혼합되기도 한다. 이때 서정의 표현은 희노애락의 격

렬함이나 절절한 감정으로 나타나기보다는 서경의 우아한 그릇에 담겨 지적인 품위와 자연스러운 조화를 발산하고 있다.

> 1) 몸을 담아 두니 마음은 돌과 같다
> 봄이 오고 감도 아랑곳 없을러니
> 바람에 날려든 꽃이 뜰 위 가득하구나
>
> 뜰에 심은 나무 길이 남아 자랐도다
> 새로 돋는 잎을 이윽히 바라보다
> 한 손에 백묵(白墨)을 들고 가슴 아파하여라
>
> ── 「백묵(白墨)」 전문

> 2) 오늘도 온종일 두고 비는 줄줄 내린다
> 꽃이 지던 난초(蘭草) 다시 한 대 피어나며
> 고적(孤寂)한 나의 마음을 적이 위로하여라
>
> 나도 저를 못 잊거니 저도 나를 따르는지
> 외로 돌아 앉아 책(册)을 앞에 놓아 두고
> 장장(張張)이 넘길 때마다 향을 또한 일어라
>
> ── 「난초(蘭草)·3」 부분

위 1)은 전반적인 가람 시조들의 특징과는 달리 서정이 전적으로 살아나는 양상을 잘 보여준다. 생활 속에서 마주하는 서경은 뒤로 물러나 배경을 이루고 서정적인 표현이 직접적으로 전경화되는 모습이다.

지금 화자는 잠시 교정의 뜰을 향해 서 있다. 어김없이 새로 찾아온 봄, 꽃들은 다투어 뜰을 뒤덮고 지난 겨울을 지혜롭게 견뎌낸 나무들도 부지런히 싱싱한 잎들을 피우고 있건만, 화자의 심경은 이들처럼 화창하지 못하다. 내부적 혹은 외부적 요인으로 인하여 평상심은 깨어져버리고 스스로 돌아본 실존이 그리 만족스럽지만은 않은 것이리라. "마음"은 왠일인지 "돌"과 같아져 화자의 정체성과 직결된 "백묵"마저 짐으로 느껴지는 현실적 아픔이 진하게 전해온다.

1)에서 "봄"과 "꽃", "나무" 등으로 표상된 자연은 평화롭게 자기 자리에 존재하는 반면, 화자는 실의에 젖은 채로 눈앞의 사물을 "이윽히 바라"만 보고 있다. 위 작품은 생활인의 일상에 불현듯 찾아오곤 하는 고뇌의 순간을 자연의 평온에 대비시켜 격조 있게 표현하였다. 특히 둘째 수의 종장에서는 정형미를 제대로 살리면서도 화자의 정처없이 고통스런 심회를 "가슴 아파하여라"의 직접적인 영탄에 효과적으로 싣고 있음을 본다.

2)에서는 벅찬 가슴으로 연연해하며 '난초'를 대하는 화자의 심경이 아름답게 표출된다. 첫 수에서 온종일 비가 내려 조금은 쓸쓸한 어느 날, 난초는 고적한 화자의 마음을 어루만지는 유일한 존재이다. 여기서 난초는 일상을 구성하는 평범한 대상들 중의 하나로만 여겨지지 않는다. 지조 있는 옛 선비들에게 그러하였듯이 이 존재야말로 화자에겐 드높은 정신적 경지를 대변하는 인생의 롤모델과도 같다. 변화무쌍하여 언제 자신을 다시금 근심케 할지 모를 세상 사람들과 달리, 변함없이 위로와 안식을 선사하는 자연물들 중에서도 가장 대표적인 의지처가 이 난초인 것이다. 궁극적으로 난초는 화자에게 벗이나 스승에서 한 걸음 나아가 '연인' 및 '일심동체'의 자격까지 얻고 있지 않나 여겨진다.

설득적인 교훈이나 관념적 태도를 지양하는 가람 세계의 특성을 잘 나타내면서, 위 2)의 시조는 정형적 미감과 아울러 고즈넉한 서경 및 은은하고 고매한 서정의 3박자를 두루 만족시키고 있다. 둘째 수의 종장에서는 대상과 화자 간에 서로 마음이 일치하여 혼연일체가 된 모습을 보여주는데 이러한 교감은 마치 '보들레르'식의 '상응'에 가깝다고 할 수 있으리라. 한 장 한 장 책을 넘길 때마다 그에 화답하여 "향(香)"이 일어나는 장면은 감상자에게 신비스런 분위기마저 감지하게 한다. 또한 '줄줄', '피어나며' 등 의태어 및 현재형 표현의 쓰임에서 생생함이 더 부각되며 시각에서부터 청각, 후각, 촉각에 이르기까지 다채로운 감각적 이미지들이 조화를 이루면서 시조 표현의 진한 맛이 더해지고 있다.

4. 한편, 서경에 대한 사실적인 묘사와 서경을 배경으로 서정을 조화시킨 주류 작품들 이외에 특히 주목되는 타입은 현실생활에서의 일상 체험이 체험적 진술이나 사건의 형태로 시조 속에 제시된 유형이다. 이와 같은 유형은 이병기 시인의 작품세계 안에서 서술적인 경향이 나타난 것이라고 볼 수 있겠다. 사실 형식미와 글자수를 민감하게 의식해야 하는 시조에서 제한적이나마 '서술성'을 담보하는 일이 쉽지만은 않아 보인다. 그러나 이 시인의 일부 작품들에서는 연시조의 형식 안에서 서술적인 서정성이 잘 구현되고 있는 것으로 여겨진다.

종달이 귀가 솔고 하루살이 눈에 드다
진펄밭 옹긋 캐고 뫼를 올라 고사리 꺾고

방안에 오똑이 앉아 글을 외기 싫어라

풀도 없는 강변 쬐는 볕은 따가와라
모래로 놀이삼아 날마다 물에 살고
옷처럼 검은 몸뚱이 빛은 아니 나더니라

콩서리 하여다가 모닥불에 구워 먹고
밀방석 한머리 신삼는 늙은이 졸라
끝없는 옛날 이야기 밤을 짧아 하였다

그 겨울 동지 섣달 추위도 모르든지
눈속에 발을 벗고 동무와 달음질치고
볏가리 고드름 따다 이를 서로 겨루다

— 「그리운 그날 · 2」 전문

총 4수로 구성된 위 연시조는 주로 서경 혹은 서경에 서정의 양념
을 첨가하는 방식으로 제작된 대다수의 여타 시조들과 구별된 양상
을 보인다. 전체적으로 서경과 관련된 표현을 대상으로 하는 대신 화
자의 신변에서 일어난 체험들이 시적 테마를 이룬다. 이때 시조의 배
경이 되는 장면이 등장한다 할지라도 객관적인 정경으로 제시되는
것이 아니라 현실적 경험을 구성하는 점이 주목된다.

첫 수와 둘째 수에서는 제목이 말해주는 대로 화자가 그리운 어린
시절을 회상하며 당시의 체험을 눈에 보이는 것처럼 풀어내고 있다.
이 대목에서 시조적인 우아미 대신 현실에 맞닿은 구체적인 생활 내
용이 전경화되는 점이 인상적이다. 마치 소년의 하루 일과를 압축해

놓은 듯한 내용으로 첫 수에서는 개펄에서 "웅긋"을 캐고, 뫼에 올라 "고사리" 꺾고, 싫은 마음 다잡아가며 방에 앉아 "글"을 외는 모습 등이 포착된다. 또한 둘째 수에서는 신나게 놀이를 하는 내용이 역동적으로 소개되고 있다. 특별한 오락거리나 놀이 시설이 따로 있을 리 없는 시골에서 소년을 가장 신나게 하는 장소는 물놀이가 가능한 "강변"이다. 둘째 수에서 "쬐는 볕"은 따갑기만 하지만, 멱을 감고 수영도 하면서 자신만의 기쁨을 누리는 화자의 심경이 잘 표현되어 있다.

첫 수와 둘째 수가 화자 한 사람만을 대상으로 한 데 반해, 셋째 수와 넷째 수에서는 신삼는 늙은이와 동무 등 다른 인물들이 등장한다. 셋째 수는 어린 시절 "콩서리 하여다가 모닥불에 구워" 먹은 체험과 "신삼는 늙은이 졸라", "끝없는 옛날 이야기"를 듣곤 했던 경험을 "밤을 짧아 하였다"가 주는 아쉬움과 함께 서술적으로 제시하였다. 이어지는 마지막 수에서는 이야기소가 3가지나 한꺼번에 등장하고 있다. 동장군이 기승을 부리던 어느 겨울날, "발을 벗고 동무와 달음질"치던 일과 "볏가리 고드름"을 시세워서 따던 기억, 그리고 고드름을 가지고 "서로 겨루"었던 일 등이 시조의 소재에 대한 독자의 고정관념을 교란하며 어우러진다.

감상자에게까지 어린 날의 추억으로 돌아가게 만드는 위 작품은 왠지 고답적이고 고풍스러워야 할 것 같은 시조 장르에의 선입견을 일순간 지우면서, 수필적인 서술성을 떠올리게 한다. 이 서술성 안에서 공간적 배경은 강변을 포함한 화자의 고향 마을로, 시간적 배경은 "날마다 물에 살고"나 "밤을 짧아 하였다" 등에 드러나듯이 과거의 어느 한 시점에서 그로부터 시간이 경과한 이후의 다른 시점까지로 설정되고 있다.

또 다른 작품 「국제시장(國際市場)」에서는 개인적인 체험이 갈등의 요소까지 암시한다. 즉, 수필보다 소설에 더 가까운 서술성이 피력되는 것이다. 이 시조는 눈 때문에 급행 열차가 20여 시간이나 연착되는 바람에 많은 이들이 좁은 곳간 같은 기차 안에서 수인(囚人)생활을 하다가 겨우 목적지에 도착한다는 내용의 사건을 담고 있다. 힘겨운 시간을 견딘 끝에 목적지인 '부산'에 도착하니 그곳은 국제적 항구다운 활기와 붐비는 사람들로 "사뭇 수렁"거린다. 「국제시장(國際市場)」은 갈등이 섞인 체험의 이야기를 단 두 수의 연시조로 부족함 없이 형상화해낸 노련함이 돋보이는 작품이다. 이외에도 화자의 개성적인 생활 체험이 수필적 진술이나 소설적 사건의 형태로 제시된 서술성의 경향은 「고토(故土)」나 「그리운 그날·1」 등의 시조에서도 느낄 수 있다.

5. 생활 속 구체적인 체험들을 시조의 테마로 하면서도 외부 현실의 모순에 대한 안타까움이나 비판적 태도가 전경화된 경우도 존재한다. 비록 세속적인 무질서와 타산적 삶으로부터 동떨어진 듯한 가람의 작품세계이지만, 만 19세에 한일합방을 맞아 젊음의 시기를 식민지인으로 보내고 한국전쟁까지 몸소 겪었던 사실을 상기한다면 일부 작품들의 참여적 성격은 오히려 당연한 것일지 모른다.

> 밤이면 그 밤마다 잠은 자야 하겠고
> 낮이면 세때 밥은 먹어야 하겠고
> 그리고 또한 때로는 시(詩)도 읊고 싶고나

지난봄 진달래와 올 봄에 피는 진달래가
지난여름 꾀꼬리와 올 여름에 우는 꾀꼬리가
그 얼마 다를까마는 새롭다고 않는가

태양(太陽)이 그대로라면 지구(地球)는 어떨 건가
수소탄(水素彈) 원자탄(原子彈)은 아무리 만든다더라도
냉이꽃 한 잎에겐들 그 목숨을 뉘 넣을까

― 「냉이꽃」 전문

위 시조는 문명의 발달과 과학 기술이 가져온 무기들의 양산 및 인간을 총알받이로 만드는 데 급급한 전쟁에의 비판의식을 드러내고 있다. 물론 직접적인 어조로 전쟁의 참혹한 실상이나 학살의 공포를 피력하고 있지는 않지만, 작품 전문을 통해 이와 같은 뉘앙스가 면면히 전해진다.

이 시인의 다른 시조들에서도 대체로 그러하듯이 위 작품에서 역시 인간과 자연은 서로 대조적인 속성을 가진 것으로 이해된다. 즉 자연은 절대선의 지배를 받아 안연하게 충족된 세계를 이루는 유토피아인데 반해, 인간의 세상은 불완전하고 미숙하기 이를 데 없다. 인간들이 자신의 지혜와 지식을 최대한 결집시키면서 이뤄낸 과학문명만 하더라도 결국 "수소탄(水素彈)"과 "원자탄(原子彈)"으로 상징되는 세계대전의 잿더미 아래 투항하고 말았다. 그렇다면 상심한 인류에게 남은 희망은 무엇일까. 아마도 전쟁의 폐허를 경험한 인간이 여전히 무언가 배울 수 있는 유일한 대상이 있다면 그것은 자연일 것이다.

위 연시조의 첫 수와 둘째 수에서는 자연과 인간 사이의 이러한 대비가 극명하게 나타나고 있다. 화자는 자는 것과 먹는 것으로 지탱되는 인간의 본능적 삶에 대한 한계를 절감하면서도 "시(詩)"를 읊고픈 한 가닥 차원 있는 소망을 상기하면서, 한결같이 조화로운 자연으로부터 위로를 얻는다. 불변의 궤도를 따르는 태양계와 지구의 운행 속에서 생명의 법칙은 봄이면 어김없이 진달래의 꽃을 피우고, 여름이면 반드시 꾀꼬리의 울음을 들려주기 때문이다. 결국 위 시조는 모순적인 현실에 대한 비판의식을 보여주면서도 절제된 어조로 인간의 한계에 대하여 자성하는 태도를 동시에 담아내고 있다. 인간이 자연 앞에서 겸손할 수밖에 없는 결정적인 이유라면 "냉이꽃 한 잎에겐들 그 목숨을" 넣을 이 없어서일 것이다.

또 다른 시조 「도중 점경(途中 點景)」은 전후의 피폐해진 현실 안에서 궁핍으로 찌든 서민들의 모습을 간접적인 방식으로 표출한다. "갈 들어 거둔다 해도 남을 것이 없다"는 화자의 언급은 시대의 혼란 상황으로 말미암아 도덕적으로도 부패해진 사회 분위기를 반영하고 있어 더욱 안타깝다. 현실에 대한 참여 및 비판의지는 '농인'과 '상인'의 말을 빌어 곤궁한 세태를 형상화한 작품 「한 하소연」에서도 잘 읽을 수 있다. 이 범주의 작품으로서 처절한 보릿고개의 설움을 목도하면서 쏟아지는 함박눈을 '보리'에 비유한 사설시조 「보리」도 빼놓을 수 없겠다.

6. 빼어난 시인이면서 동시에 탁월한 지식인이기도 한 가람 이병기 선생은 1932년 『동아일보』의 지면을 빌어 「시조는 혁신하자」란 글을 발표한 바 있다. 이 글을 통해 그는 새로운 시조가 나아갈 방향

으로 실감실정(實感實情)의 표현, 취재(取材)의 범위 확장, 용어의 수삼(數三), 격조(格調)의 변화, 연작(連作)의 활용, 쓰는 법과 읽는 법의 개선 등 6가지를 제시하였다. 당시로서는 파격적이었던 이 글이 지적한 기존 시조의 문제점들이라면 내용상의 관념이나 추상 지향, 친자연적 소재에의 경도, 한문투나 타성에 젖은 감탄사 및 서술 종결형의 남용, 형식에만 치중한 고답적 격조, 연작의 빈약, 기사방식이나 낭송법에서의 구태의연함을 말한다.

그런데 이론과 실제의 양자 사이에 늘 일어나곤 하는 괴리에도 불구하고, 가람의 실제 작품세계는 이와 같이 이론적으로 제시한 새로운 시조에의 면모를 놀랍도록 근사하게 만족시키고 있음을 본다. 우선 대표작이기도 한 「난초」 연작 등에서 확인되듯이 사실에 입각한 구체적인 대상 묘사는 일품이라 하겠다. 이러한 '실감실정의 시풍'은 일반적인 자유시에서 구현되는 수준을 뛰어넘는 것으로서 돋보기를 대고 관찰하는 탐구자의 '면밀한 들여다보기'의 세계를 만들어낸다. 취재의 측면에서도 전통 시조에서 애용되는 친자연적 소재 외에 현대적이면서 일상적 세계를 대변하는 다양한 소재들에까지 대상을 확장시킨 점은 놀랍기만 하다. 「백묵」, 「돌아가신 날」 등의 작품을 통해 시인은 정형시라 하더라도 얼마든지 다채로운 진폭의 현대적 사유와 정서를 담아낼 수 있음을 증명한다.

용어 사용에 있어서도 그만의 독보적인 점들이 인정된다. 한문투나 고루한 상투어가 지양된 것은 물론, 시어 선택의 참신함과 자연스런 고유어 활용에서 보여준 우수성은 작품들을 돋보이게 만드는 주요인 중 하나이다. 책상 위에 핀 수선화를 바라보면서 "따뜻한 볕을

지고 누워 있는 해형수선(蟹形水仙)"(「수선화(水仙花)」)이라며 '게'를 연상케 한 대목에서는 경쾌한 유머러스함마저 감지된다. 또 격조의 변화와 관련한 세부 내용이 '재미성'과 '굴곡성'을 강조한 어조의 다양함이었음을 상기할 때, 초장과 중장에서 자수에 유동적인 변화를 허용한 점이라든지, 강약의 리듬을 조절하여 시조의 묘미를 더한 점 등은 매우 유의미해 보인다. 이러한 특징은 사설시조인 「풀벌레」나 "곱게 자라난다 맨드람 맨드라미"로 시작하는 「희제(戱題)·4」의 '맨드라미' 부분 등에서 특히 잘 살아나고 있다.

시인이 연작의 창작을 위해 노력한 점은 「난초(蘭草)·1~4」, 「청매(靑梅)·1~4」 등 연작 시조가 30여 편 넘게 제작된 데서도 드러난다. 이 연작 시조들은 그 창작 의도에 걸맞게 시간, 위치, 정감 등의 통일성을 지켜내면서 복잡다단한 현대적 서정을 우아한 시조 형식 안으로 용해시키고 있다. 또한 가람의 시조들에서는 기사방식이나 낭송법에서의 현대성을 염두에 둔 점도 잘 읽혀진다.

현대 시조가 율격과 형식면에서 상당한 자율성을 확보하며 진보를 거듭했음에도 불구하고, 가람 이병기 시인이 시조 혁신에 관한 주장을 제기한 지 80년을 앞둔 지금에도 그의 조언은 여전히 유효한 것으로 생각된다. 혜안을 지닌 그의 작품세계 안에 선각자의 깊은 성정과 정형시만의 고매하고 독창적인 아름다움이 살아 있음은 당연한 일이라 하겠다. 이론과 실제를 조화시키며 조심스럽고 절제된 구조적 미감을 완성시킨 그의 작품들에서 힘든 시대, 민족과 모국어에 대한 치열한 사랑을 멈추지 않았던 고귀한 정신을 목도한다.

모든 생명을 아우르는 사랑의 세계

― 이성부 시세계

이성부 시세계의 가장 큰 장점 가운데 하나는 대상에 온전히 집중하여 대상과의 긍정적인 일체감을 형성해낸다는 것이다. 이때 화자가 집중하여 바라보는 대상들은 대개 자연물이며 그중 산, 숲과 나무 등이 대표적이다. 또한 이 시세계에서 이들 대상에 대한 화자의 태도는 지극히 우호적이면서 친근한 편이다.

> 산은 사람의 허물을 가려준다
> 아니다 사람의 영예까지 가려주므로 공평하다
> 모든 살아 있는 것들도 두루 편안하게 집을 가진다
> 나도 한없이 고요하고 너그러워진다
> 높게 올라갈수록 그만큼 나는 더 낮아져서
> 날뛰는 것들을 지그시 바라보거나
> 아무것도 아닌 나를 거듭 돌아보는 버릇에 잠긴다

산속에서라야 우리는 저마다 나를 숨긴다
결코 하늘에게도 들키는 법이 없다
은밀하면서도 넓게 트인 새로운 세상을
사뿐히 밟으며 내 긴 기쁨이 간다

— 「산속에서라야」 전문

위 시에서 화자는 왜 많은 자연물 가운데 산이 그렇게도 애틋한가에 대한 생각을 꼼꼼하게 밝히고 있다. 사실 산은 늘 그 자리에 변함없이 존재하면서도 자신을 찾는 이들의 있는 그대로의 모습을 편견 없이 존중할 줄 안다. 시의 3행에 나타나듯이 "모든 살아 있는 것들"이 "두루 편안하게 집을" 가질 수 있는 공간은 오직 산의 세계에서일 뿐이리라. 못난 점이나 잘난 점이 무화되고 소유와 재물의 세속적 의미가 사라지면서 산의 세계는 상대적 평등이 아닌 절대적 평등의 상태를 지향하는 것으로 여겨진다.

편견이나 차별이 사라진 공간에서 화자는 한 걸음 더 느린 템포로 삶을 구가할 수 있다. 4행과 6행에서는 산의 존재와 그 신비스런 영향력으로 인해 다른 사람들과의 관계나 여타의 일에서 훨씬 평화로워진 화자의 모습이 그려진다. 다시 말해서 산을 벗하는 삶은 화자가 자연스레 산의 성품과 위용에 젖어든 결과, 주객의 일치되는 점을 보여주며 이 과정에서 한없는 겸손과 자신에 대한 정성스런 성찰의 기회를 제공한다.

그런데 위 시의 화자는 다른 이들과의 관계에서 산의 넉넉한 성품을 빌어 평화를 누릴 것을 말하는 동시에 자기 자신과의 관계에서도 용서와 화해가 절실함을 역설한다. 8행에서 "산속에서라야 우리는 저마다 나를 숨긴"다는 대목은 사람들이 일상 속에서 스스로의 치부나 부족함, 나약함 등에 대해서 충분히 들여다보려 하지 않는다는 점을 지적한다. 또는 문제에 대하여 잠잠히 성찰한다고 하면서도 핵심에 접근하지 못한 채, 주변만 맴돌고 마는 상황을 암시하고 있다. 하지만 산은 그 특유의 신비스런 능력으로 말미암아 사람들이 스스로와의 관계에서 털어버리지 못했던 마음의 묵은 때와 불편한 앙금마저도 비우게 하는 놀라운 모습을 보여준다.

이처럼 외부로부터의 고통과 내적인 갈등의 소지를 잠재우고 난 화자는 이제 자신이 진실로 원하는 세계를 향해 새롭게 도약하며 전진할 수 있다. 즉 산과의 적극적인 조우로 말미암아 자신도 모르게 상처난 내면까지 적절히 회복시키면서, 더욱 멋진 존재로 화하는 모습이 감동적이다. 이런 면모들로 말미암아 위 작품을 '산'에 대한 최상급의 애정 표현이라 해도 과언이 아닐 듯하다.

바위벼랑을 오르다가 잠시 망설일 때
내 몸이 어느 사이 나로부터 빠져나가
너울처럼 일렁이는 것을 내가 본다
몸은 바위에 저절로 밀착하거나 스치며 솟구친다
몸의 저 단호하면서도 뜨거운 리듬을
저 힘겨운 모세혈관의 안간힘을
부드러운 눈길로 내가 내려다본다
몸은 비로소 오체투지를 다양화시키면서
춤을 춘다 맑고 아름다운 자유의 춤을!

—「몸」전문

위 시는 산을 오르는 이와 산 사이의 일반적인 조우가 아닌 특별한 만남의 과정을 매우 섬세하게 표현한다. 또한 양자 간의 구체적인 관계를 보여주는 동시에 산행의 만만치 않은 수고로움에 대해서도 자연스레 언급하고 있다.

1행에서 화자는 걷고 있는 산길이 힘들게 느껴지는 양 왠지 쉬고 픈 충동에 사로잡히는 모습이다. 그러나 반드시 도달해야 할 '정상'이라는 목표가 있기에 이에 굴하지 않고 자신을 채찍질하면서 다독이는 강한 의지를 보여준다.

행간의 거리가 매우 큰 2행과 3행에서는 산과 결속된 화자의 마음이 육체의 한계를 넘어서는 초월의 순간으로 연결되고 있다. 몸과 마음이 완전히 분리된 시점에서 한계 상황에 가깝도록 지쳐버린 몸은 다른 개체로 화하고, 마음은 자신을 안아주는 산의 품속으로 합일되는 모습이다. 더 이상 산을 오르는 일이 어렵다고 여겨진 그때, 놀랍게도 몸은 화자로부터 이내 분리되고 화자는 비로소 관용의 미덕을 지닌 산의 참모습을 만나게 되는 것이다.

또한 산의 큰 사랑이 아니라면 한 발짝도 앞으로 나아가지 못했을 절대절명의 순간에 이르자, 화자는 몸을 산에게 양도하고 마음을 완전히 비워 평정에 가까워지는 양상을 보인다. 그로 인하여 바위와 씨름하는 극도의 위험과 긴장 속에서도 주체는 "부드러운 눈길"을 유지할 수 있다. 다시 말하면 화자는 자신의 몸을 자신의 것으로 여기지 않고 자진하여 산의 작은 일부로 존재하는 것을 택하였으므로, 한 걸음 더 성숙한 실존을 확보하게 된 것이라 하겠다.

이처럼 화자의 입장에서 자신의 소중한 것을 포기하고 상대에게 모든 권리를 넘겨줌으로써 오히려 산행의 고통스런 한 순간이 치유 이상의 '생성'에로 변모하고 있음이 확인된다. 이 과정 안에서 마음은 더 높은 수준의 상태로 자연스레 도약하는 한편, 분리된 신체는 한층 굳건해지는 모습을 드러내고 있다. 동시에 산으로부터의 큰 사랑에 힘입어 고통에 직면하고 이를 이겨낸 존재는 "오체투지"에로의 다양한 성장을 이루어낸다.

그리고 마지막 행에서 화자는 오랜 산행의 정점에 이르러 "맑고 아름다운 자유의 춤"에 도달하는 장면을 보여준다. 등반의 어려움을 뛰어넘어 벅찬 자유를 성취한 데서 온 뿌듯함은 산을 사랑하고 그로부터의 구원을 맛본 개인에게만 허락된, 지상에서 가장 달콤한 기쁨 중 하나가 아닐까 한다.

> 내 몸집은 크지만 속이 비어 항상 가볍다
> 저 많은 슬픔들 담아두기에는 나도 벅차다
> 세월에 지친 그늘 쌓이고 또 깊어져서
> 키가 커버린 내 그리움은 자꾸 먼 데를 본다
> 나는 내 죽음까지도 지켜보기 위해 천 년을 산다
> 비바람 눈보라 천둥 번개가 어떻게 나를 때리는지
> 햇볕과 안개와 구름이 어떻게 내 몸 어루만지며 가는지
> 어떻게 사상이 쫓기는 자와 쫓는 자를 만들어내는지
> 삶과 죽음을 어떻게 순식간에 바꾸어버리는지
> 나는 다만 내 살갗에 기록하고
> 사람들이 다 내려간 뒤의 적막함과
> 혼자 우는 울음과 피 말리는 두려움과 절망을
> 내 거죽에 써놓을 뿐이다

내 몸은 갈수록 질기고 단단해져서
살은 마르고 뼈마디만 굵어간다

　　　　　　　　　　　—「태백산 고목 한 그루가 남긴 말」부분

　위 시는 산이 거느리는 자연물들 중에서도 가장 큰 비중을 차지하는 나무, 그중에서도 탁월한 위용을 지닌 "태백산 고목 한 그루"를 통해 한결같은 산의 숭고한 사랑을 노래하고 있다.

　첫 대목에서 화자의 어조는 직설적이면서 결코 가볍지 않다. 사람들은 가끔씩 편리한 때 쉼을 찾아 산에 오르지만 산과 나무는 언제나 그 자리에 서서 거절하는 법 없이 오는 이들을 공평하게 맞이한다. 위에서 찾는 이들은 나무 한 그루 한 그루가 언제나 평상심을 유지하는 것처럼 생각하지만, 막상 화자인 나무가 떠올리는 것은 "슬픔"과 "그리움", 그리고 "울음"이다. 이는 인간 이외에도 나무를 찾는 "비바람 눈보라 천둥 번개" 등 다른 자연물들 역시 나무로부터 근원적인 힘을 앗아가면서 위로를 얻기 때문이리라.

　그럼에도 불구하고 나무는 인간 혹은 다른 자연물들이 어떤 상황에서 자신을 찾아오든 간에 희생의 미덕을 아끼지 않는다. '나무–화자'는 찾아온 이들이 스스로의 상처는 치유받는 대신 가지고 온 상처의 흔적을 버려둔 채 떠나가도 불평하는 법 없이 자신의 자리를 지킨다. 고통 속에서도 사람들이 들러 두고 간 것들을 오히려 소독하고 자신의 몸 안에 저장하여 정화시키는 모습이다. 중간 대목에서는 그러한 과정이 "적막함"과 "혼자 우는 울음", "피말리는 두려움과 절망" 등으로 묘사되는데, 나무는 자신이 감당해야 할 몫을 기꺼이 감당하면서 그 흔적들을 자신의 몸 안으로 흡수시키고 있다.

시 전편을 통해 잘 드러나듯이 나무는 설사 자신을 힘들게 하는 존재일지라도 거부하지 않는 수용력을 보여준다. 즉 자신을 찾는 존재들의 모든 시름들을 자기 안으로 흡수함으로써 그들에게 큰 희망을 건네는 주체로 화한다. 그리고 이러한 사랑은 철저히 자기희생적인 사랑으로서 공동체 전체를 치유하고 생명력을 나누는 행위의 근간으로 이해된다.

시의 끝부분에서 "나는 죽어서도 꼿꼿하게 천 년을" 살려는 의지를 다짐하는 화자에게서는 일견 신비스런 분위기마저 감지된다. 또한 공동체의 구성원들에게 새로운 원기를 나눠주는 과정에서 이승과 저승의 모든 존재들과 함께 조응하며 진솔하게 소통하는 모습이 인상적이다. 산과 동일시된 고목 한 그루를 통해 공동체의 심신을 회복시키면서도 대가를 바라지 않는 올곧은 성품을 재차 확인할 수 있다.

벼는 서로 어우러져
기대고 산다
햇살 따가워질수록
깊이 익어 스스로를 아끼고
이웃들에게 저를 맡긴다

서로가 서로의 몸을 묶어
더 튼튼해진 백성들을 보아라
죄도 없이 죄지어서 더욱 불타는
마음들을 보아라 벼가 춤출 때
벼는 소리 없이 떠나간다

벼는 가을 하늘에도
서러운 눈 씻어 맑게 다스릴 줄 알고
바람 한점에도
제 몸의 노여움을 덮는다
저의 가슴도 더운 줄을 안다

벼가 떠나가며 바치는
이 넓디넓은 사랑
쓰러지고 쓰러지고 다시 일어서서 드리는
이 피묻은 그리움
이 넉넉한 힘……

—「벼」 전문

위 시에서 '벼'는 앞서 살펴본 시편들에 등장한 '산' 혹은 '나무'의
의미망을 그대로 가지면서 일반적인 소시민들까지 아우르는 존재로
그려진다. 처음 대목에서는 벼의 따사로운 성품이 부각되고 있는데,
공동체 안의 일원으로 최선을 다해 살아가면서도 자신을 열어 늘 이
웃들을 받아들이는 모습이 주목된다. 즉, 공동체적인 삶을 최대한 지
향하면서 공동체의 필요를 채우기 위해서라면 자신의 귀중한 것들까
지도 아낌없이 내어주는 벼의 속성이 그대로 드러나고 있다.

2연에서는 화자의 공동체에 대한 애정이 "서로가 서로의 몸을 묶
어"라는 표현으로 강조되고 있다. 여기서는 자신의 참모습이 타인이
라는 거울을 통해 재발견되면서 여름의 폭우를 견디고 열정적으로
열매를 맺는 벼의 존재가 생생하다. 또한 벼는 자신이 열매들로 가장
풍성해졌을 때 곡식으로서의 역할을 감당하기 위해 말없이 미지의

세계로 떠나가는 미덕을 보여준다. 둥그스름한 덕의 성품을 지닌 벼는 자신이 처한 상황과 주변 환경에 지혜롭게 순응할 줄 안다.

흔히 살아가면서 일이 잘 되어나갈 때는 더욱 고개를 숙이고 잘 되어나가지 않는 경우에는 자신의 부족함을 먼저 성찰하라는 조언을 듣곤 한다. 위 작품의 3연에서는 "가을 하늘"과 "바람 한 점"을 통해 이와 같은 진리가 구체적으로 언급된다. 그와 관련한 내용으로 먼저 결실을 알리며 다가온 가을 하늘에 대해서는 화자가 우쭐해하거나 뽐내지 않고 감사의 마음으로 대하는 것이 그것이다. 또한 평상심을 흔들며 다가오는 바람 한 점에 대해서는 먼저 자신을 돌아보며 제 몸을 다스리는 데 열중하는 벼의 수용력이 부각되고 있다. 다시 말해 위 시에서 벼는 자신과 주변의 조그마한 부침이나 작은 경고에도 긴밀히 대응하는 한편, 자신을 환경에 맞추고 주변의 여건에 순응하는 장점을 지닌 존재이다.

시의 마지막 대목은 이처럼 후덕한 벼가 지닌 훌륭한 능력들을 재차 강조하고 있다. 이때 충실하게 열매들을 맺어 가을걷이가 이루어지는 동시에 모두들 다른 자리로 옮겨가야 하는 상황에서 타의에 의한 일방적인 자리 이동일지라도 묵묵히 수긍하는 벼의 자세가 강조되었다. "넓디넓은 사랑", "피묻은 그리움", "넉넉한 힘"으로 이어지는 벼에 대한 예찬에서 먼저 타인을 위하여 존재하는 벼의 희생적 의지를 읽을 수 있다.

공동체를 위해 작은 힘이지만 늘 최선을 다하고, 쓰러짐과 휘어짐을 반복하면서도 모두를 함께 살게 하는 겸손을 체화한 벼의 세계를 통해 결국 막강한 공존의 힘은 부드러우면서도 열정적인 '헌신'으로부터 오는 것을 깨닫게 된다.

> 미니미골* 고개에서 그만 내려가기로 한다
> 건너편 오름길에 표지기가 많이 살랑거리는 것 보인다
> 내 마음도 설레어 더 올라가자고 조른다
> 그러나 돌아서야 한다
> 몸이 고단해서가 아니라
> 단숨에 다 보아버리고자 하는 욕심 없어서가 아니라
> 며칠 후면 다시 새롭게 만날 터인즉
> 오늘은 이만치에서 물러나야 한다
> 이것이 산을 탐내지 않고 돌아앉는 미덕이다
> 산들은 춤을 추고 꿈틀거리고 치달리지만
> 더 따라가고 싶을 때 걸음 멈추는 것이
> 그 산을 마음에 더 많이 담아두는 일이다
> 마음 속에서 안 가본 산이 익은 다음에라야
> 비로소 나는 그 산에 들어간다
> 방랑을 꿈꾸지만 결국은 집으로 돌아오듯이
> ―「표지기** 흔들리는 것은 나를 유혹하는 몸짓이지만」 전문
> (*삼도봉 지나 물한리계곡으로 떨어지는 골짜기
> **산길에서 나뭇가지 등에 매달아놓은 리본)

위 시는 산행과 인생살이를 동일시하고 있다. 화자는 철저히 산길과 인생길을 등가로 놓고 섬세하게 바라보면서 산이라는 매개를 통해 세상과 인생을 조망하는 모습이다.

이 시에서는 특히 단조로워 보이기만 하는 산길에서 얻어지는 다양한 교훈들이 차례로 제시되어 스승으로서의 산, 조언자로서의 산

행을 클로즈업한다. 그런데 정상을 목표로 하는 산행은 즉흥적으로
이루어져서는 안되고 처음부터 철저한 계획에 의해 진행되어야 한
다. 아무리 빨리 산의 정상을 정복하고픈 욕심이 커도 미리 조심스럽
게 잘 짜여진 일정을 지키는 게 가장 좋은 결과를 보증할 것이기 때
문이다. 또한 산행은 "며칠 후면 다시 새롭게 만날" 대상과의 적절한
관계를 위해 때론 쉼표를 찍으며 "탐내지 않고 돌아앉는 미덕"을 지
녀야 함을 말하고 있다.

위 시의 후반부에 접어들면 화자는 산행을 통해 인생살이에서 가
장 중요한 덕목이기도 한 인내와 준비를 강조한다. 또한 산길과 인생
길을 걸으면서 시시때때로 필요한 것들을 정성껏 준비하는 일의 중
요성을 역설하고 있다. 무엇보다도 "더 따라가고 싶을 때", 한 템포
쉬면서 "걸음 멈추는 것"이 중요하기에 단숨에 정상까지 오르려 하
거나 절제하지 못하고 무리하는 것 등은 산길과 인생길 양자에서 가
장 경계해야만 하는 일일 것이다. 화자는 더불어 인생길을 걸으면서
만나는 일이나 관계 등에서 서두르거나 무리하는 일 없이 적절한 보
폭으로 정도를 밟아가는 일의 중요성을 강조한다.

한편, 또 다른 시편 「비로소 길이다」에서는 '산'과 '시'를 동일시
하여 양자가 공히 늘 새롭게 느껴져야 하는 대상임을 말하고 있다.
특히 화자는 사십 년 전 감동적으로 음미했던 한 편의 시가 여전히
현재에도 좋은 시로 새롭게 다가오는 것과, 같은 산일지라도 다시 들
어설 때마다 "새로운 길"로 화한다는 점에 주목한다. 즉 건조한 눈으
로 보아서는 색다를 것 없는 길일지라도 날마다 그때그때의 분위기
나 맥락에 따라 산에 드는 길이 매양 새롭고 매력적임을 고백한다.

평범한 인간의 눈으로 보았을 때 산길이든 인생길이든 간에 더 이상 새로울 게 없어 보이기도 하지만, 옛 것의 경륜 위에 찾는 이들 각각의 형편과 아우라가 더해지면서 늘 새 것의 신선함과 긴장을 유지해가는 것이리라. 이처럼 산과 시와 삶이 하나를 이루면서 화자는 같은 산길을 매일 달리 바라보며 산길 구석구석에 스며 있는 세상의 사연들과 사물들까지 매 순간 변화무쌍한 시선으로 목도하고 있다.

또한 다른 시편 「깔딱고개」에서는 일이 생각대로 잘 되어가지 않을 때, 지혜롭게 "길을 거느리거나 다스려서 올라가야" 함을 조언하고 있다. "천천히 느리게 가비얍게", "자주 멈춰 서서 숨고른 다음" 다시 올라가는 화자의 태도에서 특히 삶의 어려운 시절을 극복하는 지혜를 배우게 된다.

한편 현실 참여 및 민중시에 속하는 상당수 시편들이 존재함에도 불구하고 그러한 면모를 이 지면에서 자세히 언급하지 않은 것은 그와 같은 경향성조차도 '크나큰 사랑'의 범주 안에 넣을 수 있다고 판단한 때문이다.

전체적으로 산과 산의 등가물을 통해 인생의 잠언을 가르치는 이 시세계에는 존재들을 바라보는 데 있어 평등과 박애의 정신이 여기저기에 묻어 있다. 산길이나 인생길을 꾸준히 걸어가는 가운데 예기치 않게 만나는 그늘진 곳에 대해서조차 자애롭고 후덕한 마음을 끝까지 잃지 않는 이 시세계를 감히 인간과 자연을 아우르는 '크나큰 사랑의 세계'라 부르면 어떨까 싶다.

일상의 길에서 포착한 주옥같은 서정

— 이은봉, 허형만 시세계

현대인의 일상적 삶은 대개 반복적인 노동 및 크고 자잘한 업무들로 구성되기 마련이다. 그러나 이은봉 시인의 근작 시집 『첫눈 아침』은 자칫 지루하거나 건조해지기 쉬운 일상의 모습들이 생동감을 띠고 살아 움직이는 면모를 보여준다. 그 안에 주변세상에 대하여 한결같은 애정을 잃지 않으면서 자신의 길을 부단히 성실하게 걸어가는 생활인의 성정이 잘 드러나고 있다.

그런데 이는 시 속에 등장하는 인물들의 생활이 남달리 특별하거나 행복해서라기보다는 곁에서 일어나는 소소한 일들을 지극히 귀하게 여기는 태도에서 기인한 것으로 여겨진다.

> 정월 초하루 벅찬 가슴 안고 일출 즐기러 훌훌 무등산 중봉으로 떠나는 사람아
>
> (…중략…)

두꺼운 파카를 뒤집어쓰고 고무장갑을 껴도 통통배의 키를 잡은 내 손은 자꾸 얼어붙는다

닻을 올리고 시동을 걸면 돛이 없어도 훈풍은 나를 향해 불어오지만 중봉의 억새밭이 아침햇살로 붉게 물들기 전 야야야, 내게는 만선의 기쁨 가득 피어오르고 있다

기껏 가내수공업에 불과한 어구들로 힘겹게 건져 올리는 씨알 가는 물고기에 불과할지라도 누가 감히 그것을 시원찮은 수확이라고 깐보랴

노동으로 키워온 내 오랜 꿈 야야야, 여기 이렇게 뽀얀 낯빛으로 튀어오르고 있다.

— 「새벽 출어」 부분

위 시는 현실적인 삶에 발을 붙이고 매일매일 한 걸음씩 전진해가는 소시민의 마음을 그대로 전해준다. 또한 이 시세계가 능숙하게 보여주곤 하는 일상사에 대한 스케치가 구체적으로 잘 드러나 있다.

객관적인 잣대로 바라볼 때, 화자가 일상적으로 바지런히 해나가는 일들은 그다지 새롭거나 딱히 훌륭하지 않을 수도 있다. 하지만 비록 그렇다 할지라도 결국 생이란 고군분투하며 쌓아올린 순간순간의 집합이기에 개인적인 삶의 자취들을 비교우위로 판단할 수는 없을 것이다.

시 「새벽 출어」에서 '정월 초하루' 날, 새해 첫 일출을 즐기러 떠나는 이들을 뒤로 한 채 화자는 일터인 어장을 향해 분주히 떠나고 있다. 그리고 이 분주함의 소득이 "가내수공업에 불과한 어구들로 힘겹게 건져 올리는 씨알 가는 물고기에 불과할지라도", 세상에서 단

하나 뿐인 "오랜 꿈"을 위한 "노동"의 결실이므로 그는 기꺼이 만족스럽다. 위 시는 "통통배의 키"를 의지하여 "만선의 기쁨"과 "꿈"의 실현을 바라보면서 부단히 항해를 지속하는 생활인의 집념을 보여준다. 그러나 빛과 그림자가 늘 공존하는 것처럼 보람의 산실인 삶의 현장 안에도 예기치 못한 변수나 여러 가지 갈등이 도사리고 있기 마련이다.

> 하루치의 마음, 이름 붙이자면 '수치의 극치' 라고나 해볼까

> 술에 절어 함부로 쓰러져 잠들었다가도 자벌레처럼 고개 벌떡 쳐들고 일어나 하루치의 마음, 온몸 곤두세워 꺼덕꺼덕 재어보는 시간

> 하루치의 마음, 명명하자면 '극치의 수치' 라고나 해볼까

> 먹고 살아야지 악착같이 자식들 키워야지 열 번 스무 번 다짐하다가도 오조조, 온몸에 닭살독살 돋는 밤, 그렇게 어금니를 깨무는 밤.
> ──「하루치의 마음」전문

현대 사회의 직장인들은 하루 대부분의 시간을 정해진 일터에서 보낸다. 관료제가 설계한 알뜰한 시간표에 따라 그들은 하루치의 노동을 완수해야 할 의무를 지니고 있다. 위 시에서는 그렇게 살아가는 한 평범한 가장의 쓸쓸한 뒷모습이 절절하게 읽혀진다. 그 실루엣은 한 나절의 고된 노동을 마친 후 깊은 하늘 우러러보며 내뱉는 농부의 긴 한숨, 혹은 하루치의 피로를 뒤로 하고 석양빛에 떨구는 어느 근로자의 담배 한 줄기를 연상시킨다고나 할까.

위 시에 드러난 "하루치의 마음"은 달리 표현하면 하루치의 '의지' 혹은 하루치의 '에너지' 정도가 되지 않을까 싶다. 출근을 위해서는 개인적인 기분이 어쨌거나 "자벌레"처럼 "고개 벌떡 쳐들고" 제 시간에 일어나야만 하고, 그날의 일과를 감당해낼 "극치의 수치"만큼의 "다짐"이 충전되어야 하는 것이다.

마지막 연에서는 그 누구라도 피해가기 어려운 현대인들의 숨은 고충이 제대로 드러난다. 밀도 있는 생활을 지탱해나가는 게 힘들어 "온몸에 닭살독살"이 돋고 "어금니를 깨무는 밤"이 찾아오는 순간에 조차도, 그러나 '수치의 극치'에 이르는 '하루치의 마음'이 있어 그는 흔들리지 않는다.

위 시의 화자는 자신을 다독여가며 스스로의 기준을 지키려 애쓰는 현대인의 자화상에 다름 아니다. 모처럼 속마음을 활짝 열어 보인 화자의 고백이 또 다른 시편에서는 "더는 머뭇대지 않기로 했다. 꽃멍석 쪽으로 발걸음 옮겼다. 사는 일 죄 아스라했다."(「똥 밟은 날」)와 같이 변주되고 있다.

이처럼 이은봉 시인의 시세계는 착실하고 여린 가슴을 지닌 보통의 생활인들이 삶이란 전장에서 치열하게 도전하면서 맛보는 뿌듯함과 아쉬움 및 희망과 좌절들을 진솔하고 자연스럽게 우려낸다. 지나치게 격렬하거나 격정적이지 않은 '중용'의 미감을 견지하면서 노동과 함께 살아가는 현대인들의 희노애락을 가감없이 그려낸 점도 그만의 특징이라 하겠다.

한편, '외유내강'의 항상성을 지닌 이 시세계는 삶의 찌꺼기와 극적인 비의(悲意)들조차 이내 경쾌한 자연스러움과 웃음의 포즈로 바꾸어버리는 놀라운 힘을 보여주기도 한다.

  1) 짜샤, 시라는 놈! 쉰쉰 나이를 먹어도, 스물스물 날랜 발걸음으로
온다

    또 하루치의 절망을 쌓아올리고 있는 짜샤, 시라는 놈! 온갖 고독
을 데리고 온다 항상 비애를 거느리고 온다

    혼돈의 마음을 밟고 오는 짜샤, 시라는 놈! 저도 많이 외로워 수시
로 온몸 떨고 있다.

―「짜샤, 시라는 놈」 부분

2) 하늘은 하늘, 땅은 땅 모든 것들 다 그대로 있는데, 뜬구름같이,
뭉게구름같이 들어올려졌군요

    하늘나라로 들어올려졌어요 당신의 슬픈 영혼, 슬픈 인연 꽃상여
로 환하게 피어 있군요

    생자필멸이라더니, 달리는 수레바퀴 너무 작군요 너무 멀군요 한
줌 흙으로 돌아가는 수레바퀴지요

    그래도 아프기는 하지요 그래요 나도 당신도 아파야 내일이 오
지요.

―「生者必滅이라더니! ―J·T·I」 부분

"바쁜 꿀벌은 슬퍼할 겨를이 없다."고 한다. 그래서일까? 현실세
계의 법칙을 외면하지 않으면서 일상을 굳건히 딛고 선 이 시세계의

화자는 인생의 각종 비의들로 인해 함몰되지도, 그로부터 압도당하지도 않는다. 다만 생의 무거운 이면에 깃들어 있는 한 가닥의 진실을 발견하여 자기 토양의 밑거름으로 삼을 뿐이다.

대상들의 겉옷을 벗겨 부피를 줄이고 심각한 사연들 위로 장난기 어린 달콤한 양념을 뿌리는 행위는 이 시세계가 현대 사회를 효과적으로 지탱하기 위해 선택한 지혜이기도 하다. 물론 이때 화자가 자신과 타자를 향해 보여주는 다소 무심한 듯한 태도가 실상은 치열한 고뇌와 탐색의 과정을 거친 결과라는 점에는 이견의 여지가 없을 것이다.

'시'를 의인화 한 1)에서는 '시작(詩作)'이 주는 긴장과 고통이 어느새 가벼운 분위기로 변용된다. 특유의 긍정적인 힘이 작용하면서 시 창작이 주는 '고독'과 '비애', '외로움' 등이 유머러스한 느낌과 함께 사소함으로 화하고 있음을 본다.

반면에 2)는 인생의 숙명적 한계인 '죽음', 그 중에서도 '지인의 죽음'이라는 비극적 상황을 형상화한다. 그러나 위에서 한계 상황에 직면해서조차 화자는 이성적인 태도를 잃지 않는다. 마지막 연의 "그래도 아프기는 하지요."란 구절은 인간적으로 한층 성숙해진 경지를 드러낸다고 할까. 또한 이와 같은 초연한 자세 안에는 삶이 임의로 던지는 치명적인 비의조차 금새 살뜰한 가벼움으로 바꿔버리는 단단함이 전제되어 있다.

그렇다면 인생의 모순적 단면을 가뿐하게 처리하는 내공은 어디서부터 비롯한 것일까. 아마도 이는 이 시세계의 화자가 타자와 자신에 대하여 엄정하게 거리를 둘 수 있는 능력과 비워진 마음을 지닌 데서

오지 않았나 싶다. 이 마음은 곧 세상의 이치를 깊이있게 이해한 상태에서 그 이치 아래 존재하는 자신을 객관적으로 응시할 줄 아는 겸허한 자세와도 통하리라.

한편 이 시세계의 화자들은 낮아진 마음을 다잡아가며 자신의 일상사에 대하여 성찰하기에 여념이 없다. 그날 그날의 건실한 노동과 수고들이 모여 이 세상이 견고하게 다져지기를 원하는 것처럼, 그들은 자신의 일상 역시 매 순간 건실한 보람으로 차곡차곡 쌓여 완성되어가기를 갈망하기 때문이다.

> 꿈속에서도 이번 세상 그런대로 괜찮지 괜찮지 자꾸 되묻는다 높은 마음 다 버렸지 그렇지 그래서 얻은 것 너무 많지 너무 많지 거듭 다짐한다
>
> 선풍기 바람 너무 뜨거워 자꾸 눈 뜨는 한낮, 견디기 힘든 마음 자꾸 에어컨 쪽으로 발 뻗는다 신혼 무렵 원고료 대신 받은 고물 선풍기 아직은 잘 돌고 있는데
>
> 매미는 아예 베란다 안 방충망에 붙어서 운다 어제그제 허물 벗어 마음 급한 암매미겠지.
>
> ─「낮잠」부분

섬세한 화자는 늘 '이렇게 사는 게 괜찮은 삶인가', 과연 '남못지 않은 생활인으로 존재하는가'에 대하여 고심한다. 위 시에서 "꿈 속에서도", '괜찮은가'를 연신 반문하며 어제그제 허물 벗은 "암매미"처럼 마음이 급한 화자의 모습이 현대의 직장인들에겐 전혀 낯설지

않다. 그의 내면은 스스로의 자리를 끝없이 의식하고 거기에 합당한지 재차 자문하고 있다.

시 「낮잠」에서는 적당한 체념과 절제를 수반하면서 잠 속에서까지 '정중동(靜中動)'하는 이의 바지런함이 읽혀진다. 진지하게 24시간 '허물 벗을' 준비가 된 이런 화자의 모습이야말로 현대 사회의 근간을 이루는 생활인으로서의 표본이 아닐까 한다.

또, 이은봉 시인의 시세계가 보여주는 인간은 현실의 자리에 굳게 서 있는 만큼 항상 사람들과 함께 사람들 속에서 호흡하고 있다. 때로 그 역시 번잡한 인간관계로부터 온 상처로 인해 가슴을 쥐어짜면서도 인간적인 '정' 때문에 여전히 사람들 한복판에 서 있다. 관계의 아픔에 부대끼면서도 '너무나 인간적인' 성정 덕분에 관계의 끈들을 놓지 못하는 여리고 호기심 많은 영혼이 그 안에 자리함을 본다. 그는 "퇴근길 집 근처 단골 생맥주집에 들려 뒷주머니에 손가락 푹 찔러 넣은 채 이웃들과 어울려 허허허, 웃어젖히기도 하는"(「그런 소시민」) 소탈한 동료이면서, "꼬부랑꼬부랑 엇갈리는" 길일지라도 "그대 속마음 지나 내 가슴 속으로"(「길」) 이어지는 그 길을 영원히 걸어갈 정다운 이웃이다.

허형만 시인이 열세 번째로 묶은 근작 시집 『그늘이라는 말』은 전형적인 '서정'의 세계를 담보한다. 이 맑고 고운 서정의 세계는 또한 다양하고 아기자기한 면모를 자랑한다. 평범한 것들이 서정의 마법을 빌려 아름답게 변신한 이상향 안에서, 미시적인 대상들을 정성껏 어루만지는 시선이 결코 예사롭지 않다.

지리산 깊은 터에서
아흔 줄 어머니
고구마 덩굴을 들어 올리신다
줄줄이 딸려 나와 세상을 밝히는
저 붉은 고구마 앞에 나는
두 손 모아 절한다
바로 옆 참깨 밭에서
잘 여문 어머니 독경 소리가
우루루 쏟아진다
그 독경소리 앞에서도 나는
두 손 모아 절한다
그렇게 한나절이 갔다.

——「절하다」 전문

　　미시적 세계를 구상하는 시선은 일반적인 바라봄에 비해 훨씬 더 예리하고 정교하다. 한층 섬세한 안목으로 간파되면서 사물적 대상은 스스로도 미처 몰랐던 존재의 숨겨진 면모를 드러내기 마련이다. 마치 누군가가 다가가 손 내밀며 그 이름을 불러줄 때 비로소 무의미했던 존재가 '꽃'으로 화하는 것처럼 미시적 세계는 '견자(見者)'의 눈길에 의해 새롭게 깨어난다.

　　위 시에서 화자의 시선은 고구마 덩굴에 매달린 낱개의 고구마와 참깨밭에 가득한 참깨 한 알 한 알에 집중되어 있다. 평범한 눈으로 바라보면 고구마나 참깨는 그저 흔한 식물의 종류에 불과하다. 그러나 위에서 이들은 단지 육안으로 포착된 대상이 아니라 마음의 눈에 의하여 각성되어진 존재들이다. 따라서 고구마는 "세상을 밝히는"

고유의 의미를 부여받으며 참깨는 그 귀한 "어머니의 독경 소리"가 되는 것이다.

소소한 대상들에서도 숨겨진 의미와 고유의 생명력을 길어올릴 줄 아는 화자의 안목이 있어 시 「절하다」는 '고구마'와 '참깨'에조차 놀라운 존재감을 투여한다. 이와 같은 바라봄의 바탕에는 미물 앞에서도 "한나절이" 가도록, "두 손 모아" "절"할 수 있는 겸허와 생명에의 존중이 녹아 있다. 또한 이러한 '견자'의 모습이 시편 「그윽이 바라보다」에서는 산새와 구름 및 강물과 어린 소나무 등에 대한 간절한 투시의 제스처로도 나타난다.

한편, 작고 평범한 대상들에 대한 외경심의 이면에는 세계와 타자에의 끝없는 관심과 사랑이 자리하고 있다. 이 관심과 사랑은 때론 숱한 세월의 흔적에도 아랑곳 않는 산줄기처럼 은은하고 항구적인 색깔로, 혹은 활활 타오를 만큼의 격한 열정으로 드러난다.

> 1) 지하철 앞자리
> 젊은 여인의 가녀린 목에
> 진주목걸이가 빛난다
> 진주에 가면
> 그 여인을 꼭 만나야지
> 생각만 하다가 끝내 못가고
> 은하수처럼 출렁이는
> 섬진강 다리도 건너지 못하고
> 진주목걸이의 여인이 하늘하늘
> 샛강 역에서 내린다.
>
> —「진주에 가면」 부분

2) 위대한 땅 알리에스카

　　자작나무 흰 살결에 눈이 부신 한여름

　　온 땅이 화이어워드 야생화

　　불꽃으로 이글이글 타올라

　　저 푸른 하늘 가득 꽃물 드는데

　　녹아내리는 빙하에도 꽃물 드는데

　　어이 하리야 내 가슴에도 꽃물 드는데.

—「꽃물」 전문

　　풍부한 감수성의 세례를 받아 만물에의 그리움으로 충만한 가슴은 지나치는 일상적 대상과의 조우 속에서도 벅찬 희노애락의 화폭을 만들어낸다. 마음속에 수천 수만의 영상으로 저장된 경험과 상상의 편린들 가운데 대상과 조응한 그 순간의 정서와 가장 어울리는 모습이 선택되어 곧바로 시적 풍경을 이룬다고나 할까.

　　1)에서 화자는 "지하철 앞자리", "젊은 여인"의 목에 걸린 "진주목걸이"로부터 언젠가 "진주"에 살았던, 아니 어쩌면 상상 속에서 살았을지 모를 "그 여인"을 떠올린다. 사소한 물건에 불과한 진주목걸이가 애상적 사랑으로 가득찬 시심과 만나 그리움의 꽃을 활짝 피우는 과정이 잘 드러나고 있다.

　　위 시에서 "진주목걸이의 여인"은 누구나 가슴속에 하나쯤 간직해두고 있을 법한 비밀스런 동경의 대상이라 할 것이다. 그는 어린 날의 남모를 짝사랑이었을 수도, 낭만적 사치로 간직해온 완벽한 이성상의 모델일 수도, 혹은 가슴 아픈 실수 때문에 엇갈려버린 이후 평생 숙제처럼 안고 가야 할 옛 연인의 그림자일지도 모른다. 마음속으로는 늘 함께 하지만 결국 "섬진강 다리도 건너지 못하고", "하늘하늘" 사라져가는 뒷모습만 목도해야 하는 서글픔이 못내 애잔하다.

유정한 가슴 한 켠에서 늘 별처럼 반짝거리는 숨은 사랑이 있는가 하면, 격정적으로 불꽃처럼 타올라 폭발적인 영향력을 보여주는 그런 사랑도 존재한다. 바로 2)의 시편이 "화이어위드 야생화"를 통해 그러한 사랑을 형상화한다. 화자는 가장 척박하고 냉정한 땅 "알리에스카"에서조차 "이글이글 타올라" 온 천지를 '꽃'으로 물들이는 식물의 열정을 빌어 '내 가슴' 속의 '꽃물'을 이야기하고 있다. 열정과 사랑, 낭만과 애수로 가득찬 이 전형적인 남도 서정은 이어 "나는 사랑에 익숙지 못해서", "때로는 회창회창 흔들리지만", "오늘도 적막강산 마른 입술로 길고 푸른 길을 오르내리네"(「나는 사랑에 익숙지 못해서」)의 고백적 토로로 연결되기도 한다.

그런데 세계와 타자를 향해 더없이 관대한 사랑의 마음을 지닌 이 시세계의 화자가 자기 자신을 대할 때는 사뭇 달라진다. 그가 스스로를 응시할 경우 결벽에 가까울 만큼의 치열한 기준을 지키려 하는데, 이는 하나뿐인 생을 올곧고 청정하게 살아내고픈 강한 의지의 발로로 여겨진다.

> 보아서는 안 될 것 안 보며 살고자 했다
> 말해서는 안 될 것 말 안 하고 살고자 했다
> 보고 말 하는 게 모두 귀로 통하는지라
> 들어서는 안 될 것 또한 듣지 않고 살고자 했다
> 했으나, 토굴 면벽하지 않고서야 어이 하리야
> 마침내 들어서는 안 될 소리 듣고 말았으니

허유(許由)의 귀 씻는 정도 갖고는 어림없는 일
아예 귀를 자를 수밖에, 그래 자른 귀 염(殮)하여
솔바람소리 맑은 양지 바른 곳에 묻기 위해
아흔두 살 노모 계시는 지리산 속에 들다.

　　　　　　　　　　　　　　　—「귀를 염(殮)하다」 전문

　삶에 대하여 남달리 엄격한 기준을 지닌다는 것은 자신에 대한 검열을 강화한다는 의미이기도 하다. 타자에 대해서는 지극한 겸손함으로 존중과 연민의 자세를 잃지 않으면서도 스스로를 대상화할 때는 사시사철 독야청청한 소나무의 덕을 견지하려는 선비의 모습이 그 안에 투영되어 있다고나 할까.

　하지만 산사(山寺)에 따로 거하는 구도자가 아닌 현실적 삶을 영위해야 하는 생활인으로서 이러한 기준을 온전히 고수하며 사는 일이 쉽지만은 않을 것이다. 갈수록 오염되어가는 세태 가운데 홀로 절대적인 순수를 갈구할 때 주체가 직면하게 될 갈등 또한 예사롭지 않아 보인다.

　위 시는 내적 기준과 그에 상응하지 못하는 외부 현실의 사이에서 고뇌하는 화자의 답답한 심경을 잘 보여준다. 눈으로 보고 귀로 들은 것들에 대응하자니 살아가는 일이 아스라하여 되도록 "안 보며", "말 안 하고" 지나치려 하지만 저절로 들려오는 소리만은 어쩔 길 없어 결국 그는 "아예 귀를 자를 수밖에" 없는 처지에 놓이고 만다. "자른 귀 염(殮)하여", "솔바람소리" 맑은 산속으로 가져가는 그의 뒷모습에서 함부로 침범하지 못할 고귀한 정신이 느껴진다.

　이와 같은 면모는 시업(詩業)을 소명으로 하는 이의 엄숙한 시혼을

"삼동 내내 시리고 애린 손으로 칼칼히 칼칼히 씻어내고 있는 붓 한 자루"(「폭설 · 1」)로 묘사하기도 하고, 시편 「사시미」에서는 "나의 길"을 기꺼이 음미하며 여념없이 걸어가는 "심마니"의 모습으로도 그려지고 있다.

그렇다면 타인에겐 관대하면서도 자신을 향해서는 한없이 엄격한 '노블레스 오블리주(noblesse oblige)' 식의 시선은 어디에서 왔을까. 이는 주변의 모든 문제나 사태의 원인을 다른 곳이 아닌 '내 안'에서 찾으려는 '통한'과 '보속'의 정서에 기반한 것으로 여겨진다. 참회의 수준을 넘어 기꺼이 모두를 위한 대속의 제물이 되는 것까지 마다하지 않으면서 허형만 시인의 시세계가 보여주는 정신은 고품격의 가치를 확보한다.

> 1) 안개에 싸인 듯 아슴아슴한
>   선잠도 풋잠도 토막잠도
>   모든 게 다
>   내 탓인 줄 알겠더라.
>
> ― 「편지」 부분

> 2) 초록이 깊어가는 시간만큼
>   사람들은 그늘을 그리워한다
>   그늘과 서늘함이 만나는 자리
>   안식을 그리워한다
>   사랑하는 이여
>   초록이 깊어가는 시간만큼
>   나는 당신의 그늘이 되고 싶다

한낮의 그늘과
한낮의 서늘함을 모신
당신의 넉넉한 안식이 되고 싶다.

　　　　　　　　　　　　　　 ―「유월」 전문

　위 1)에서 화자는 살아온 생의 길을 돌아볼 때 뭔가 온전히 만족스럽지 못하여 후회나 섭섭함이 남는 과거지사들이 사실은 '모든 게 다 내 탓'이었다며 통회하고 있다. 제대로 취한 숙면이 아닌 "선잠도 풋잠도 토막잠도" 일단 죄다 나의 책임으로 여긴다면, 깊은 상처로 남아버린 어긋난 인연의 매듭도 절로 스르르 풀리게 되리라.

　다른 존재들을 위해 기꺼이 자신을 비우고 내어주기로 작정하면서 이 시세계가 표방하는 인간은 무더운 한낮의 '그늘'로 화한다. 바람 한 점 찾기 힘든 불볕의 더위에서 만나는 한 줌의 그늘은 허덕이며 인생길을 걷는 행인들에게 얼마나 큰 안식과 위로를 제공하는가. 2)에 인용된 시 「유월」은 이와 같은 맥락에서 '그늘되기'의 미학을 보여준다. 위 시에서 그늘이란 곧 깊은 "서늘함"인 동시에 넉넉한 "안식"을 의미하는 것이다. 이때 사람들이 쉬어갈 만한 그늘이 만들어지기 위해서는 울창하게 아름드리 자란 나무가 존재해야 한다. 그리고 이 나무가 제대로 자라나기까지 밝은 태양, 적당량의 비, 비옥한 대지와 충분한 거름, 때때로 불어오는 바람, 어깨를 나란히 하면서 동행할 이웃의 나무들 중 그 무엇 하나 빠져서는 안된다는 점 역시 간과할 수 없다.

　결국 「유월」이 보여주는 이상적 인간상은 다른 이들에게 넉넉한 편안함을 선사하는 한 여름의 '그늘'과 같다. 그는 다른 어떤 가치보다도 영혼의 아름다움을 우선적으로 희구하며, 자기 내면의 나무를 소중하게 키워냄으로써 타인들이 쉬어갈 그늘의 자리를 늘 새롭게 마련한다. 또다른 시편 「사람을 노래함」에서 그는 "살터 온 우주에 새녘 동터오는 새빛 같은 사람"이며, "샘밑 맑디맑은 영혼"을 지녀 "세상에서 가장 아름다운 빛"으로 화하는 존재이다.

제2부

리얼리즘, 현실적 체험, 서술성의 시화

미소로 승화된 눈물, 또는 눈물 속의 미소 ― 류순자, 이희경 시세계 일상의 본질로서의 비애에 대하여 ― 백무산, 향빱한 대상들과의 특별한 조우 ― 살경한 시세계 삶의 진실을 향한 구도(求道) ― 이지담 시세계 현대의 사유와 시

미소로 승화된 눈물, 또는 눈물 속의 미소

— 류순자, 이희정 시세계

　　류순자 시인과 이희정 시인은 전라도 지역 출신으로서 그 시편들
이 남도의 정서를 물씬 내뿜는다는 공통점을 지닌다. 이외에도 '자
연'을 시세계의 근원적 호흡으로 삼고 공존의 대상으로 인식한다는
측면에서도 유사성을 드러낸다. 대체로 류순자 시인의 자연은 전적
으로 합일과 친화의 미덕 안에서 삶과 사람살이의 굳건한 토대이자
태반으로 기능한다. 이에 반해, 이희정 시세계에서의 그것은 시적 화
자와 더불어 삶의 비극성을 체험하고 함께 아파하며 때론 동반자의
모습으로 구도(求道)의 길에 참예하는 적극적인 감정이입의 도구로
존재하고 있다.

　　한편 이 두 여성 시인의 시세계가 드러내는 여성성은 비교적 변별
되는 정체성을 보여준다고 하겠다. 먼저 류순자 시인의 시들은 넉넉
한 품 안에 흔들림 없는 모습으로 대상을 포용하는 모성적 여성성을

표상한다. 건강하게 그을린 낯빛과 구수한 흙냄새로 먼저 다가오는 이 어머니는 자신의 것을 다 내어준 채, 소탈한 이웃과 피붙이들에의 애정을 신념으로 하여 생의 고단함을 웃음으로 바꾼다. 그리하여 이 어머니의 시세계는 가난하고 먹먹한 작은 일상의 편린들에서조차 귀한 생명들을 끌어안음으로써 삶의 단물을 퍼올리기에 충분하다. 대지(흙)의 이미지를 풍기는 이 모성적 여성성은 시집 『내 마음에도 살구꽃 핀다』 전체를 통하여 '정갈한 넉넉함'의 서정 속으로 수렴되면서 군더더기 없이 깔끔하게 형상화되고 있다.

　그와 대조적으로 『아름다운 여자』에서 이희정 시인의 시편들은 예리한 감수성의 섬세한 떨림 속에서 고혹적인 포즈를 취한 사랑에 빠진 연인으로서의 여성성을 잘 보여준다. 그의 시세계가 표상하는 여성은 사랑이 주는 격렬한 감성의 파도 때문에 인생에서 회한의 눈물과 위무의 미소가 마를 날 없는 아름다운 사랑을 소유한 여자 그 자체이다. 삶은 곧 사랑이고, 사랑은 상처를 낳기 쉽지만 또한 그 상처는 반드시 치유되어야만 하기에 필연적으로 수행의 과정을 요구한다. 그러므로 끊임없이 사랑하고 흔들리는 이 시세계의 시적 화자는 구도의 길에 접어들지 않을 수 없다. 이 구도의 행위는 참된 자아를 찾아 나서는 여행으로 나타나는가 하면 해탈의 경지를 바라는 불법에의 귀의가 되기도 하고, 혹은 생이 지속되는 한 결코 멈추지 않을 시쓰기의 고행으로 표현되고 있다.

　『내 마음에도 살구꽃 핀다』에 나타난 류순자 시인의 시작(詩作)은 먼저 농촌 마을의 소소한 일상들을 더없는 애착의 눈길로 응시하여 언어 속에 가두는 것으로부터 출발한다. 무심히 지나칠 수 있는 평범한 고향의 풍광들조차 애정 어린 시선에 의하여 특별한 감동과 여운의 재료가 되고 시적 화자의 감흥은 절제된 풍경 속으로 자연스럽게 녹아든다.

> 밭가의 구릿빛 얼굴, 어제의 새색시이다
> 푸른 바구니에 다 익은 고추를 불룩하게 담아
> 배에다 대고 아그작아그작 겨우 걷는다
>
> 오늘은 할머니가 임신을 했다
> 뜨뜻한 인절미처럼 늘어진 할머니의 배가.
>
> ―「운수좋은 날」 전문

위 시는 우리네 시골 마을 어디에서나 손쉽게 만날 수 있는 할머니와 친숙한 자연의 모습을 제재로 하여 재미있는 상상력을 보여주고 있다. 1연에서 화자는 "푸른 바구니에 다 익은 고추를 불룩하게 담"은 채 걷고 있는 할머니를 바라보면서 젊고 아름다웠던 새색시 시절을 떠올려본다. 1연은 꽃처럼 고왔을 어제의 새색시가 오늘은 노쇠하여 고추바구니를 못 이겨 겨우 걷고 있는 모습이다. 2연에서는 나이테의 무게에 휘어 제대로 펴지지 않는 허리를 애써 곧추세우며 어색한 걸음을 옮기는 그녀가 어느새 임신부의 모습으로 변용되고 있다. 생산의 가능성을 포기한 지 오래인 "할머니의 배"가 생명을 잉태했으니 오늘은 의당 '운수좋은 날'이 될 테고, 고추와 인절미로 인해 더해진 먹음직스런 이미지는 오늘의 축복을 축하하기에 부족함이 없다.

한 장의 스냅 사진이라 해도 좋을 위 작품에서 사실은 도움이 필요할 힘든 노동의 장면조차도 따뜻하고 넉넉한 풍요로 바꾸어버리는 서정의 힘을 엿보게 된다. 여기에 작가 특유의 삶에 대한 긍정적 시선과 문면을 흐르는 해학의 아름다움이 전제되어 있음은 물론이다. 이와 같은 태도는 시적 화자가 어떤 밤, 손자에게 쉬를 시키는 할머니의 광경을 접하여 "달"과 "깨꽃"과 "할머니의 눈"(「저 환한 풍경」)이 동시에 웃음 짓는 형상을 포착하는 것으로 나타난다. 또한 가랑비와 사춘기 남학생들의 목소리 및 장터에 나온 앵두나물, 담배나물, 광대나물 등을 "왁자지껄"(「왁자지껄」)로 한데 표상하여 농촌의 봄을 생생하게 부각시키는 모습으로도 드러나고 있다.

고향의 풍경을 애정의 눈빛으로 주시하던 시적 화자의 다음 행보는 향토의 삶과 체취가 물씬 풍기는 에피소드들을 차근차근 이야기로 풀어놓는 것이다.

초등학교 동창 아이의 결혼식에 갔다
돌들이 도란도란 기대고 사는
냇갈 건너로 하교하던 송산리 친구가
옛날 한 20리 길 걸어와
집에 갈 때는 그만 발이 부어
고무신을 애태우게 하던 다른 한 친구한테
아이, 순자네 집 좋아? 하고
물었다 그래서 내가
아니, 물짜! 그랬다
송산리 친구는 목젖까지 내놓고 막 웃었다
나는 어안이 벙벙해

옆 친구의 눈치를 살폈다
너무 오랜만에 들어보는 사투리라 웃었다고 했다
그는 서울에 가서
알아듣나 못 알아듣나
전라도 사람들한테 써 먹어 봐야겠다고 했다
먹감처럼 살갑고 투박하게 웃는 친구들이라니!
그제사 나는 자세를 딱 잡고
목구멍이 보이는 그 친구 앞에서 말했다
앗따 내장 사람이 내장 말하는디
뭣시 그러케 우습당가.

— 「물짜」 전문

위 시는 사투리를 매개로 한 향토적 정서를 구수하게 표현한다. 초
등학교 동창 아이의 결혼식에 고향 친구들과 함께 다녀오며 나누던
정담에 "물짜"라는 사투리가 섞이면서 한바탕 웃음꽃이 만발했던 에
피소드가 생생하게 그려진다. 사투리를 비롯한 청각적 요소의 부각
은 친구들을 묘사하는 방식에서 과거와 현재를 오버랩시킨 2~6행의
부분과 더불어 이 시의 현장감을 살리는 주요 장치가 되고 있다.

이 작품은 7행과 9행, 20~21행에서 "아이, 순자네 집 좋아?", "아
니 물짜!", "앗따 내장 사람이 내장 말하는디/뭣시 그러케 우습당가"
처럼 직접화법이 쓰여지고, 13행에서부터 16행에서는 "너무 오랜만
에 들어보는 사투리라 웃었다", "서울에 가서/알아듣나 못 알아듣나
/전라도 사람들한테 써 먹어 봐야겠다" 등의 말이 간접화법으로 처
리됨으로써 인물들 간의 대화가 전경화되는 모습을 보여준다. 이처
럼 대화를 통한 에피소드의 시화는 독자들로 하여금 시적 화자의 생

생한 체험에 동참하게 하는 역할을 할 뿐 아니라 고향에서의 질박한 추억에 대하여 쉽게 공감하도록 돕는다. 한편 언어는 혼의 결집이고 언어공동체를 결속시키는 매개가 된다는 점에서 토속어를 주제로 한 이 시의 독특한 가치가 더욱 주목된다.

위의 시에 드러난 순박한 서정은 이어 고향을 이루는 개개 대상들에 대한 연민과 애정으로 전이된다. "긴 날을 허리 휘어지게 살아왔으면서도", "여유"를 잃지 않고 푸르게 지내온 고향 사람들에의 사랑은 "백암산 팔부능선에서", "더딘 세월"을 참아가며 "웃음"과 "눈물"을 교대로 피워내는 "백양꽃"(「백양꽃」)의 이미지를 빌어 곱게 형상화되었다. 또한 아직 한 송이 꽃으로 피어나기 전, 수줍고 수다스럽기만 한 무다리 여중생들의 모습은 수없이 다닥다닥 맺힌 벚꽃망울들에 비유되면서(「중학교 벚나무」) 천진무구의 싱그러움이 고향의 생명력과 어우러지고 있다.

> 어머니는 밤중 내내 안 잤나 금방 오강 여그다 여그다
> 요강을 탱. 탱. 탱! 필요 이상으로 두들겨댔다
> 어머니 추운데, 미안한데, 속으로 말하며
> 나는 한 음도 오독하지 않고 소리 나는 쪽으로 갔다
> 또 다시 어머니 옆으로 가 찰싹 자석처럼 또 달라붙었다
> 지난여름 장마에 물렁해진 때알 같이 푹 고개 숙인
> 젖꼭지가 그냥 좋았다
> 잠결에 어머니가 어, 큰일 났다 물난리 났다, 하며
> 이불을 한 쪽으로 마구 치웠다
> 그 모양이 어두침침한 실루엣으로 보였는데 잠결에도
> 나는 너무 추워 이불 밑으로 자꾸 파고들었다

어머니의 은반지 낀 손가락이 사기요강을 두드리면

스타카토로 곡은 참 좋았는데……

— 「정읍 탱고」 부분

고향을 이루는 그립고 애달픈 사랑의 결정체는 뭐니뭐니 해도 가족, 그중에서도 어머니라 할 수 있을 것이다. 프로이트에 의하면 어린아이들은 흔히 자신의 모든 필요를 공급하여 존재의 기반이 되어주는 어머니에 대하여 이상화하거나 자기 자신과 동일시하는 경향을 나타낸다. '1차적 나르시시즘'이라 명명[1]되기도 하는 이 같은 정서는 류순자 시인의 시세계에서도 많은 지면을 차지한다.

긴긴 겨울 밤, 요강에 오줌 누던 기억을 담은 위 시는 이불 하나를 네 식구가 같이 덮어야 하는 궁핍함 속에서도 훈훈한 사랑이 가득했던 화자의 가족사(家族史)이다. "합죽하니 우리만 보면 잘 웃어 쌓는" 소박한 아버지와 "배가 쭈글쭈글한" 가난한 어머니와의 삶이었지만 그 무엇에도 비기지 못할 따스한 정감이 시의 문면을 채운다.

화자의 마음속 깊이 자리잡은 이 정감은 "엄니, 오줌 마려워" 하자 잠결에도 "오강 여그다 여그다" 하며 "요강을 탱. 탱. 탱! 필요 이상으로 두들"기던 "어머니의 은반지 낀 손가락"에서 '탱고'의 리듬을 듣게 한다. 그리고 급기야 어둠 속에 요강이 엎질러져 "물난리"가 난 상황에서도 위 시의 평화로움은 조금도 흩어지지 않는다.

• • • •

1) S.Freud, 「On Narcissism ; An Introduction」, *The standard edition of the complete psychological works of S.Freud* 14, the Hogarth press, London, 1957.

고향처럼 포근하고 넉넉하여 가난도 훼손하지 못했던 어머니의 사랑에 대한 그리움은 또 다른 시편들에서 "서럽게 바람을 막아주던 모습", "어머니가 없어 텅 빈 고향"(「내 마음에도 살구꽃이 핀다」) 등의 구절로, 혹은 "어머니 굽은 등에는 바트는 혈액이 있어 자꾸만 나를 앞으로 나아가게 했다"(「구부야 구부야」)와 같은 고백으로 표현된다.

한편 고향의 삶에서 그림자처럼 묻어다니던 가난과 그로 인한 애환은 해학과 절제의 미학 속으로 용해되는 모습이다.

> 반듯한 부엌살림 하나 없는
> 하루 벌어 하루 쓰기 바쁜
> 그녀의 비탈진 고개를
> 조각달은 안다 친구의
> 일기장 훔쳐보는 것처럼
> 빨리 지는 조각달은.
>
> —「조각달」 전문

위 시의 1, 2행에서 그녀의 가난은 현실에서의 구체성을 담보한 표현으로 형상화된다. 이어 일상을 지배하는 궁핍은 "비탈진 고개"라는 상징으로 바뀌고 있다. 류순자 시세계가 보여주는 구체적인 간명함이 잘 드러난 대목이기도 하다.

피하고 싶지만 피할 수 없는 "비탈진 고개"와도 같은 가난이 그래도 아직 견딜 만한 것은 "그녀"의 심정을 알아주는 "조각달"이 있기 때문이다. 궁벽한 마음을 "일기장 훔쳐보는 것처럼" 조심스럽게 이해해주는 조각달이 있어 그녀의 가난은 고통스러울지언정 외롭지 않다. 이 시에서 가난이 드리우는 어두운 그림자는 인간과 자연 사이의 우주적인 우정으로 말미암아 극복된다. 이 작품은 또한 가난이라는 모티프가 해학의 넉넉함을 빌어 아름답게 증류되는 모습을 잘 보여 준다.

가난으로 인한 애환은 해학과 절제의 힘으로 증류되고, 나아가 궁핍하고 힘없는 약한 이들에 대한 포용과 애정이 시의 문면에 전경화 된다. 이 애정은 「들고양이와 함께」에서 "집에 사는 들고양이에게 먹다 남은 조기대가리를 내"어주는 행위로 표현되기도 하고, 「유채꽃」에서는 타국에서 비극적인 죽음을 맞은 외국인 체류자에 대한 연민으로 드러나고 있다. 이 시에서 "돈 벌어 집에 부쳐주려고 타국에까지 왔지만 돈보다 불을 먼저 만"난 이방인은 사회적인 약자를 대변하는 존재로 기능하며, 화자는 이 존재의 "가난한" 죽음에 대하여 "허허로운 유채꽃"으로 조문한다.

이희정 시인의 근작 시집 『아름다운 여자』에서는 이 작가 특유의 미려하고 복잡한 감성의 문양이 섬세한 떨림으로 그려지고 있다. 이희정 시세계의 시적 화자에게 있어 삶이란 사랑의 동의어이고, 사랑이란 슬픔이며, 슬픔은 곧 상처를 의미한다. 그러나 삶은 지속되어야만 하므로 사랑의 행위 역시 결코 멈추어지지 않을 것이다.

> 분당선 지하도에서
> 인도사람이 악세사리를 팔고 있다
> 푸른 팔찌, 붉은 목걸이, 흰 귀걸이
> 형형색색 푸짐하다

눈물 모양의 초록빛 목걸이 하나

눈에 들어온다

상인은 대뜸

이 목걸이는 낙타의 뼈를 쪼아서 만들었어요 했다

귀한 낙타 뼈를 어찌 이렇게 만들었을꼬 했더니

한국 돈으로 사십 만원 주면

낙타 한 마리 사요 했다

아, 그래서 네가 이곳까지 흘러왔구나

그래, 한 마리 낙타야

뜨거운 사막을 고행과 봉사로 살더니

죽어서 뼛가루는 나를 찾아와

내 가슴이 무덤이 되는구나

그래서 너와 나는 뼈로 만나

서로를 알아보는구나

오늘은 너의 푸른 뼈를

눈물이라고 썼다.

—「낙타의 눈물」 전문

위 시에서 지하도를 걷던 시적 화자는 낙타의 뼈를 쪼아서 만들었다는 초록빛 목걸이 하나를 발견한다. 먼 타국에서 왔다는 낙타 뼈로 된 목걸이는 여리고 섬세한 화자의 가슴에 먹먹한 파문을 던지기에 충분하다. 낙타에게도 삶은 다만 "뜨거운 사막"에서의 "고행과 봉사"였을 터이므로 초록빛 목걸이로 찾아든 "너의 푸른 뼈"로부터 화자는 응결된 "눈물"을 본다.

남다른 감수성의 축복 덕분에 인생이 터질 듯한 사랑과 슬픔의 연속인 화자에게 이국인의 손에서 건네진 한 조각의 낙타는 불현듯 자기 자신이 되어버린다. 또한 화자는 눈물과 상처뿐인 오늘, 잿더미로 남을 사랑일지언정 그 사랑을 수긍하지 않고서는 생이 존재할 수 없음을 잘 안다. 이러한 인식이 전제된 가운데, 시적 대상인 낙타에 대한 화자의 동일시는 "내 가슴이 무덤이 되"어 "뼈로 만나 서로를 알아보는" 광경으로 형상화되고 있다.

삶과 사랑에 대한 화자의 필사적인 애틋함은 "몸엣것 그 핏덩이만큼의 일생을 내게 지어주고 떠난 너의 송두리째"를 "잊지 못하고 사는 아픈 숨결"(「아픈 숨결의 너」)로 그려지기도 하고, 자신의 자화상을 "보랏빛 주검으로 누워 내다 본 풍경 사이 맨발로 만나는 여자"(「아름다운 여자」)로 묘사하기도 한다.

이토록 격렬한 감수성에 따라 흔들리면서 고통스러워하는 화자가, 그럼에도 불구하고 끊임없이 정진하는 것은 삶 혹은 사랑이 수반하는 상처 그것마저도 가치 있는 무엇이라 굳게 믿고 있기 때문이다.

> 밤새 죽어있던 내가
> 언제 그랬냐는 듯이 아침이면 깨어나는 내가
> 잘못 든 버스길을 다시 우회하는 것처럼
> 아직은 괜찮다
> (…중략…)
> 어둠 속에서 태어났다는 이유만으로
> 가슴 아픈 내 사랑과
> 막 터지려고 애쓰는 치자꽃 꽃망울이
> 쉴 새없이 벙그는 속
> 호흡과 호흡 사이의 내가

아직은 괜찮다.

— 「아직은 괜찮다」 전문

　이제 시적 화자는 눈물과 고통이라는 삶의 무게에 허덕이는 자신에게 적극적인 위무의 말을 건넨다. 1, 2행에서 "밤새 죽어있"다가도 "언제 그랬냐는 듯이 아침이면 깨어나는" 모습은 갈대처럼 흔들리면서도 매순간 제자리로 돌아오곤 하는 탄력을 의미한다. 더불어 '죽음'과 '재생'의 이미지를 함께 떠올리게 되는 이 대목은 사랑과 슬픔 등의 모든 감정을 남보다 더욱 절실하게 느낄 수밖에 없을 화자의 섬세한 감성을 드러낸다.

　시의 후반부에서 개화하기 위해 혼신의 힘을 다하는 "치자꽃 꽃망울"로 비유된 "가슴 아픈 내 사랑"은 늘상 요동치긴 하지만 그래도 삶의 "호흡과 호흡 사이"에 건재하는 모습이다. 때론 아슬아슬해 보인다고 해도 이면에 존재하는 치열한 떨림만큼의 에너지로 다시 되살아나기 때문에 화자는 "아직은 괜찮다"란 말로 자신의 삶을 격려할 수 있다. 이처럼 스스로의 마음을 위로하고 진정시키려는 태도는 "남 몰래 흘리는 눈물"을 "삶의 향기"(「사랑의 묘약 中」)로 표현한 대목이나, "슬픔의 뿌리 다독이며 눈부신 열매들 끝없이 매달았네요"(「열매 예찬」)와 같은 구절들에서도 엿보인다.

　한편, 이처럼 삶이 주는 상처 속에서도 부지런히 스스로를 다독이며 위무하던 화자는 이제 그 모든 인간적인 번민들을 온전히 초월하고도 남을 차원 높은 구도의 길로 서서히 접어든다.

인연의 사슬을 끊고
윤회의 수레바퀴를 떠난 정토(淨土)에서
살고 싶다는 고구려인을
따라가 보기로 했다
사람의 손길 묻은 자리에 벽화로 남은 남녀는
무덤 속 그 벽에서
다시 태어나기를 염원했는데
지금은 어느 몸 받아
어느 곳에서 살고 있는지

나처럼
마음에 연꽃 피우며
아직도 비천(飛天)을 꿈꾸는
환생의 슬프고 어진 통증을 견디는
여자가 되었을까
몸의 일부가 된 세상을
등뼈처럼 지고사는 그 고독이
쾌쾌한 무덤 속을 맴돌았을 터이니
자색나무를 타고 탄생을 꿈꾸던
고리 튼 머리의 여자와 상투머리의 남자를
천도하기 위하여 나는 지금도
한밤중 결가부좌를 튼다.

— 「고구려 고분벽화」 전문

상처를 남길 줄 알면서도 사랑하지 않을 수 없고, 사랑의 결과로 남겨진 상처에 아파하면서도 다시 사랑하기를 반복해 마지 않던 화자가 궁극적인 해답으로 선택하게 되는 것은 초월에의 결단이다.

위 작품에서 시적 화자는 시공간을 뛰어넘어 고구려 고분 벽화의 주인공들을 자신과 동일시하고 있다. "지금은 어느 몸 받아 어느 곳에서 살고 있는지" 모를 그들 역시 화자와 마찬가지로 윤회의 수레바퀴에서 벗어나 해탈의 경지에 이르기를 갈망했으리라. 어쩌면 벽화에 그려진 여인 역시 "환생의 슬프고 어진 통증을 견디는 여자"이었을 것 같기도 하고, "세상을 등뼈처럼 지고사는 그 고독"에 시달렸을 법하다.

이전까지의 시적 행보에서 대체로 스스로의 아픔을 위무했던 화자는 위 시에서 시공간을 달리하여 만난 이들에게까지 기꺼이 구원의 손길을 내민다. "고리 튼 머리의 여자와 상투머리의 남자를/천도하기 위하여 나는 지금도/한밤중 결가부좌를 튼다"는 마지막 대목은 불법에 귀의하여 열반의 세계를 꿈꾸는 이의 좀 더 차원 높은 사랑의 소망을 보여주고 있다.

한편, 이희정 시인의 시세계에서 일단의 주요한 모티프를 이루는 '시쓰기'라는 행위 역시 구도(求道)의 연장선상에 놓인 것으로 생각할 수 있겠다. 해탈의 경지를 꿈꾸는 이가 매순간 자신의 전부를 바쳐야 하는 것처럼 '시쓰기'의 고행 역시 결코 쉽지 않은 작업이다. 끝없는 정진의 열매인 시편들 하나하나 모두가 "한 방울의 눈물로"(「눈물」), "작년 것 불씨"까지 "살려"내야만 "서늘한 몸빛으로"(「이렇게 시를 쓰는 아침」) 겨우 탄생하는 언어의 사리인 것이다.

일상의 본질로서의 비애에 대하여

— 백무산 시세계

몸 하나 하수구를 빠져나가다 걸려 있다
패션거리 네온 불빛 휘황한 거리의 지하도
지상을 떠받친 거대한 기둥에 걸려 있다

박스를 깔고 누더기 이불에 반쯤 가려진 벗은 여자
불에 타다 만 베개에서 떨어져 뒹구는 머리통
거품처럼 엉킨 머리채 누렇게 부은 볼에 뚫린 검은 입
훌러덩 드러내어 대리석 바닥에 쏟아놓은 아랫배
불룩 솟았다가 철썩 가라앉고 솟았다가 다시 꺼지고
진한 거웃에 찔러넣은 의수 같은 손

아직 욕망이 다 빠져나가지 못한 저 몸
나는 모른다
지상의 높은 곳을 오르다 굴러떨어졌는지

누가 저 높은 곳을 쌓으려고 벗겨가버렸는지
스스로 벗어버렸는지 나는 모른다

하지만 어떤 경우든 나는 안다
배설된 저 몸
다 소화되지 못한 욕망의 배설물
과식의 위장을 빠져나와 쿨렁쿨렁 하수구를 지나다
걸려버린 한 무더기의 배설물
아직은 누군가 그리울
아직은 단꿈이 남았을
한 무더기 배설물의 지상은 패션거리다.

— 「당신들의 배설물」 전문

위 시는 백무산 시인의 최근 시집인 『그 모든 가장자리』의 주제 의식을 가장 잘 대변하는 작품이라고 생각된다. 첫 연에서 화자는 욕망의 에너지가 포화 상태에 이른 자본주의 공동체의 위태로운 모습을 형상화하고 있다. 화자의 예리한 눈에 비친 이 사회는 개인들의 '몸'이 하수구 안에 갇혀 있는가 하면, 네온사인으로 상징되는 퇴폐적 도시 문화로 얼룩져 있다. 고속의 성장과 발전 이면에 배태된 짙은 그늘은 쉽사리 양지로 변화하기 어려울 것 같다.

두 번째 연으로 가면 모순으로 가득한 공동체의 아픔이 어느 이름 없는 여인을 통해 잘 드러나고 있다. 여기서는 '그 모든 가장자리'에 위치한 존재들 중에서도 가장 약한 자에 속하는 소외된 한 여인이 등장한다. 노숙자의 상태로 죽음 같은 삶을 살고 있는 2연의 주인공은 몸의 각 부분 부분들이 이미 완전히 해체된 모습이다.

그녀의 몸은 분리되어 뒹구는 머리통, 엉킨 머리채, 누렇게 부은 볼, 뚫린 검은 입, 바닥에 쏟아놓은 아랫배, 의수 같은 손 등 각각의 구성물들이 그로테스크한 분위기와 함께 조각나 있으며 각 부분들이 해체되었기에 서로의 고통 역시 전이되거나 이해 혹은 인식되지 못하는 상태에 머물러 있다.

시의 3연은 후기 자본주의 사회의 한계를 여실히 보여준다. 가짜의 욕망을 부추겨서라도 소비를 극대화시키는 현대 사회에서 몸은 욕망으로 차오르는 동시에 욕망의 노예로 기능한다. 또한 3연의 화자는 하수구에 걸린 "몸 하나"를 바라보면서 소유와 욕망의 희생 제의를 떠올리고 있다. 즉 한 여인을 가장 비참한 모습으로 남게 한 것은 따지고 보면 그녀의 탓도, 혹은 화자의 책임도 아닌 사회 구조의 근본적인 문제에 기인하는 것으로 여겨진다.

한편 마지막 연에서 몸은 후기 자본주의가 잉태한 욕망들의 한 무더기 '배설물'로 정의된다. 외부 현실에의 깊이 있는 성찰과 사색이 있어야 할 자리에 욕망의 과식으로 인한 찌꺼기만 허허롭게 남은 터라, 일말의 휴머니즘적 성정마저 기대하기 어려워진 그곳엔 알맹이를 잃어버린 껍질들의 파편만 가득하다.

늦은 밤 서울역 대합실
오가는 사람 번잡한 광고판 아래
여자 신발 한 켤레 코를 맞춰 단정하게 놓여 있다
누가 벗어두고 간 것일까

오래 붙들고 놓지 않는 전화를 끊고

망설이다 목적지를 바꾸고 차표를 교환하고
울먹이던 전화소리 귀에 쟁쟁한데
다시 와보니 신발은 그대로 있다

어릴적 강 건너 나환자촌에 신문을 넣기 위해
매일 새벽 건너야 했던 강
어느 가을 새벽안개 속 바위 위에
여인이 벗어놓고 간 하얀 코고무신을 보았다
안개 짙어 물은 보이지 않는데
강은 내 발목을 오래 붙잡고 있었다
누군가 곁에 있어주어야 할 것 같았다
삶의 벼랑에 서면 걸어온 발을 다 벗어버리고 싶어서일까
발을 벗고 여자는 어디로 흘러간 것일까
역 앞 대로에는 앰뷸런스 소리 또 요란하게 달려가고

막차 안내방송이 울리고 신발은 그대로 있고
사람들이 빠져나가는데
죽음만큼 다른 삶을 찾아가는 역은 어디에 있는 것일까.

— 「밤 서울역」 전문

위 시는 실존의 피폐함에 억눌린 나머지 삶을 포기해버린 이들의
안타까운 심경을 피력하고 있다. 첫 연과 둘째 연에서 클로즈업 하고
있는 빈 '신발'은 존재의 부재를 암시하는 동시에 주인 잃은 삶의 공
허를 표상한다.

위에서 극한에 놓인 실존은 노상 울먹이면서 전화를 붙들고 있거
나 어디로 가야 할지 몰라 즉흥적으로 목적지를 바꾸는가 하면 팬시

리 차표를 교환하는 등 몹시 불안해하는 모습이다. "늦은 밤 서울역"에서 씁쓸한 삶의 고통을 마주하던 화자는 3연에 오면 빈 신발의 기표와 연결되는 어린 시절의 추억으로 빠져든다.

어린 시절의 에피소드가 강조된 3연은 어느 가을 새벽 무렵, 안개로 뒤덮인 한적한 강가 바위 위에 잠자코 놓여 있던 한 여인의 '하얀 코고무신'을 집중적으로 조명하고 있다. 이름모를 여인의 삶에 대한 포기를 은밀하게 암시한 이 대목에서 화자가 제시한 여러가지 오브제들과의 조우가 마냥 서러워짐은 왜일까.

마지막 연에서 삶을 감당하지 못하는 실존들의 고뇌가 "막차 안내방송"을 올리며 "죽음만큼 다른 삶"을 찾아 몸부림치는 데 이르는 건 순간 순간의 현실적 삶이 너무나도 치열하고 아픈 때문이리라.

> 창을 열고 내다봐도 안방이다 대문을 열고 나가도 안마당이다
> 저 밝은 불을 좀 꺼다오 저 눈을 찌르는 조명 때문에
> 저 국경경비대 때문에 저 1퍼센트 제국의 십자군 때문에
> 저 세계라는 경계의 말뚝 때문에 나 때문에 나 때문에
> 밖을 볼 수 없다 밖을 내버려두라 침묵을 내버려두라
> 고요를 내버려두라 흘러가는 것을 내버려두라
> 바깥은 내가 더 태어나야 할 곳이다 나의 잠재적인 신체다
> 내버려두라 내버려두어야 하나가 된다
> 저 불을 좀 꺼다오 제발
> 저 눈알을 후벼파는 조명.
>
> ― 「인간의 바깥」 부분

인간의 삶은 늘 허허롭고 일상 중에 조우하게 되는 갈등들은 해결

하기가 만만치 않다. 인용된 위 시편에서도 화자는 좀 더 이상적인 삶을 희구하면서 고군분투하지만 하루하루 속으로 상처들이 곪아갈 뿐, 연대와 화해의 기미는 조금도 보이지 않는다.

이 시편에서 안과 밖은 경계에 의해 철저히 구분된, 어울릴 수 없는 영역으로 등장한다. 위에서 '고요'와 '침묵'을 애타게 바라는 화자에게 현실적인 잡음과 세속적인 요소들로 온통 시끄러운 "안"의 세계는 극복의 대상으로만 여겨질 뿐이다. 그리하여 현실세계에 대한 피로감에 지친 그의 시선은 이데아이자 유토피아로 여겨지는 "바깥"에 몰입하기 시작한다. 그러나 그것도 잠시일 뿐 한계로 가득한 상황 속에서 꿈꾸던 소망은 좌절당하고 안의 세계와 바깥의 세계는 점점 멀어지고 마는 모습이다. 요란한 공포의 세계인 내부로부터 벗어나 경계를 뚫고 이상세계로 도약하고자 하지만, "눈을 찌르는 조명"과 "국경경비대" 및 "제국의 십자군" 등의 방해로 화자에게 소망의 실현은 요원하기만 하다.

화려한 치장과 무력 혹은 폭력으로 위장한 방해 요소들은 진정성 있는 실존의 자리와 개인들의 정체성을 위협하고 있을 뿐 아니라 현대를 살아가는 이들 안의 사회에 대한 비판의식과 억눌린 불만들을 배가시키고 있다. 결국 외부의 세계로 탈주하기를 간절히 원하지만, 상황의 한계에 갇혀 그 어떤 행동도 적절히 취하지 못하는 화자의 심경이 안타깝게 전해온다.

평범한 대상들과의 특별한 조우

― 설정환 시세계

1. 설정환 시인의 신작 시편들 가운데 제일 먼저 눈에 띄는 작품은 「그 여자 먹물들이네」이다. 보편적인 서술시의 형태를 지닌 이 시는 시세계 특유의 사물을 바라보는 예리한 시각과 외부에 대하여 차분하면서도 유머러스한 태도를 잘 보여준다.

> 개불알꽃 피어 있는
> 마당에, 바지랑대 꼿꼿하게 세워
> 빨랫줄에 먹물 들인 천을
> 널찍이 펴 널어 말리는 여자를
> 나는, 훔쳐본다
> 젖은 먹빛에 흰 빛을
> 넣었다 뺐다
> 비볐다 빨았다 하다가는

탈탈탈 털리기도 하다가는

(…중략…)

햇빛을 하얗게 펴 놓은 마당 위에서

애애하게 젖으며 뒹굴다가는

개불알꽃 꽃그늘로

몸을 숨기는 순간을

나는, 보아버렸다

먹물들인 천들이 느리게

더 느리게 말라가는

조용한 마을에

큰 붓 한 번 들어

검은 빛에, 흰 빛 한 점을 찍어 내어

개불알꽃 속에 감춘

별빛 같은 시 한 편

반백의 그 여자에게 적어 주었다

마을에 닿는 독경 소리에

별빛 하나 둘씩

무거운 몸을 놓아두고

먹빛 하늘로 날아오르는 것이었다

그 여자의 아들은 오래 전에

아주 오래 전에 산문에 들었다 한다.

—「그 여자 먹물들이네」 전문

화자는 어느 맑은 날, 흰 바탕에 먹물 들인 천을 곱게 빨아 햇살 가득한 마당에 널어 말리는 한 여인을 주목하게 된다. 1연에서는 이 여인이 빨래하는 과정과 빨래가 반듯한 모양새로 빨랫줄에 놓이기 전, 탈탈 털려서 적합한 형태로 만들어지는 모습 등이 감각적으로 드러나고 있다.

또한 1연은 마당의 "개불알꽃"을 배경으로 하여 3행의 "먹물들인 천"과 15행의 "햇빛을 하얗게 펴 놓은 마당"이 마치 성적 합일을 시도하는 듯한 장면을 연출한다. 먹빛과 흰빛이 조화를 이룬 시적 대상에의 애정 어린 상상력은 1연 끝부분에서 극대화되고, 해학적이면서도 토속적인 분위기가 주조를 이루는 가운데 시상은 명료해진다. 이어서 화자는 "먹물들인 천"의 구성 성분들이 "꽃그늘로 몸을 숨기는 순간"에 섬세한 태도로 집중함으로써 희화화된 배경에 환상적 분위기가 더해지는 모습을 보여준다.

한편 1연이 대상을 구체적인 감각과 넉넉한 정서로 포착했다면 2연에서는 시의 주인공인 "반백의 그 여자"에게로 관심의 초점이 옮겨지고 있다. 2연의 7행과 10행에서 반복되는 "별빛"은 "그 여자"에게 구원의 표지이며, "독경 소리"의 처연함이 겹쳐지면서 애틋함을 동반한 소망의 의미를 드러낸다.

그러나 2연의 마지막 행에서 소시민의 풋풋한 희망이 "먹빛 하늘로 날아오르"면서 고양되는 순간도 잠시, 3연을 통해 "오래 전", "산문"에 든 아들의 말 못할 안타까운 사연이 암시된다. 위 시편에서 소소한 희망으로 하루하루의 삶을 지탱해보지만 곧잘 기대가 비애로 변하고 마는 소시민의 아픔에 대한 화자의 연민어린 시선을 목도한다.

앞의 시가 생활 속에 존재하는 평범한 소재들을 중심으로 생명성과 해학적 요소가 결합된 시적 아름다움을 잘 표현해낸 데 반하여, 다음의 작품은 한층 고양된 감수성과 폭넓은 서정적 태도로 주변의 대상들을 감싸 안는다.

> 동백꽃 붉은
> 꽃 떨어지다가 멈춘 그 사이를
> 가만히 받쳐 주고 있는 겨울 햇살에
> 한없이 기대어 있고 싶어지는
> 그림 한 점과 인연 맺는데
> 마흔 대여섯 해를 보낸 여자가
> 소설 한 편을 내려놓는 순간
> 앵두나무를 타고 올라간 나팔꽃이
> 피었다 시들었다 하는 사이를
> 며칠씩 내버려두어 보았습니다
> 나 하나쯤 세상에 없는 것처럼
> 노랑나비 두 마리가
> 어지럽게 뒤엉키는 사랑이
> 미모사도 알아채지 못한 채
> 살짝 저질러지고 만 것을 두고 보았습니다
>
> 그날 마른 멸치를 놓고
> 혼자 점심을 먹는 그 여자를
> 나도 어쩌지 못하였습니다.

— 「멸치」 전문

위의 인용된 시에서 화자는 아마도 중년 남성이 아닐까 여겨진다. 전체 시편을 통해 화자는 삶의 어느 한 순간, 예기치 않게 찾아온 은

밀한 연정에 대하여 우회적인 방식으로 풀어놓고 있다.

첫 연에서 화자는 다양한 이미지들의 조합을 동원하여 현실을 마치 화폭 속의 정경인 양 묘사해낸다. 화자는 흩어진 동백꽃잎들과 고요한 겨울 햇살을 배경으로 소설을 내려놓는 한 중년의 여인과 자신을 열었다 닫았다 하는 나팔꽃을 번갈아 응시하고 있다. "동백꽃―겨울 햇살―마흔 대여섯 해를 보낸 여자―앵두나무를 타고 올라간 나팔꽃"으로 이어지던 애상적 분위기는 은밀하게 이루어져버린 "노랑나비 두 마리"의 사랑으로 연결되는 모습이다. 1연 뒷부분에서 화자의 예민한 촉수에 포착된 한 쌍의 나비는 "나"의 중년 여인에 대한 미묘한 욕망을 암시하는 것으로 여겨진다.

한편 소외된 약자로서 여인의 이미지가 강조된 2연에서는 차마 "어쩌지 못하"는 화자의 "그 여자"에 대한 연연함이 아련한 여운을 남기면서 진한 감동을 선사한다.

그런데 약하고 힘없는 이들에의 애처로움이 가득한 이 시세계의 또 다른 이면에는 자본주의 문명의 그늘 아래서 신음하는 도시 주변인들의 삶이 깊게 배어 있음을 본다.

> 그 여자는 닭 날갯죽지를 한 손에 쥐고는
> 아무렇지 않게 닭 모가지에 칼을 쑤셔 넣는다
> 닭장을 등진 그녀의 처진 아랫배 께에서
> 순식간에 소리 없이 숨을 끊어 놓더니
> 쭉 뻗은 다리를 잡아서는 털 뽑는 기계에 휙 던져 넣는다
> (…중략…)

닭털을 벗은 그 살빛이 아이 볼살만큼이나 하야났다
탕탕, 닭발이 잘리는 소리가 나고
똥구멍깨에서 손을 쑤셔 넣어 내장을 뽑아낸다
소리조차 없이 죽은 영혼을 위무하듯 속을 텅 비워내서는
스스로 목탁이 되어 우는 제샀닭 한 마리를
그 여자가 버릇이 된 손놀림으로
검은 봉지에 담아 건네는 순간
닭은 손가락에 매달아 놓은 풍경처럼
온몸을 던져 흔들리며 흔들리며 울기 시작한다

한 목숨 공양 올리는 소리 분주한 순창장에 가면
등에 업힌 아이를 잘 키우고 있는 매일닭집에 합장하고 싶다.
— 「매일닭집」 전문

    총 3연으로 구성된 위 시편은 닭 한 마리가 여주인의 손에서 생닭으로부터 조리하기 쉬운 형태로 바뀌어 손님에게 건네지기까지의 과정을 정밀하게 그려내고 있다. 1연에서 "그 여자"의 손에 붙잡힌 닭은 숨이 끊어지고, "털 뽑는 기계" 속으로 던져져서 이내 뜨거운 물에 젖은 채로 전기가 흐르는 통 속에 안치된다. 이어서 2연에서는 "닭발"이 잘리고 "내장"까지 제거당하면서 비로소 "한 마리"의 "제샀닭"으로 변한 대상의 허무함이 부각되고 있다.

    한편, 화자는 "그 여자"의 닭 잡는 모습을 정밀한 카메라의 시선으로 시종일관 따라가다가 2연 끝부분에 이르러서야 비로소 대상에 대한 울컥함과 안타까운 소회를 피력하는 모습이다.

    그런데 이 대목에서 "온몸을 던져 흔들리며", "울기 시작"하는 닭

의 처연한 모양새로부터 일종의 알레고리적인 의미를 읽게 되는 것은 왜일까. 아마도 이는 자신의 의지와 무관하게 더 큰 힘에 의하여 희생당할 수밖에 없는 "매일닭집"의 수많은 닭들이 복잡한 현대 사회 속에서 고군분투하는 소시민들의 형상과 겹쳐지면서 닭들의 수난이 인간적인 것으로 치환되기 때문이리라.

또한 생닭의 목숨을 주저없이 끊어야 하는 "그 여자" 역시 일상의 노고들로 "등에 업힌 아이"를 키워내야만 하는 숙명을 지녔다는 점에서 생명을 짓밟는 잔인함보다는 인간적인 비애의 표상으로 떠오른다.

4.

누가 어쩌자고 이런 곳에 미술관을 지은 것일까 대중 속으로 들어가기를 처음부터 포기하고 잘못 든 길에서 만나게 되는 미술관, 자하에 가면 장수하늘소를 만나게 될 지도 모른다 더 이상 오를 수 없는 길 끝에 엉겅퀴꽃이 피어 길이 사라졌다고 느낄 때 그 지점에서 멈춰보라 바로 자하가 거기 있다 늘 누구보다 먼저 하늘의 함박눈이 가장 먼저 닿는 곳이며 바람과 비와 그리고 풀섶을 건너가는 풀벌레소리를 함부로 다루지 말아야 한다 자하의 작품이다

작품 전시가 없는 날이어도 후회할 필요도 없다 자하에 서 보면 삼백육십오일 자하가 초대한 작품을 마음 가는 대로 실컷 공으로 보고 올 수 있기 때문이다 혹여 전라도 사투리라도 섞여 튀어나올 것 같은 자하사람들에게는 미술관 뒤뜰에 떨어지는 떡갈나무 이파리 냄새가 날 것이다 그들과 인연이 깊어져서는 단 하룻밤이라도 미술관 빈방에 들어 잠들게 된다면 당신이 눈을 뜨는 새벽에는 분명 당신 옆에서 나란히 누워 생을 마친 장수하늘소와 함께 누워 있을지 모른다 놀라지 마시라.

— 「미술관 자하(紫霞)」 부분

앞의 시편들이 대체로 에피소드 중심의 서술적 경향을 보여주었다면 위 시는 편안한 경수필에 가까운 어조를 빌어 전개되고 있다. 미술관 '자하'에 대한 인상에서부터 시작하여 찬찬히 이의 여러 가지 면모에 집중함으로써 깊은 소회를 풀어놓는 이 작품은 진지한 사유와 고찰을 목표로 한 서술적 서정성에 접근하는 모습이다.

우선 시의 첫 번째 연에서는 큐레이터가 방문객의 전화에 친절히 응대하는 일상적 장면을 그려낸다. 육하원칙에 입각한 큐레이터의 '자하' 소개를 보여주는 이 대목에서 독자들은 "서울에서 가장 높이" 위치한 채, 어떤 신성성마저 감지케 하는 '자하' 미술관에 대한 호기심에 젖을 것이다.

이어서 2연은 높은 산기슭에 놓인 자하 미술관에 도착하기까지 감수해야만 하는 방문객의 수고와 인내에 대하여 피력한다. 그런데 땅보다 하늘에 더 가까이 위치한 이 미술관에 오르는 일은 마치 끝없는 길을 걷는 순례자의 그것처럼 경건한 침묵을 필요로 한다. 전시된 미술작품들에 대하여 진정한 감상자이기 위해선 지상에서의 모든 때를 벗고 초연해져야 함을 고달픈 여정 가운데 가르치면서 미술관 '자하'는 한껏 고고(孤高)함을 뽐내고 있다.

한편 위 인용부의 첫 연을 이룬 3연에서는 외딴 곳에 지어진 미술관에 대한 화자의 투정 섞인 푸념이 잘 드러난다. 2행의 "장수하늘소", 3행의 "엉겅퀴꽃", 4행의 "함박눈"과 "바람", 5행의 "비"와 "풀벌레소리"로 이어지는 이 대목은 한 폭의 맑고 고운 수채화를 보여주는 듯하다. 또한 서정을 극대화하는 소재들을 한데 모아 펼쳐놓은 정경에 대한 친근감을 유발하면서 화자는 독자들을 '자하'의 넉넉한 품 안으로 인도해간다.

마지막 연은 전체 시편의 클라이맥스라 하겠는데 자하 미술관에서 일하는 사람들에의 무한한 신뢰와 감사가 들어 있다. "전라도 사투리"가 금방이라도 튀어나올 것처럼 그지없이 풋풋하고 순수한 이들은 "떡갈나무 이파리"가 전하는 느낌 그대로 공격적인 동물성이 아닌 식물성의 촉촉한 옷을 입은 모습이다.

인상적인 자하 미술관에 대한 개괄적 소개, 이 대상의 공간적 위치, 자하까지 오르는 가파른 여정에의 소회, 천상의 순수를 닮은 자하 사람들에의 애정 등으로 구성된 이 한 편의 시에서 독자들은 편안하게 대상을 탐색해가는 수필적인 서술시의 진수를 맛볼 수 있을 것이다. 인왕산 자락 아득한 곳에 자줏빛 노을을 비밀처럼 숨긴 시적 대상과의 신비스런 조우가 향기롭다.

삶의 진실을 향한 구도(求道)

— 이지담 시세계

이지담 시인의 시세계는 소탈하면서도 진솔하다. 그녀의 시들은 주어진 환경 안에서 하루치만큼의 수고와 피로를 감내하며 고군분투하는 서민들의 모습과 현실적인 애환을 담아낸다.

> 1) 전기장판에 로고테라피 스위치를 올리면
>   시장 좌판에서 판 양말들의
>   짭조름한 안부가 잠을 몰고 온다.
>
> — 「늦은 저녁」 부분

> 2) 가상공간에서의 지난 일들은 잊으시고
>   현실 세계에 오신 걸 환영한다는 속삭임
>
>   화려한 외출은 잠깐이었고
>   가슴에서 밀려나 방치된 보푸라기 시간들

유명메이커의 가면을 벗어버리고
세월의 흔적만을 걸치고 모여든 헌 옷들

아름다운 세계로 가슴 하나씩 들고 모여든다
말의 풍선을 들고
초등학교 입학식에 들어서는 아이처럼

해를 밀어 올리던 손 하나가
손을 잡아 줄 거라고 최면을 건다
기다림의 사막을 건너서
스스로 만들어가는 신화에게로
당당하게 걸어가는 발걸음엔 진실을 신었다.

— 「아름다운 가게」 전문

위 1)은 종일 시장 좌판에서 양말을 팔아 생계를 이어가는 영세 상인의 짧지 않고 쉽지 않은 하루의 궤적을 보여주고 있다. 일상의 고통 속에서도 말없이 삶을 인내해가는 이 시대 서민들의 전형성을 잘 드러내면서, 위 시편은 녹록치 않은 이웃들의 노고를 다시 한 번 돌아보게 하는 기회를 준다.

2)에서는 복잡다단한 현대 사회 속에서 살아가는 실존들의 현주소를 조명하고 있다. 1연과 2연에 드러나듯이 현대 자본주의 사회는 자본의 막강한 힘과 편리함의 유용성을 내세우며 개개인의 거짓 욕망들을 부추긴다. 거대 자본주의 시스템과 관료제하에서 때론 현혹당하고 때론 절망하면서도 실존들은 부단히 삶의 길을 걸어가고 있다.

한편 시 2)의 1연과 2연에서 화자는 세계의 거짓된 모습들을 경계한다. 컴퓨터, TV, 영화 등의 일상화된 영상매체들은 가상 공간을 현실인 것처럼 여기게 만들었고, 범람한 물신주의 문화는 "유명메이커"라는 "가면"을 쓴 채 화려한 외출을 꿈꾸는 개인들을 양산했다. 그러나 이와 같은 경향의 이면에는 참된 대상에의 더 큰 열망이 있어 3연과 4연에 오면 화자의 의식이 진정으로 추구하는 세계가 드러난다. 화자는 허구의 가상을 뒤로 한 채, "초등학교 입학식"에 들어서는 어린아이 같은 설렘 속에 소중한 "가슴 하나"를 보듬고 더 나은 "아름다운 세계"로 향하고자 한다. 그런데 이 세계야말로 가상과 구별되는 진짜 현실이면서 "해를 밀어 올리던 손 하나"에의 벅찬 소망과 기대가 살아 있는 곳이다. 또한 화자는 마지막 대목에서 "기다림의 사막"을 기꺼이 감내하면서 "진실"이라는 무기를 들고 "신화"의 세계로 비상하려는 의지를 보인다. 가상의 온갖 유혹들을 떨쳐내고 애써 더욱 아름답고 진정성 있는 삶을 희구하는 화자의 자세가 못내 애틋하다.

옷을 벗고 목욕탕 안으로 들어온다
그녀의 목덜미 아래로 나비 날개가 돋아 있다
옷 속에 날개를 숨기기 위해
흘렸던 웃음기가 땀에 절여 있다
구겨 넣어둔 바람과 햇살과 고요 위에
물을 퍼붓자
숨죽이고 있던 날개가 퍼드득 살아난다

매일 어둠이 내리면
탕 안으로 들어오는 여자

그녀는 제 안에 꽃이 있다는 걸 모르고
꽃을 찾아 거리를 헤매다 지친 시간을 닦아낸다

어둠의 시간을 밀어내는 먹물이
날개가 된 이전과 이후를 조율하려는 듯
온탕과 냉탕을 오가며 날개의 수평을 맞추고 있다
목욕탕 안과 밖에서의 행동 방식이 다르듯,
그녀의 자서전은 후반부에서 반전을 해보려고 꿈틀댄다
샤워기에서 쏟아지는 물 맞다 여자가 사라진 뒤
목욕탕 안을 유영하는 나비 한 마리, 보인다.

— 「문신」 전문

앞의 시가 사회의 구조적인 모순으로 인해 고민하는 화자의 모습을 담고 있다면 이번 작품은 그에 더하여 개인 차원의 실존적 고통으로 안타까워 하는 인물을 보여준다. 1연에서 목욕탕을 찾은 한 여인은 자신의 벗은 몸을 대함으로써 우연히도 망각하고 있었던 자아의 존재를 새삼 목도하게 된다. 목덜미 아래 드러난 "나비 날개" 모양의 문신은 생존과 생활을 위해 고군분투하느라 잠시 접어두었던 삶에의 진정한 열망 및 언제부턴가 가두어버린 의지의 흔적이다. 소중한 그 무엇으로서의 사연과 맥락을 지니고 있을 이 문신은 옷 속에 늘 감추어진 채로 존재하지만, 목욕탕 안에서 억지 "웃음"과 하루치 "땀"을 지워내고 처연해진 그 순간 비로소 살아나 움직이고 있다.

2연은 결코 만만치 않아 보이는 이 여인의 일상적 삶을 그려낸 것으로 보인다. 몸 안의 문신을 비밀스럽게 간직한 채, "꽃을 찾아" 하루 종일 고단한 여정을 계속해온 그녀에게 목욕탕을 찾은 이때만큼은 지친 삶의 피로를 털어내고 긴장을 풀어도 좋을 특별한 시간이리라. 그리하여 그녀는 어둠이 내린 하루의 끝자락에서 신산한 일상을 돌아보는가 하면, 순례의 의식을 치르듯 공허한 메아리로 남은 실존의 티끌들을 남김없이 벗겨낸다. 하지만 외부세계를 아무리 찾아 헤매이며 다녀보아도 그녀가 희구하는 진정한 '꽃'을 얻을 순 없었기에 공들인 정화의 의례 역시 썩 만족스러울 리 없다.

3연에서는 지극히 원하는 대상으로서의 '꽃'과 자신의 진짜 모습을 찾고 싶어 온탕과 냉탕을 오가며 몸을 씻고 또 씻는 여인의 모습이 부각된다. 독자들은 헛된 찌꺼기들을 벗기 위해 애쓰는 여인에게서 언젠가 진실로 열망했었던 자신만의 날개를 복구하려는 그녀의 몸짓과 노력을 읽는다.

3연의 후반부에서 '꿈틀댄다'는 표현은 비록 흔적으로만 남아 있을 뿐일지라도 스스로의 날개를 확인하고 회복하려는 여인의 필사적인 몸부림을 강조하는 것으로 여겨진다. 또한 이 여인은 삶의 "반전"과 다른 방식의 생을 위해 끊임없이 샤워기의 물을 맞는 동작을 반복하기도 한다. 끝부분의 "나비 한 마리"는 그녀의 의지가 남긴 자취이면서 환상적인 여운을 보여주는 시적 대상이라 할 것이다.

한편, 사랑하는 특별한 대상과의 관계에서도 현대인들의 실존이 감수해야 하는 어려움은 만만치 않다.

> 기억의 빛깔을 찬찬히 보기 위해
> 수면 내시경은 거절하겠습니다
>
> 다정하게 부르던 이름 비워내고

구름처럼 떠다니던 꿈마저 서산을 넘어갈 즈음
어줍은 웃음은 공터의 고양이에게
물어뜯고 놀라고 주었다
끝까지 붙잡아 둔
해독할 수 없는 성질머리까지 비우고 나면
밤은 제 습관대로 걸어오는 거니까
떠난 그가 돌아온다, 안 온다 점치는 건
이제 그만,

동굴을 찾아 돌아오는 박쥐처럼
까 악— 까 악—

역류성 언어를 조심하면 되겠습니다
잃어버린 자신을 찾고 싶다면
사랑에 익숙해져야 합니다
텔레파시에 의존하는 건 위험하오니
날마다 30분씩 웃어주세요
처방전을 들고 공원 벤치로 향한다.

　　　　　　　　　　　　　 ―「슬픔 내시경」 전문

위의 시에는 사랑하는 이를 잃은 여성 화자의 말 못할 상실감과 아픔이 잘 드러나고 있다. 어떤 연유에서인지 몰라도 소중한 이와의 헤어짐을 경험한 화자는 이 이별의 사건을 반추하면서 애써 이성적인 태도로 전후 사정을 침착하게 추스려보려 한다. 1연에서 "수면 내시경"을 "거절"한 것은 헤어짐의 사건을 반추하는 일이 비록 고통스러울지라도 편의에 따라 덮거나 가리지 않고 철저하게 기억해보고자

하는 의지의 소산이라 할 수 있겠다.

이어지는 2연은 소중한 이와의 이별 이후 그 상처를 달래는 고통스러운 과정을 가감없이 담아낸다. 사랑을 잃은 그녀는 사랑했던 이의 이름을 애써 지우고, 함께 보낼 생각에 설레이던 미래에의 꿈도 접고 웃음을 포기한 채로 살아간다. 2연 6행의 "해독할 수 없는 성질머리"란 그의 보이지 않는 내면세계, 즉 화자에게 여전히 이해되지 못한 성격의 측면들뿐 아니라 서로 간의 관계에서 오해를 빚은 부분까지 폭넓게 함의하는 것이리라. 또한 긴긴 밤을 고뇌하면서 "그가 돌아온다, 안 온다"를 반복하는 사이, 그를 향한 그리움은 이내 잦아들고 더 이상 기다림을 지속할 힘마저 사라지는 모습이다.

3연에서는 사랑의 대상을 잃고 피폐해질 대로 피폐해진 화자의 심경이 "동굴을 찾아 돌아오는 박쥐"에 비유되고 있다. 그와 함께했던 과거 자신의 모습과 이제 홀로 서야 하는 현재의 모습 사이에서 서성이는 그녀의 실존이 포유류이면서도 포유류가 아닌 듯 여겨지는 박쥐마냥 불안하기 짝이 없다.

그러나 이별을 받아들이지 못한 채 흔들리던 그녀도 4연에 오면 잃었던 자신을 회복하고 적극적으로 새로운 삶을 찾아 나서고자 한다. 그런데 4연 1행에 언급된 "역류성 언어"란 자연스럽고 신중한 언어가 아닌 게워내고 토해낼 수밖에 없도록 안에서 부패된 언어를 지칭한다. 인간관계에서 의사소통의 중요성을 감안할 때, 화자는 자신과 타자 사이에 흐르는 이런 역류성 언어로 인한 부정적 영향력과 폐해를 각별히 경계하는 것으로 보인다.

한편 4연에서는 화자의 태도가 급변하고 있다. 이별로 인한 상처를 극복하고 새로운 사랑을 향해 마음을 열어 빈자리를 채울 것을 그려보며 이제는 웃으리라 다짐하는 모습이다. 끝부분에서 "처방전을 들고", "공원 벤치"로 향하는 그녀의 발걸음으로부터 슬픔과 고통을 떨쳐버린 채, 새로운 마음으로 사람들을 향해 달려가고자 하는 의지를 읽는다.

> 백일장 대회 심사하러 간 날
> 점심 도시락을 받아 들고
> 바닷가 해송 아래 그늘을 찾아 앉으려다
> 나뭇잎 무더기를 들춰 본다
> 수많은 종의 생명체들이 바삐 움직이고 있다
> 그들에게는 떨어진 나뭇잎이 집이고 하늘이겠지
> 내 엉덩이 하나 붙이려고
> 미물들의 세상에 몇 번이나 침략자가 되었을까
>
> 아이들의 글에는
> 바다 너머 세상을 꿈꾸거나
> 고래나 물고기를 거느리는 전사가 되어 있고
> 어디론가 큰 꿈을 싣고 항해하느라
> 미물들은 마음 밖에 있었다
> 부모들의 꿈을 좇아가느라 저를 볼 겨를이 없다
>
> 미물들은 제 쓰임을 알고 있다는 듯
> 나뭇잎 아래가 분주하다
> 땡볕 아래 몽돌에 앉아
> 어느 미물들이 엉덩이 치우라고 하는지 귀 기울인다.
>
> ─「여름 한낮」 전문

■

인간들 사이에서 인간들 간의 관계에 지친 화자는 이제 인간에게서 한 발 떨어져 자연의 세계로 눈 돌리는 모습이다. 인간 본위의 시각에서 잠시 물러나 바라본 자연의 세계는 수많은 종의 다양한 생명체들이 서로 기대어 유의미한 공동체를 이루고 있다.

'생태여성주의'에서도 강조하듯이 이제 더 이상 자연은 인간의 필요에 따라 이용되는 대상이 아니다. 과거 전통적인 가부장제와 개발논리가 등가를 이루었다면, 최근에는 여성 및 사회적 약자층과 자연이 같은 범주에서 우선적인 보호의 대상으로 인식되고 있다. 특히 영역 간의 경계가 허물어지고 양육자로서 지니는 보살핌의 능력과 감성이 중시되는 포스트모던 분위기에서 자연은 만물을 잉태하고 길러내는 생명의 모태로 새롭게 그 의의를 인정받는 추세이다.

인간과 자연 사이의 양립과 구별이 사라지고 합일과 상생의 장이 보편적인 것으로 이해되면서 자연은 인간의 지친 심신을 이완시키고 회복케 하는 완충지대가 되고 있다. 또한 복잡한 현대 사회 안에서 진정한 치유자로서의 역할이 날로 커져가는 실정이다.

위 시의 1연에서 화자는 백일장 대회에 심사차 갔다가 바닷가에 인접한 그곳의 자연에 흠뻑 빠져드는 모습이다. 해안선을 배경으로 소나무들이 줄지어 선 아름다운 곳에서 화자는 그만 미물들이 조성한 생태계에 마음을 빼앗기고 만다.

편안하게 점심 먹을 만한 자리를 물색하다가 우연히 들춰본 나뭇잎 아래에는 예상치 못했던 다채로운 삶의 흔적들이 펼쳐져 있다. "수많은 종의 생명체들"이 바쁘게 움직이는 것을 목도하면서 화자는 새삼스레 소소한 생명들에의 사랑이 솟구쳐옴을 느낀다. "떨어진 나

못잎" 아래에서 자신들만의 소중한 세상을 만들어 분주하게 살아가는 미물들 앞에 화자는 불쑥 "침략자"가 된 것을 미안해하는 모습이다. "엉덩이 하나 붙이려고" 그들의 집과 하늘을 침해한 데 대해 진지하게 반성하는 화자의 태도로부터 보잘것없는 생명일지라도 보호하고 존중하려는 대아(大我)적인 인간의 자세가 엿보인다.

그런데 2연에서 화자의 눈에 비친 아이들의 세계는 그다지 평화로운 것 같지 않다. 백일장의 주제를 두고 열심히 참여하고는 있지만, 아이들이 궁극적으로 좇는 것은 "부모들의 꿈"일 뿐이다. 그리하여 화자는 마음속에서 싹튼 진짜 자신만의 이상을 바라보지 못하는 아이들을 그 부모들의 복사판으로 간주하고 있다. 또한 "부모들의 꿈"을 좇느라 바쁜 아이들의 눈에 소소한 생명들의 움직임이 제대로 포착될 리 없다. 위에서 화자는 살아 있는 생명들의 소리에 귀기울여야 할 아이들의 마음이 부모들의 욕심으로 인해 각박해져 있음을 안타까워 한다.

한편 2연에서 아이들에게 집중하던 화자가 3연에서는 다시 미물들에게로 관심을 돌리고 있다. 화자는 3연에 드러난 소소한 생명체들로 구성된 생태계에 대하여 이제 사랑을 넘어서 경외에 가까운 감정을 나타낸다. 비록 하찮은 생명에 불과하지만 이들은 제 분수를 지키고 분주하게 움직여 스스로의 생명력을 발산할 줄 안다. 또한 자신의 자리가 어디이며 "제 쓰임"이 무엇인지 잘 알아 인간들보다 훨씬 더 지혜롭게 느껴지는 미물들의 세계에 화자는 새삼 감동하는 모습이다.

마지막 대목에서 화자는 자신의 주변과 인간의 세상을 잠시 잊은 채 미물들의 생태계에로 완전히 경도되고 있다. "어느 미물들이 엉덩이 치우라고 하는지" 조심스레 귀를 기울이는 동안, 화자는 소소한 생명들의 세계 속에 흠뻑 젖어들고 만다. "나뭇잎 아래" 화려한 세상을 수놓은 미물들의 분주한 움직임 안에서 문득 우주적인 벅찬 조화를 감지하게 되는 건 왜일까. 미물들의 세계를 동경하는 화자의 마음이 새삼 향긋하다.

한편, 이지담의 또 다른 시집 『고전적인 저녁』은 내용상 현실 문제와 관련한 리얼리즘적 메시지가 강조되어 있으면서도 이를 낭만적 분위기와 잘 융합시키는 특징을 보인다.

사막의 주인은 바람이라지

바람을 추종하는 모래가 수시로 말을 바꿀 때
모래와 모래 사이의 숨소리를 들어 본 적 있나

콩나물 국밥 한그릇 앞에
무릎 꿇어본 적 있나

제 발자국 소리를 들으며 온 새벽길
서로를 무장해제시키며 식사했는지 말을 건네고

인력사무소 앞 깡통 속에서 타오르는 장작불처럼
바람에 따라 기울다가
중심을 향해 타다 사그라지는 호명(呼名)

내일 걱정은 신발 밑창에 깔고
바람을 마주보고 걷는다, 주춤주춤

사막에서 발이 빠지기 전
발을 빼내야 할 때를 눈치 하나로 읽고
봉고차에 오른다.

　　　　　　　　　　　—「사막을 건널 때」 전문

　위 시에서 인생은 여러 가지로 험난한 여정의 연속이다. 그 아무리
평탄해 보이는 길이라 하더라도 곳곳에 넘어야 할 장애물들은 산적
해 있다. 위 인용된 시편 「사막을 건널 때」는 평범한 소시민들이 인
생에서 특히 힘든 시기를 지날 때, 아프게 마주치는 이런저런 정경들
을 잘 보여준다.

　1연에서 '사막'은 개개인에게 있어 특히 험한 시기의 인생길을,
'바람'은 그 험한 시기의 여정 중 마주치게 되는 모질고 거친 사연들
을 비유한다. 또한 이어지는 2연의 '모래 사이의 숨소리'는 고통을
본질로 하는 인생길에서 삶의 구성 성분들 사이사이에 숨어 있는 소
중한 이완의 시간들을 의미하는 것으로 여겨진다.

　한편 3연에서부터 6연까지에는 소시민들이 지친 일상을 영위하면
서 목도하는 삶의 애환과 비애가 적나라하게 제시된다. 특히 5연 3행
에 배치된 '중심'이란 시어는 이 시의 전체 의미망을 고려할 때 주목
할 만하다. 즉 이는 아마도 평범한 소시민들이 자신의 자리에서 눈을
들어 바라볼 수 있는 최고의 이상향 혹은 소원의 지점을 지시하는 것
이리라. 그러나 비약을 꿈꾸며 더 높은 곳을 바라본다고 해서 그 의
지가 순탄하게 원하는 성취로 이어지지는 못하는 것이 현실이다. 5
연에서 화자의 내적, 혹은 외적 동기에 의하여 "중심을 향해", '호
명'된 목표들은 대개 이내 "타다 사그라지는" 무기력하고 허무한 모

습을 보이기 마련이다. 또한 이는 마지막 연 2행에서 오래 갈망해왔던 대상이라 할지라도 주변의 피치 못할 정황들로 인하여 적당한 시기에 '눈치 하나로' 포기하는 데 익숙한 소시민의 나약한 태도로 연결되고 있다.

오존층을 뚫고 공 하나가 날아들었다

1620번을 꿰매야 공 하나를 만드는
배고픈 아이들은
시신경을 뽑아 바늘에 꿰어
조각난 지구를 하나로 깁다가
시력을 잃어간다

우리는 둥글어야 한다면서도
눈먼 아이들의 머리를 뻥뻥 차며 환호하는가
지구 반대편의 배곯은 소리
바람 빠진 공처럼 홀쭉해지고 있다.

― 「우주공」 부분

위 시편은 앞서 본 작품에서와 달리 삶의 공고함을 개인 차원에서가 아닌 타인들과의 관계 측면에서 조망하고 있다. 즉 「우주공」에서 화자는 지구가 2조각으로 나뉜 안타까운 현실에 주목한다. 이때 2조각난 지구의 한쪽은 부유하면서도 안전한 세계인 반면, 다른 한쪽은 가난하면서 불안한 세계를 표상한다.

2연에서 아이들은 2개로 조각난 지구를 매끄럽게 기우려다가 그만 시력을 잃어버린다. 사람들은 빈부의 차이로 구획된 지구의 불협화음을 제거하기 위해 나름대로 최선을 다해보지만 이 문제의 해결이 결코 쉽지만은 않아 보인다. 이때 '아이들'이란 기표는 세상 어디에서나 찾아볼 수 있는 연약하고 소외된 이들을 의미하는 것으로 여겨지며, 이분법의 세계가 사라지기를 고대하는 여망이 3연 1행에서 '둥글어야 한다'는 의지로 표명되고 있다.

지극히 현실적인 주제를 낭만적, 동화적인 분위기와 접목시켜 드러낸 위 작품은 전 지구가 획득하는 풍요의 총량이 지속적으로 증가함에도 불구하고 여전히 불평등한 채로 있는 모순적 사회 구조에 대하여 성찰하게 한다. 또한 4연까지에서 남은 것을 나눌 줄 모르는 현대의 이기적인 세태를 넌지시 꼬집다가 마지막 5연에 이르러서야 비로소 '배부른 공'을 통해 희망의 가능성이 제시되면서 작품은 반전을 꾀한다. 그나마 '배고픈 아이들'에게 유일한 위로인 '배부른 공'은 가난하고 불안한 세계에도 부유하고 안전한 지대로부터의 구호와 사랑이 수신됨을 알게 해준다.

■

현대의 사유와 시적 지평

— 조용환 시세계

조용환 시인의 신작들에는 소슬한 가을 바람 한 자락이 전해온 듯이, 이별과 그로 인한 회한의 정서가 가득 배어 있다. 인정할 수 없다는 식의 격렬함이나 헛된 집착이 아닌 삶의 한 본질로서 이별을 대하고 그 존재성을 수긍하는 화자의 태도는 고즈넉하면서도 따사롭다. 이 이별의 대상은 되돌아올 수 없는 유소년 시절에 대한 그리움이기도 하고, 붙잡을 수 없는 청춘 및 그 청춘이 지녔던 가능성이기도 하며, 때론 진한 아쉬움으로 남아버린 풋사랑이거나 혹은 떠나보낸 과거의 연인을 뜻하기도 할 것이다. 거기에 더해 현대인들이 늘 경험하는 일상적인 세계에서의 허무가 짙은 그림자로 드리워지고 있다.

이와 같은 시적 주제를 형상화하기 위하여 텍스트들은 다양한 방법적 시도 위에 구현된다. 대체로 '서술시'의 양상을 보여주는 시편들이기에 독자에게는 더욱 친근하고 편안하게 다가오는 듯하다.

얼룩연속사방무늬는
뭉개지고 깨진 살림들이 건너야 할 울음,
아이고 아이고, 요령소리
어화널 넘자 어화널, 숨이 차거든
푸석푸석한 살 한 덩어리 떼어줘야 하는데
바닥에 사는 울음이 없다
어화널, 넘어 공중 사다리가 없다
오래된 틈으로 이루어진 턱,
밟으면 복 달아난다는 호통소리가 없다
할아버지 담배꽁초 걸쳐놓고 드는 낮잠 동안
아버지 얼굴에 누대의 그물로 짠
주름이 없다
(…중략…)

틈과 틈이 이루어낸 광휘(光輝),
귀를 대면 강물소리 나직하던
맺히고 풀리면서 흐르던 긴 강은
지금,

— 「문턱을 찾아서」 전문

언제부터인가 전통적인 우리네 시골의 인정어린 모습이 점차로 사라
져가고 있다. 위 시는 한국적인 농촌의 전원적 풍경과 소박한 촌사람
들의 생활상을 잘 보여준다. 전체 시에서 7회에 걸쳐 반복되는 '-이
없다'의 구문은 수십 세기를 이어온 그러한 풍경의 면면들이 이제는
쉽사리 손에 잡히지 않음을 의미하는 단적인 표현이다. 사라져가는
풍경 속에는 가난한 삶 속에서도 '살 한 덩어리' 흔쾌히 떼어줄 것만

같았던 인심과 할아버지의 호통소리, 아버지의 주름진 얼굴, '아리
랑' 노랫소리와 남도잡가를 부르던 한량 등이 있다.

　그런데 이제 서정적 자아의 눈에는 존재의 근원이 되어 주었던 터
전과 익숙했던 그 세계가 없다. 예전엔 존재했었지만 지금은 허물어
져가는 뿌리의 소멸 속에서 '나'의 정처 역시 분명치 않다.

　총 22행의 전연시로 구성된 위 작품에서 마지막 4행은 전체 시상
을 집약하는 대목으로 여겨진다. 여기서 꽉꽉 채워지기보다는 적당
히 비워지고, 명확히 제 것을 구별하기보다는 문턱을 낮추어 공동체
의 삶을 중시했던 전통적인 생활상에 대한 안타까운 그리움이 '틈과
틈이 이루어낸 광휘'로 비유되었다. 흔히 모성, 역사 및 생명의 기원
등을 뜻하는 '강'은 위시에서 한 마을과 공동체의 기본적인 삶을 가
능케 한 젖줄로 이해된다. 따라서 시의 끝부분 '맺히고 풀리면서 흐
르던 긴 강은/지금,' 뒤에는 '그 생명이 없다' 정도의 의미를 보충할
수 있지 않을까 싶다. 물론 마침표 대신 쉼표로 텍스트가 마무리된
것은 끝없이 이어지는 아쉬움을 반영하고자 한 시적 의도의 소산이
리라.

　　1) 나주평야, 청나락 남실거리는 둑방길을 자전거 타고 하늘하늘 달
리면서, 양수장에서 멱 감다가 푸우푸우 자맥질하면서, 저쪽 까마득한
곳에서 누군가 부르는 것도 같아서, 고개를 돌리면 금세 강물은 까무
룩해지고 집은 가물가물 멀고도 멀어서,

　　2) 아들놈 등짝 때밀어주면서, 아프다고 엄살 피우지 말라고 엄포를
놓으면서, 물바가지 짝짝 뿌려주면서, 이젠 내 등도 좀 밀어달라고 하

면서, 금이 쩍쩍 가게 밀어보라면서, 안 아프냐고 묻는데 뻔한 답을 일
러주지 않고 아픈 것을 좀 참으면서,

　　　　　　　　　　　　　　　　　　　　　　— 「등짝」 부분

　위 작품 역시 시인의 개성을 잘 보여주는 줄글 형식의 서술시이다.
앞에서 언급한 시편과 마찬가지로 신변적인 '사실'과 '체험'이 자유
롭게 풀어져서 마치 수필에 가까운 편안한 느낌을 준다.

　화자인 아버지는 지금 아들과 목욕을 하고 있는 중이다. 그러면서
자신 역시 어린 시절에 아버지와 함께 목욕했던 기억을 떠올려본다.
총 4연으로 이루어진 위 시는 시간 구성 측면에서 볼 때 과거와 현재
가 복합적으로 어울려 있다. 1연은 과거의 어느 한 순간으로부터 시
작되지만 앞뒤의 맥락이 생략된 채 제시되고 있으므로, 생략된 의미
까지 재구하면 내용상 '현재 – 과거 – 현재'의 진행으로 이루어진 셈
이다. 시간 측면의 복합성은 체험을 주로 다루는 서술시적 특성의 반
영이기도 하다.

　위 1)은 전체 시의 2연에 해당하는 부분으로서 1연에서 아버지와
의 목욕에 대한 기억으로부터 시작하여 전반적인 어린 시절을 회상
하는 모습이다. 이 대목에서는 서정적 자아의 정서가 잘 표출되고 있
다. 흔히 '갈등의 전경화'보다는 '체험적 진술'에 주력하는 서술시들
에서 그러하듯이 서정시로서의 미감을 고취하기 위한 서정적 토로가
의도적으로 집중됨을 본다. 즉 '까마득한 곳에서 누군가 부르는 것
도 같아서', '금세 강물은 까무룩해지고', '집은 가물가물 멀고도 멀
어서' 등의 구절에서는 '누군가', '강물', '집'의 객관적 상관물에 의

■

해 서정적 동일시가 유지되고 있다. 이 부분에서 도시에 비해 대체로 넉넉지 못한 농촌 현실에 대하여 소년이 느꼈을 아쉬움 및 막연한 꿈과 그리움 등이 감지되는 것은 우연이 아닐 것이다. 3대에 걸친 부자간의 훈훈한 모습이 잘 나타난 위 시에서는 현실의 순간적인 체험으로부터 과거의 의미 깊던 다양한 체험들이 호명되고, 호명된 체험들이 낭만적인 회고의 형식으로 드러나고 있다. 삽화처럼 묘사된 2연은 '나주평야'라는 구체적 지명과 함께 화자의 어린 시절이 그대로 투영되면서, 서정적 자아의 일기를 대하는 듯한 느낌을 유발한다. 이는 또한 수필에 가까운 일부 서술시에서 감지되는 특성이기도 하다. 전체적으로 위 시는 부자지간의 목욕이라는 일상적인 소재를 취하여 피붙이 사이의 끈끈한 정을 구체적으로 형상화해내는 가운데, 진술적인 서술시가 지닌 독특한 미감을 보여준다.

앞서 살펴본 두 시가 대체로 사실적 체험과 단상(斷想)을 중심으로 하여 진술하는 방식을 보였다면 이어질 시편은 기본적으로 그러한 방법을 따르면서 부분적으로는 갈등의 전경화 양상을 취한다. 시에서 갈등의 부각은 흔히 서사적인 요소를 강화시키는 것으로 이해된다.

> 나무막대기가 노인을 모시고
> 고샅을 내려간다
>
> 소년은 뒷동산을 치달렸고
> 징용 청년은 키타큐슈의 폭탄 사이를 내달렸고
> 시궁창에 엎드려 일본놈도 보고 미국놈도 보고

전쟁통엔 칡뿌리를 붙잡고
소총을 끌며 강을 건너던,
아슬아슬한

봄날,
하마터면 다시는 못 볼 뻔했다고
바람이 와서 눈꺼풀을 들여다보고
코딱지꽃이 발등에다가 볼을 부빈다
노인은 귀찮다고 훠이, 지팡이를 내두르는데
연치(年齒) 여든 일곱의 꽃빛인데

이만치 와 봐,
누군가를 부르고 싶은 듯이 돌아서서
땅에다가 나무막대기를 꼭꼭 찍으며
이만치 와 봐,
이만치 와서 굽어보는 것을
아는지 모르는지

나무막대기가 노인을 재촉해
고샅을 내려간다.

—「코딱지꽃」 전문

　위 시는 어느 봄날, '바람'과 '코딱지꽃'이 어우러진 골짜기 사이의 길을 배경으로 한다. 화자는 나무막대기에 의지하여 녹록치 않은 걸음으로 이 길을 내려가는 한 노인을 주목하고 있다. 아마도 이 길은 노인에게 어린 시절의 추억과 맞물려 있는 곳이거나 혹은 과거의 잊지 못할 기억을 되살리는 특별한 공간인지도 모른다. 시의 제목인

'코딱지꽃'은 그 자체로 험난한 인생 여정으로서의 겨울을 이겨내고 작지만 당당하게 서 있는 노인에 대한 비유이다. 이들은 비록 소소하고 평범하지만 평생을 자신이 위치한 자리에서 변함없이 굳세게 살아왔다는 점에서 더없이 소중한 존재이다.

2연은 앞서 언급했듯이 갈등의 면모가 드러나는 부분이다. 갈등은 세 가지 층위로 구성되고 있는데, 첫 번째는 1행의 '소년은 뒷동산을 치달렸고'에서 말해주는바 사춘기 시절 소년이 인생에 대하여 가졌을 기대와 불안에 관련된 부분을 함의한다. 갈등의 두 번째 내용은 이어지는 2행과 3행에 걸쳐 제시된다. 불행한 파시즘의 횡포 속에서 한때 꿈 많았던 소년의 인생길은 폭력적인 역사에 의해 무참히 짓밟히는 모습이다. 여기서 화자는 일제의 태평양 전쟁에 동원되어 '폭탄' 사이를 내달린 '징용 청년'의 아픔을 기꺼이 '시궁창'이라 지칭하고 있다. 계속하여 마지막 갈등의 내용은 4행과 5행에서 드러난다. 이 대목은 말할 것도 없이 민족 최대 비극인 한국전쟁 당시 겪어야 했던 노인의 고통을 의미한다. 동족들끼리 '소총'을 겨눈 채 무수히 '강'을 건너야 했을 뿐 아니라, '칡뿌리'로 연명해야 할 만큼 지독한 가난에 시달렸던 시절의 갈등이 그대로 전해온다. 또한 2연의 마지막 행에서는 이 세 가지 갈등을 바라보는 서정적 자아의 소회가 '아슬아슬한'의 시어 속으로 집약되는 모습이다.

3연은 의인화된 '바람'과 '코딱지꽃'이 신산한 인생길을 의연하게 걸어온 87세의 '노인'에 대하여 치하하는 장면을 보여주고 있다. 평탄치 않았던 세월을 살아오면서 비록 꿈과 젊음과 주변의 사람들은 사라져갔지만 그럼에도 불구하고 노인을 여전히 위로하는 것들은 조국산천의 변함없는 자연이다.

한편 2연에서 갈등이 부각되어 소설에 가까운 느낌이 더해진 위 시는 전반적으로 외적 조망의 3인칭 시점으로 전개되고 있다. 전지성을 지닌 서술자는 3연의 5, 6행에 드러나듯이 논평적인 모습을 보여주기도 한다. 그런데 4연에서는 1~4행까지에 걸쳐 내적 조망의 인물적 시점이 가미되고 있음을 본다. "누군가를 부르고 싶은 듯이", "이만치 와 봐"를 되풀이하는 노인에게서 잃어버린 지난 시절이 가져간 그리운 것들을 불러보는 애달픈 서러움이 전해져온다. 4연 말미에서 '이만치 와서 굽어보는'의 주체일 코딱지꽃의 노오란 형상이 노인의 주름진 얼굴과 겹쳐지는 건 왜일까.

마지막 연인 5연은 1연과 수미쌍관의 구조를 보여 형식면에서 정리된 느낌을 주고 있다. 다만 1연의 '모시고'가 '재촉해'로 변한 것은 약간의 변주가 이루어짐을 나타낸다. 이 구절은 의인화된 '막대기'의 시선에 의한 부분으로 자연과의 흐뭇한 공감에 젖어 움직임이 둔해진 노인을 리드하는 막대기의 분주함을 엿보게 한다. 이는 또한 노인이 과거를 회상케 하는 '고샅'의 공간으로부터 다시 삶의 터전인 현실 공간으로 돌아가야 함을 재촉하는 의미라 할 것이다.

이어서 소개될 두 편의 시는 앞선 시들에 비하여 포스트모던 시대의 독특한 분위기를 잘 보여준다. 수필에 가까운 느낌으로 편안하게 진술되던 앞의 작품들과 달리, 이들은 예기치 못한 방식으로 시의 의미를 해체하고 파편화시켜 독자들을 다소 놀라게 만든다.

포스트모더니즘이 끼친 영향 속에서 현대의 서술시들은 더 이상

논리적 맥락과 구조적인 의미망을 목표로 하지 않는다. 단지 어떤 동일 의미소를 설정하고 연상에 의하여 몇 가지 사연들을 모자이크하듯이 구성해내거나 혹은 파편화의 결과로 추상 내지 환상에 가까운 모습들을 하고 있다. 이어질 텍스트는 두 경우 중 전자에 해당하는 것으로 여겨진다.

> 얼떨결에 꽃덤불 앞에 발을 멈췄어요
>
> (…중략…)
>
> 슬픔을 알 만한 나이가 되었어요 꽃향기에 취해 가던
> 길을 다 가지 못하고 철딱서니 없이 앉았어요
>
> 그대를 사랑한다는 건
> 오래된 책갈피에서
> 압화된 표정을 읽어버리는 슬픔이예요
>
> 보건당약방에서 사리돈을 받아서 고개를 넘는데 노을은
> 붉어서 한참이나 붉기만 해서
> 알약 하나를 삼켰는데요 자꾸만 울음이 났어요 왜 우느냐고 묻는
> 어떤 아저씨 등짝에 대고 서럽게 울었는데요
>
> 그만 뚝,
>
> 하얘서, 하도 하얘서
> 한 잎 따 먹었어요 울음을 이해해줄 것 같은
> 가시덤불,

모두 어디론가 떠나버린
적막강산에
찔레 덤불에 숨어
붉은 생채기에 침을 발랐어요

어쩌겠어요
가시그늘이겠지요.

　　　　　　　　　　　　　　　　　—「찔레」 전문

　위 시는 '찔레'를 통해 삶과 사랑의 허무함에 대하여 조명한 작품
이다. 대체로 일반적인 기준에 비추어볼 때 전후 맥락상의 정교한 제
시가 이루어지지 못한 채 군데군데 논리성이 결여된 측면에서 위 작
품은 해체 및 파편화의 양상을 보여준다.

　우연히 찔레 덤불 앞에 선 화자는 그 자리에서 과거 기억의 편린들
을 듬성듬성 떠올리고 있다. 찔레로부터 연상된 대상들은 '사리돈
스물여덟 알'(2연)을 아무렇지도 않게 삼키던 아버지, 아마도 사춘기
때 만났을 하얀 속옷을 입었던 '팔뚝에 생채기만 긁어'(3, 4연)놓고
간 가시내, 그리고 위 인용된 6연에 드러난 것처럼 '오래된 책갈피'
에서 읽혀지는 '압화된 표정'과도 같은 "그대에의 사랑" 등이다. 그
런데 이 대상들은 주제적인 측면에서 하나의 연결된 논리적인 의미
망을 구축하지 못한다. 이들은 찔레의 하얀 색상에서부터 출발하여
'하얗다'라는 속성을 공통분모로 하여 연상에 의한 시적 전개를 이
루고 있을 뿐이다.

　현대인의 삶은 무미건조하고 단조롭다. 자본주의의 거대한 체계

앞에서 너무나도 무기력해진 개개인은 뭔가로 인해 울고 있거나, 또는 자신이 울고 있다는 사실조차도 망각해버린 모습이다. 위 시에 나타난 서정적 자아의 모습도 예외는 아니다. 성인이 된다는 것은 '슬픔을 알 만한 나이가' 된다는 뜻이고, 삶에서 '가던 길을 다 가지 못하고' 주저앉아버리는 일도 흔하게 일어난다. 사랑의 진정성 역시 삶의 노정이 준 괴로움에 짓눌려 어느덧 '오래된 책갈피에서 압화된 표정'으로 전락해버리고 말았다.

상념에 빠져 있던 화자는 9연에서 다시 꽃덤불 앞 현실의 자신으로 되돌아온다. '모두 어디론가 떠나버린' 듯한 외로움 속에서 찔레덤불에게서라도 위로받길 원하는 장면은 현대인의 매몰되고 파편화된 삶을 단적으로 표상한다. 이마저도 편안한 휴식처가 되기엔 역부족인 '가시덤불'이지만, 이미 황폐함을 속성으로 하는 세상 속에서 그나마 '울음을 이해해 줄 것 같은' 대상은 이뿐인 것 같다. 마지막 행의 '가시그늘'은 가정, 사회, 세계 등 서정적 자아의 환경이 바로 '가시그늘'이라는 측면과 비록 '가시그늘'뿐인 척박한 삶이라 할지라도 기꺼이 수긍하며 받아들이겠다는 의미를 동시에 아우르고 있다.

결과적으로 위 시에서 더 이상 기대도, 새로움도, 설렘도 없이 하루하루의 삶의 무게에 직면하면서 그날치의 '알약'과 '울음'을 삼키기에 바쁜 현대인의 일상이 거기에 어울리는 방식으로 잘 형상화됨을 본다.

강을 건너다가 문득 아이를 낳고 싶다는 생각을 했지요
남자는 아이를 낳을 수 없어요 반질반질한 돌멩이가 까만눈으로 말

했어요 모래알 반짝이는 햇살의 은비늘처럼 출렁이고 싶었는데요

　그러면 애인이여, 봄날의 우체국에는 왜 가시나요

　미소가 고운 편지를 받았어요 함께 강을 건너자는데 빨간 볼기짝
아이 열둘을 낳아도 그런 미소는 어려울 텐데요 미소는 젖고 말텐데요
결국 혼자 강을 건널 수밖에요
　동백꽃 핀 우체국에는 아이를 알선해주는 창구가 있지요 일시 한정
판매되는 말랑말랑한 돌들이 진열돼 있지요

　침을 발라 우표를 붙였지요 불룩해진 가방을 메고 우체부들은 집집
마다 돌아다녀요

　다시 강을 건넜어요 배달된 아이들은 지금쯤 엄마 젖을 빨고 있을
까 개나리 손으로 누나의 뻐드렁니를 만지고 있을까 아이를 가지려거
든 생리를 해야 해요 붉은 피를 터뜨리세요 하지만 어려워요 흠뻑 젖
어서는, 꽃 다 놓친 폐경기의 동백이 천년은 걸릴 것이라네요.
　　　　　　　　　　　　　　　　　　—「모오리돌」전문

　이 시는 앞의 경우에서보다 좀 더 의미가 해체되고 파편화가 가속
화된 면모를 보여준다. 시편「찔레」에서는 '하얗다'란 공통 빛깔의
의미를 중심으로 연상이 이루어졌던 데 반해 여기서는 자유 연상의
축이 되는 공통 기의가 존재하지 않는다. 그리하여 1연에서의 '모오
리돌'은 동시에 불연속적으로 '아이'를 연상시키고, 아이는 2연의
'애인'에게로 독자를 이끌며, 3연에서는 '우체국'의 '아이를 알선해
주는 창구'와 함께 '말랑말랑한 돌들'의 기표가 산만하게 제시된다.

4연에서 '우체부들'로 연결된 자유 연상은 마지막 5연에 이르면 '배달된 아이들'에 대한 상상과 '폐경기의 동백'을 등장시켜 자연스럽게 아이를 가지는 데 대한 거부감을 보이는 것으로 끝나고 있다.

화자가 자연스런 방식으로 아이를 갖는 일에 동의하지 못하는 것은 2연과 3연에서 읽히듯이 '애인'의 "미소"를 믿을 수 없기 때문이다. 대부분의 관계에 만연한 불안정성과 불신감이 애인이라 해서 예외가 되진 않기에 차라리 그는 아이를 알선해주는 창구를 신뢰하기로 한다. 또한 '혼자 강을 건널 수밖에' 없는 세상은 아이조차도 '일시 한정 판매되는 말랑말랑한 돌들'과 등가로 취급하는 곳이기도 하며, 따라서 이미 이러한 세상은 자연스레 아이를 낳아 걱정 없이 기를 만한 공간이 아닌지도 모른다. 한편으로 이 '아이들'은 목숨을 걸어 추구하고 싶은 어떤 성취에 따른 결과물을 은유한 대상일 수도 있을 듯 하다.

통사 수준에서의 논리적 비약을 보이던 위 시는 마지막 대목에 이르면 '배달된 아이들'과 '꽃 다 놓친 폐경기의 동백'에 관한 상상에 힘입어 환상의 경향으로 치닫고 있다. 마치 환상이 현실 같고 현실이 환상 같은 느낌을 연출하면서, 포스트모더니즘적 서술시의 한 미감을 완성하는 것으로 생각된다. 1, 3, 5연에 반복적으로 언급되어 공간의 혼재성을 부르는 '강을 건너다'라는 기표나 현실과 과거가 뒤섞인 데서 느껴지는 시간의 혼재성 역시 이 유형의 서술시가 보여주는 특성의 일부이다. 직접적인 언급은 이루어지지 않았지만 현대 사회와 현대인의 삶에 대한 강력한 비판의식이 시의 밑바탕에 내재되고 있음은 물론이다.

한편, 시편 「回文」은 이제까지 살펴본 작품들과는 사뭇 다른 분위기를 보여준다. 아니 사실은 이 작품이야말로 시인의 신작들 중 예외에 속한 것으로서 대체로 눈에 익숙한 전통적인 서정시의 전형에 가깝다. 즉 앞서 살펴본 시들이 '서술시'적 개성을 잘 대변한다면 「回文」에서는 대상이나 풍경을 순간적으로 포착하여 정서화하는 서정 고유의 특성이 드러나고 있다.

> 맴돌고… 맴돌고… 한참을 다녀와서
> 풀잎에 내려앉은 잠자리 한 마리
> 사르르르… 일월(日月)보다 빠른데
> 물뱀 한 마리 밑줄 그으며 강을 건너온다
> 단 한 줄이다
> 강물과 햇살과 초록이 잠시 놀다 간 길,
> 그새 그걸 다 읽고 자취조차 없는 걸 보면
> 감쪽같다.
>
> —「回文」 전문

위 시는 화자의 눈에 포착된 순간적인 풍경을 다룬다. 그 풍경 안에는 부지런히 돌아다니는 '잠자리'와 강을 건너오는 '물뱀 한 마리'가 있고 주변의 녹음이 배경으로 존재하는 모습이다.

화자의 시선을 집중시킨 대상은 '단 한 줄'로 '밑줄'을 긋듯이 움직여오는 물뱀 한 마리이다. '回文'의 사전적 의미가 '바르게 읽거나 거꾸로 읽거나 간에 상관없이 똑같은 낱말이나 문장'임을 상기한다면, 이 시의 제목은 강가의 일정한 곳을 자꾸만 '맴돌고' 있는 잠자리와 강을 단번에 '한 줄'로 휘젓고도 흔적 없이 감쪽같은 물뱀에 대한 은유적 표현이라고도 볼 수 있을 것이다.

객관적 대상물에 대하여 은유의 시선을 취한 화자의 태도는 그러나 그다지 긍정적이지만은 않은 듯하다. 평화로운 풍경에 걸맞지 않게 서정적 자아가 이 풍경에서 떠올린 단어는 "回文"이고, '잠자리'나 '물뱀'의 움직임은 이상스러울 만큼 빠르게 묘사된다. 따라서 화자가 위 시에서 잠자리나 물뱀을 통해 감정이입하고자 한 정서는 아마도 '놀라움'에서 더 나아가, '감쪽같은 데서 오는 허무함'이나 '아무리 애써봐도 그리 달라질 게 없는 세상에의 피로' 정도가 아닐까 생각된다. '강물'과 '햇살'과 '초록'이 어우러진 가운데 '잠자리'와 '물뱀'의 움직임 안에서 속도를 떠올리고 "감쪽같음"의 미학을 발견한 서정적 자아의 비판적인 안목이 놀랍기만 하다.

허무와 소외의 터널을 넘어서

— 고광헌, 강인한, 강희안의 시세계

고광헌의 최근 시집 『시간은 무겁다』에서는 세계와 삶에 대하여 끊임없이 연민하고 안타까워 하는 화자의 시선을 읽을 수 있다. 시적 화자에게 세상은 마냥 들떠 있고 활기에 넘치는 곳이 아니라 크고 작은 아픔들이 산재한 곳이다. 그리하여 시 속의 등장인물들은 한숨을 쉬거나 울먹이거나 애써 울음을 삼키는 모습을 보인다. 그 안에서 화자는 특유의 인간적인 모습을 드러내며 독자들 역시 그 아픔에 동참하도록 유도한다.

우물 속으로
무심한 별들이 쏟아지던 밤

행여 들킬까봐
교복을 입고 싶은 누님의 흐느끼는 소리

제3부 초현실주의, 포스트모더니즘, 감각적 새로움의 장

수백년 향나무들이
숨겨주었네

밤새
얇게 여원 잔등 쓸어주며
목젖 아래로 우시던 어머니

통신교재 갈피마다
채송화 꽃잎 같은 한숨
그날 새벽에도 누님은
향나무 우물 속에 첫 두레박을 내렸네

속이 새까맣게 탄 별들이
마냥
우물 바닥으로 쏟아져내렸네.

―「누님의 우물」 전문

위 시는 화자가 그의 누이와 어머니를 생각하면서 애처로워 하는 심경을 잘 표현하고 있다. 수많은 외침과 지정학적 열악함으로 인한 고난의 역사 속에서 기실 여성은 가장 큰 피해자로 존재해왔다. 위 시 2연에서는 가난 때문에 제대로 학교에 다닐 수 없는 누님의 "흐느끼는 소리"가 부각된다. 또 이어지는 3연에서는 어려운 형편 속에서 삶을 지탱하기 힘든 어머니의 울음이 서글프게 다가온다. 4연은 현실적인 열악함에도 불구하고 학업에의 의지를 포기하지 않는 누님의 "한숨"을 클로즈업 하고 있다.

위에서 학교에 나가 다른 학생들처럼 자유롭게 공부하고 싶지만 현실적 여건으로 인해 통신교재로 공부할 수밖에 없는 누이의 심경이 '무심한 별들', '채송화 꽃잎', '속이 새까맣게 탄 별들' 등의 객관적 상관물을 통해 표상된다. 전통적인 한과 설움의 심상을 암시하면서 화자는 곤궁한 현실과 비애의 정서를 목도한다. 또한 정도의 차이는 있겠지만 많은 소시민들이 공통적으로 겪고 있을 생활고와 정서적 긴장이 행간마다 깊숙이 배어 있다.

전통적인 정서를 바탕으로 생활 속의 구체적인 체험을 근간으로 한 위 시편은 "향나무", "우물", "두레박" 등 한국적인 생활과 문화를 보여주는 대상들을 적절하게 취택한 모습이다. 전체적으로 피폐하지만 정이 흐르는 시골의 모습을 배경으로 삼아 화자는 몹시 곤궁한 형편 속에서도 눈물을 삼키며 삶에의 의지를 저버리지 않는 민초들의 아픔을 잘 드러낸 것으로 여겨진다.

비우지 않고
소리 채울 수 없다지만
버리지 않고
크게 울 수 없다지만

나, 저무는 5월
미처 채우지 못한
노랠 불러야겠네

다들 이제 끝났다고
발길 돌릴 때
혼자 기어코 울어버린 사내를 위해

노랠 불러야겠네
저 넘쳐나는 눈물 불러온 경계 위에서
오늘, 기어코 노랠 불러야겠네

너를 위해
처음부터 비우고
나를 위해 마지막까지 울어버린
한 사내를 위해

기다리다 홀로
노래가 되어버린 사내를 위해
차마 소리가 되지 않는 노랠 불러야겠네

내 노래, 아무도 듣지 않았으면 좋겠네.

　　　　　　　　　　　　　　　　　　—「노래」 전문

　앞의 시가 생활 속의 애환을 가감없이 드러내고 있다면 위 시는 현
실 안의 역사적인 사건을 포함하면서 서정적인 특성을 잘 보여준다.
1연에서는 비워야 하고 버려야 하는 인생의 진리를 가르치고, 2연에
오면 역사적 실재로서의 5월 항쟁에 관한 언급이 이루어진다. 시간
상으로는 30여 년이 더 지난 과거의 일이지만 아직도 5월의 고통은
계속되고 있다. 많은 희생을 치렀지만 여전히 미해결의 측면이 있어
"미처 채우지 못한 노래"로 일컬어지는 5월은 화자에게 한없이 구슬
픈 노래를 부르게 한다.
　한편, 3연 이후로는 5월의 정신이 제대로 평가되지 못하여 그 아픔
이 가슴속 응어리로 남은 한 사내의 사연이 언급되고 있다. "이제 끝

났다"고 하면서 모두들 더 이상 역사적 진실의 문제에 관심을 두지 않을 때, 아직도 피가 뜨거운 한 사내는 다른 모든 것들을 기꺼이 포기한 채 "혼자 기어코" 울어버리고 만다. 이를 목도한 화자 역시 감정이 북받쳐 차마 울지는 못하고 서글픈 노래로 안타까운 심경을 달래는 모습이다. 외로움과 고독함에 지친 채 현실의 도전에 대한 응전의 힘이 부족한 고로, 사내는 울먹이고 그의 울음은 결국 허탈한 노래로 변하고 만다.

화자는 깊은 상처를 간직한 이 한 사내를 위하여 "차마 소리가 되지 않는" 노래를 위로 차 부르려 한다. 그러나 이 노래가 그리 달콤한 것이 아님은 물론이다. 그리하여 마지막 대목에서 아픔과 부끄러움에 사로잡힌 화자는 이 노래를 차마 아무에게도 들려줄 수 없다고 고백한다. 결코 가볍지 않은 주제를 시화한 위 작품은 여성적인 어조와 정감어린 서술어들의 사용, 넘쳐흐르는 노래와 눈물의 이미지에 힘입어 아름답고 풍부한 서정을 구현해낸 것으로 보인다.

강인한의 최근 시집 『강변북로』에서는 현 시대의 생활 주변들을 날카로운 시선으로 관찰하고 시화하는 화자의 모습이 잘 드러나 있다. 내용면에서 현실의 제반 상황과 문제들을 포괄하고 있으면서도 이를 직설적으로 밝히는 대신 간접적인 필치로 숨죽여 담아낸 점이 인상적이라 하겠다.

초승달이 나뭇가지에 찔려 있다

붉은 안개가 피 묻은 붕대처럼 천천히 풀리며 내려온다

자정에 당신의 그림자가 일어선다

거울 속을 들여다보는 당신의 그림자,

거울을 열고 밤하늘로 내딛는 첫 발자국에

스윽 피가 묻는다

내일 아침 당신이 못 돌아오게 되면

당신의 그림자가 하류에서 발견될 것이다.

— 「악몽」 전문

위 시에는 삭막한 현대를 살아가는 한 개인의 위태로운 실존의 모습이 나타나 있다. 「악몽」이란 제목하에 전개되는 위 시편은 불안과 두려움에 젖은 한 사람의 하룻밤을 다룬다.

'초승달－붉은 안개－당신의 그림자－첫 발자국－피－당신의 그림자' 등으로 이어지는 이미지들의 조합은 내면의 정서와 의식을 읽게 하는 단서가 될 뿐 아니라, 총체적으로 함께 작용하여 시의 주제를 구현하고 있다.

위 작품의 1행과 2행은 다소 괴기스러운 분위기까지 연출하면서 시의 배경을 보여준다. 예사롭지 않은 풍경을 배경으로 두고, 몽유병 환자처럼 "자정"에 일어서는 "그림자"는 낮 동안의 위장을 벗은 진짜 실존의 모습이라 하겠다. 밤이 되어서야 자유를 얻은 실존은 어디로 갈까 잠시 고민하지만 마땅한 정처가 없어 "거울을 열고 밤하늘로" 막다른 발자국을 내딛을 수밖에 없다. "피"를 통해 자멸 혹은 증발의 의미를 환기시키는 시의 후반부에서 고통스런 실존은 오히려 참된 안식을 얻는 듯하다.

전체적으로 초현실주의적인 특성을 느끼게 하는 위 시에서 독자들은 그로테스크한 미감을 맛보게 되며 행간의 생략과 비약의 틈새를 스스로 복구한다. 복잡다단한 현대인의 일상과 그 일상에서의 피로를 "악몽"에 비유한 위 작품은 초현실주의적 이미지들의 연쇄 안에서 이 시대의 방향성을 상실한 실존들의 주소를 보여주고 있는 것으로 여겨진다.

> 걸쭉한 노을이 거대한 레미콘에서 빠져나와
> 까무룩 잦아드는 교정,
>
> 히말라야시다, 플라타너스 키 큰 나무들
> 시커멓게 날개 접은
> 가지와 가지에서 불길한 예언처럼 흘러나와
> 정문의 사비오 동상에서 루르드 성모동굴 쪽으로
> 떼 지어 날아가는 것들,
>
> 그렇게 찍찍거리는
> 츳츳츳 침을 뱉는
> 날개 치는 수백 마리 저것들은 박쥐, 박쥐 떼였다
>
> 동굴에서 걸어나온 오월의 성모가
> 지그시 밟고 선 발밑
> 두 갈래 빨간 혓바닥을 입에 문 뱀이 몸부림치는 밤,

박쥐 떼가 달려들어
우리들의 악몽을 향해 할퀴며 덤벼들어…….

아침 햇살이 황금빛으로 비치는 성모동굴 앞
땅바닥에 시든 장미처럼 나뒹구는 건
간밤 박쥐들의 저주가 끈적거리는 우리들의 얼굴,
붉은 가면들이었다.

　　　　　　　　　　　　　　　　—「붉은 가면」 전문

　　초현실주의적인 이미지들의 연결과 상상력이 특히 돋보이는 위 시
편은 내용상 2개의 축이 중심을 이루고 있다. 한 편의 조합은 "수백
마리"의 "박쥐 떼"와 "두 갈래 빨간 혓바닥을 입에 문 뱀"인데, 이는
삶의 도처에 놓인 위험 요소들 및 참된 인간성을 훼손하는 유혹적 존
재들의 상징이라 하겠다. 또한 선과 악이 공존하는 인간 내부의 부정
적 측면을 가리키는 대상이라고도 할 수 있으리라.

　　한편 다른 한 축에는 "동굴에서 걸어나온 오월의 성모"와 "성모동
굴"이 존재한다. 이 조합은 인간성의 긍정적인 측면으로서 존재의
이상향 혹은 실존의 참된 고향을 상징한다고 하겠다. 1연과 2연에서
"걸쭉한 노을"과 "키 큰 나무들"로 표상된 배경을 바탕으로 위 시는
고도로 황폐해진 세계와 성스러운 이상향의 세계인 양축을 오가면서
주제의식을 구현하고 있다.

　　그러나 화자는 마지막 대목에서 실존의 정확한 현주소에 대하여
말해준다. 즉 현실의 인간들은 박쥐나 뱀의 세계 혹은 오월의 성모
어느 한 편에 일방적으로 속해 있지 않으며, 양자의 중간 어디 즈음

에 위치하는 모습이다. "우리들의 얼굴", "붉은 가면들"로 상징되는 현실의 실존들은 불만족스런 세계 안에서 가면을 쓴 채로 존재한다. 이상향의 세계를 추구하면서도 반대편의 부정적 요소들 때문에 현실적으로는 그 어느 쪽에도 속하지 못하는 모습이다. 즉 위 시편에 등장하는 인물들은 가식의 가면을 쓴 채 위장된 삶을 살아가고 있다.

형식적인 면에서 위 작품은 초현실주의적 경향 및 몽환적이며 위악적인 어조를 보여준다. 현실세계와 결부된 주제를 다루면서도 시각을 비롯한 다양한 이미지들이 선명하게 살아 있는 위 시편에서 독자들은 신비스럽고 이국적인 분위기마저 감지하게 된다. 또한 소외감 속에 살아가는 현대인들의 아픔이 자연스런 풍경 안에서 시화되고 있는데, 구체적인 묘사와 참신한 비유가 시적 긴장감을 더해준다.

포스트모더니즘의 시대가 무르익어가면서 시쓰기에서도 여러 가지 변화가 감지된다. 이전의 시적 담론이 사회적 문제, 이데올로기와 관계된 가볍지 않은 주제들을 다루었다면 최근 시의 관심사는 주로 미시적 관점의 생활사, 혹은 개개인들의 삶의 현장과 연관된 소소한 내용들에 있다. 또한 이러한 주제의식이 초현실주의 시풍이나 환상성과 결합하는 모습들도 빈번히 드러난다.

빗발의 환영이 번화가 뒷골목을 비틀어 놓는 순간 소년의 속이 뒤집혔다 풀린다 앳띤 소년이 토사물을 쏟았다 웅크리는 사이 여인의 입술이 포개지다 비껴간다 하얀 시간이 검은 조개탄 가루 뒤집어썼다 벗는 순간 파리한 책이 접혔다 펼쳐진다 바람의 회랑에서 무지렁이로 꿈틀대는 사이 사랑은 기표로만 떠돌다 정지한다 여인이 시대의 옴니버

스에 맞물리는 순간 소년의 창백한 얼굴이 허공에 걸렸다 나뒹군다 앙다문 입술로 푸른 책의 갈피를 넘기다 덮는 사이 더듬더듬 여인의 손은 말의 금기를 깨친 것이다 말랑말랑 정염의 살을 뜯어 먹은 순간 소년은 여인의 책을 읽다가 놓친다 사랑이란 무지에서 오는 순수라고 썼다가 지우는 사이 녹음의 한 시절이 명멸했다 떠오른다 빗발의 환영이 밥과 법을 들먹이는 순간 따뜻한 책의 날개가 펼쳐졌다 접힌다

— 「문명은 문맹의 텍스트였다」 전문

    강희안의 최근 시집에서 발췌한 위 시는 마치 한 편의 모자이크를 감상하는 듯한 느낌을 준다. 빗발이 내리치는 배경 아래 '소년'과 '여인', '책'과 '사랑'이라는 기표를 둘러싼 서술들은 제각기 독립되어 있으면서 연쇄적으로 연결되는 모습을 보인다. 서술방식은 인과나 논리와는 관계 없이 눈에 들어오는 장면들을 따라가며 자유롭게 기술하는 것에 가깝다.

    중심 등장인물인 소년을 살펴보자면 정서적으로 불안한 상태이며 한 여인과의 관계 역시 매끄럽지 못하다. 지식의 보고인 책을 의지함으로써 해답과 위로를 찾아보고자 하지만 그 역시 녹록치 않다. 쇠약해진 몸에도 굴하지 않고 지적인 작업과 순수한 사랑을 꿈꾸어보지만 세상은 극히 무관심하고 소년에게는 금기의 코드만이 작동하는 모습이다.

    마치 문장을 단위로 자유 연상을 시도하는 것처럼 느껴지는 위 작품은 빠르게 급변하면서도 그에 대한 논리적 이유를 설명하지 않는 세태를 직시하고 있기도 하다. 카메라가 피사체의 부분 부분을 동등한 비중으로 촬영하듯이 장면들을 공평하게 다루고 있는 위 시에서

장면들 사이의 속도감이 잘 부각됨은 물론이다.

"번화가 뒷골목－토사물을 쏟는 소년－검게 변한 하얀 시간－파리한 책－기표로서의 사랑－소년의 창백한 얼굴－놓쳐 버린 여인의 책－빗발의 환영"으로 이어지는 장면은 러시아 영화 감독의 이름을 딴 '프도프킨' 류의 몽타쥬에 가깝다고 볼 수 있겠다. 장면과 장면 사이의 의미나 명료한 유기적 상관성은 드러나지 않는다 해도 전체 이미지들의 흐름과 조합을 종합해볼 때 하나의 통일된 주제의식을 형성하고 있기 때문이다.

번화가 뒷골목을 배경으로 내면의 황폐함과 소외를 경험하는 현대인의 초상화라 할 만한 이 시편은 대체로 우울과 무기력, 허무의 뉘앙스를 보여주면서 마지막 대목에 이르면 이러한 고통과 아픔을 초극하여 비상하고픈 화자의 안타까운 여망을 그리고 있다. 위 시는 이미지들의 독특한 향연 및 소년과 여인을 번갈아 중심에 두는 교차 시선을 느끼게 하면서, 가볍지 않은 주제일지라도 가벼운 방식으로 소화해내는 포스트모던 문학의 정수를 드러낸다.

> 그녀는 물속에 들어가 연신 뻐끔 담배를 피운다
> 일조량과 산소량이 부족하다고 투덜대며
> 불쑥불쑥 검은 물 밖으로 뛰쳐나올 태세다
> 물밑 작업하던 강에는 문명이 시작되기 전인 듯
> 검푸른 바벨의 언어가 아로새겨져 있다
>
> 그녀가 봉긋한 C컵 브래지어를 곧추세우며
> 잠시 물방울 무늬 원피스를 살랑거린다
> '신'의 이름에서 'ㅅ'을 슬쩍 빠뜨린 그녀는

저녁놀의 입술에 빨려 든 빛의 나이트장에서
날렵한 꼬리지느러미로 부킹을 시도하고 있다

(…중략…)

아침마다 성경책을 필사하던 그녀의 일과는
팽팽한 브래지어 와이어의 압력에 따라
밑 빠진 음모를 더듬어 보는 일로 바뀌었다
교정 구석구석에는 물의 책을 찢고 나서야
다시 문맹을 알리는 대자보가 나붙기 시작했다.
— 「물고기 강의실」 부분

　제목부터 예사롭지 않은 위 시편은 시적 상상력과 다채로움 및 환
상적 경향이 잘 조화된 것으로 여겨진다. 내부적으로 '신과 인간',
'문명과 야만', '성과 속'에 관한 대비적 성찰이 돋보일 뿐 아니라 표
현면에서 구체성과 자연스러운 비유가 돋보이는 점도 주목할 만하
다. "뻐끔뻐끔 담배를 피우는 그녀 – 문명 이전의 바벨 언어 – 원피스
를 입고 살랑거리는 그녀 – 물의 강의실 전경 – 너저분한 그녀의 방과
역사 – 음란하게 변한 그녀의 일과 – 의미 없는 물의 책과 문명을 알
리는 대자보" 등의 화소들로 정리되는 위 작품은 의인화의 기법을
도입하여 물속 세계를 그려낸다.
　그런데 위에서 어쩌면 주인공이 별로 원하지 않는 곳에 우연히도
존재하게 된 것일까. 물속에 있는 그녀는 "담배"를 연신 피워대고
"투덜대며", 언제든 "물 밖으로 뛰쳐나올" 준비가 되어 있다. 문명의
세계가 성립하기 이전 마치 모든 존재들이 물속에서 함께 살고 있었

던 것 같은 느낌을 주는 위 시에서, 역사 및 문명의 축과 그 반대편에 놓인 문맹이라는 또 다른 축은 의미심장한 길항 작용을 보여준다.

위에 인용되지 않은 3연과 4연에서 바닷속 세상은 뭍의 그것보다 더 요동하기 쉬워 늘 난파의 현장을 경험하게 마련이며, 그럴 때마다 그녀의 방은 여러 잡동사니들로 가득하다. 따지고 보면 하룻밤 사이에도 어찌 변할지 모르는 바닷속의 세계만큼이나 포스트모던 시대 육지의 삶 역시 유동적이면서 불안하다.

특히 상징적인 시각으로 위 텍스트에 접근하자면 어느 정도 문명의 화려함에 도취해 있을 바로 그 즈음, 난파된 물결 속으로 "역사의 이름"은 사라져 버리고 문명 역시 원점으로 회귀하고 만다. 그리하여 한순간에 "성경책을 필사하던" 그녀의 고고한 일과는 "음모를 더듬어 보는" 허무한 거짓 일상으로 추락하고 있다.

인류의 역사란 위에서 보여주듯이 강대국 혹은 주도적 문화의 흥망성쇠를 테마로 하여 차고 기우는 게 아닐까. 모든 것이 불타버리고 오직 허탈한 흔적만 남은 그곳에서 비로소 새로운 가치와 재건의 바람은 숨쉬게 될 것이다. 위 시의 마지막 대목이 호명하듯이 물고기 강의실에 놓인 "물의 책"들을 찢은 연후에야 다시 전진의 첫 걸음인 "문맹을 알리는 대자보"가 붙게 되는 것은 당연한 귀결이라 하겠다.

자유로운 비상을 통한 근원적 진실 탐구

— 고형렬 시세계

인간이 삶을 살아간다는 것은 끊임없이 무언가를 바라보는 행위의 연속일 것이다. 때론 무형의 이념이나 가치를 바라보기도 하고, 때론 손으로 만져지는 유형의 대상을 바라본다. '바라봄' 없이 인간은 단 한순간도 의미 있게 존재하지 않는다. 특정 사물이나 상황 혹은 일, 심지어 사람에 대한 욕망 역시 지속적인 '바라봄'의 객체가 될 대상 선정에 다름 아니다. 그러므로 바라본다는 것은 '삶'의 동의어이면서 의지적 지향성을 가진 행위인 동시에 존재의 향방을 알리는 지표이다. 어떤 존재가 무엇인가를 바라보기 시작하면서, 비로소 그는 도달해야 할 곳을 인식하고 합일을 이룰 실체적인 대상을 얻는 동시에 존재의 완성을 꿈꾸게 되기 때문이다.

처음부터
나는 그대의 눈 속에서 살고 있었다.

아무것도 먹지 않고, 눈빛으로만

그대 말소리 듣다가 점점 새로워지는
나의 성품과 그대의 수사(修辭)
흰 깃이나 눈초리 근처 갔다 올라와
그대 눈 속에서 살았다, 말의 그림자는
눈에서 피는 파랑색 꽃,
언제나 우울로 지워졌다

반짝이는
나목의 가지에 눈길을 얹을 때
무미한 것은 희고 낮은 숨소리만 듣는다
그대가, 정말 죽을 때 탈출하지 않고
그대 눈 속에서 같이 눈 감을 때
그 눈에 살았음을 어떻게 나타날 수 있을까.

—「성에꽃 눈부처 2」 전문

누군가를 바라보기로 작정하면서 존재는 스스로의 눈을 버리는 대신 바라보기로 결정한 대상의 눈을 통해 자신과 세계를 본다. 즉, 누군가와 삶을 나누는 일이란 상대의 눈에 비친 '눈부처로서의 나'를 기꺼이 응시하기로 한다는 뜻이리라. 삶의 공유는 지속적으로 타인을 바라보는 과정이기에 상대의 의식과 눈 속에 있는 나의 형상에 끊임없이 반응할 수밖에 없음을 시사한다. 양자 사이에서의 바라봄이란 '너'라는 거울을 통해 자신을 목도하는 한편, '나'의 눈을 통해 상대의 위치를 확인시켜줌으로써 서로의 존재를 함께 만들어가는 일련의 행위라 하겠다.

인용된 시 「성에꽃 눈부처 2」에서 화자는 "아무것도 먹지 않"은 채, 오직 "그대 눈 속에서"만 산다. 때론 "우울"로 귀결되고야 마는 "말의 그림자"를 신뢰하지 않고 그저 "눈빛으로만" 살아온 화자에게 가장 중요한 바람은 변함없이 "그대 눈 속에서" 살아가는 것이다. 3연이 보여주는 것처럼 시름겨운 한 세월 지낸 '나목'의 "가지에 눈길을 얹을 때"야말로 삶의 진실이 눈을 뜨는 순간이다. 3연의 끝부분에는 함께한 세상을 마감할 순간에조차 그의 눈부처로 존재하고픈 화자의 심경이 잘 드러나 있다. 화자가 '죽을 때 탈출하지 않고' 응시의 불변성을 지킴으로써 "그 눈에 살았음"을 증명하고자 함은 결국 존재의 이유가 누군가의 '눈'에서 충만하게 살아가는 데 있음을 역설적으로 말해준다. 위 시에서 지향성을 지니고 '바라본다'는 것은 일종의 경이(驚異)이며, 삶에서 가장 아름다운 비밀의 문을 여는 열쇠가 된다.

그렇다면 문제는 대상을 '어떻게 잘 바라볼 것인가'이다. 이 시세계의 화자는 이 물음에 대하여 대상을 관찰 및 투시하는 데서 한 걸음 나아가 주체와 대상 사이의 경계가 무화될 정도로 철저히 연합하는 방식을 제시한다. 자신을 비워 기꺼이 다른 대상에게 내어주기로 결정함으로써 주체는 대상과의 즐거운 합일을 이룰 수 있고, 대상은 자발적으로 스스로를 열어보이게 되는 것이리라. 또한 전체 시세계 안에서 합일의 대상인 타자는 인간 존재의 영역을 넘어 온 삼라만상에 걸쳐 있음을 본다.

우리는 그때 양서류였다, 꽈리를 부는 것만 일이었다
물꼬에 물이 차면 우린 벌써 태어나 울고 있었다
그러나 한번도 의심한 적이 없다
인간의 턱과 비슷한 노란 꽃들을 쳐다보는
저 눈 속의 원시선을 닮은 꽃 총상이 그들의 주제였다
(…중략…)
그 순간이
그 자연에서 태어나 내가 울기만 하던 마지막 기억
메스는 현미경 속에서 나의 식물성 폐를 회치고 뭉갠다
해체된 망막에서 원시선은 보이지 않는다
지문의 무늬선은 다 사라지고 아무것도 남지 않았고
나는 그해 여름, 파랑 개구리의 기억이었다.

— 「그해 여름, 파랑 개구리들의 기억」 전문

위에서 화자는 어느덧 '파랑 개구리'가 되어 있다. 개구리가 된 화
자는 온전히 개구리의 시선으로 주변세계를 바라본다. 적극적인 바
라봄의 끝이 '상대가 되는 것'이라고 할 때, 여기에는 자신을 기꺼이
포기할 수 있는 헌신과 용기가 전제되어 있다. 또한 이는 '자신'으로
부터 완전히 벗어나 '상대'의 존재를 입게 되는 과정을 포함한다. '카
프카'식으로 말하자면 이것은 '동물되기'이면서 '대상되기'이다. 다
른 무엇이 된다는 데는 그렇게 함으로써만 진실로 상대를 받아들여
양자 사이의 관계를 이상적으로 설정할 수 있다는 역설이 존재한다.

한편, 철저하게 다른 것이 되어버린 그 순간에야말로 본연의 '나'
를 객관적 시각에서 확인할 수 있음은 일종의 아이러니이다. 모든 주
관의 정념이 거세된 자리에서 "양서류"가 된 "우리"는 '노란 꽃들'을

보며 '인간의 턱'과 비슷하다고 생각함으로써 인간을 대상화하기에 이른다. 정서가 극도로 배제된 채 사실적인 진술을 위주로 한 이 작품에서 감상자들은 실제 "그해 여름, 파랑 개구리들"로 존재하다가 서글픈 "마지막 기억" 속으로 사라졌던 듯한 느낌을 받을 것이다.

3. '동물되기'를 통해 본 객관적인 인간의 모습은 그러나 마냥 영속적으로 아름답기만 한 것이 아니다. 인간 존재에게 가장 근엄한 진실이란 결국 언젠가는 이 지상과 작별해야 한다는 데 있기 때문이다. 물론 인간뿐 아니라 우주 안의 모든 생명들에게 한 번의 탄생과 한 번의 소멸은 공통적인 운명이다. 그러나 비극은 소멸에 대한 너무나도 명확한 인식에서부터 비롯된다고 해야 할까. 죽음 자체는 모든 생물체의 숙명이지만 그에 대한 자각은 오직 인간만의 것이기에, 이로부터 온갖 비애와 고뇌는 발발한다.

> 칸나를 보는 순간,
> 도라 마르의 초상의 오른손가락이 솟아올랐다
> 손가락은 피었지만 미개의 칸나처럼 붉구다
>
> 심장에서 밀어주지 않는 게 분명하다
> 그러고도 오랜 세월 자신이 미완인 줄 모른다
> 만개해서 존재하고 죽음으로 완성되지 않았다
> 뼈조차 진토가 됐으니 죽은들 알 것인가
> 너는 어디로 가고 손가락만 하늘을 가리키는가
> 삼차원을 이차원으로 납작하게 찍어놓고
> 깜짝일 때마다 피워올리는 불변의 증오심

해마다 칸나는 고백할 수 없는 수모로
캄캄한 고방에서 뿌리로만 건너오고 있지만
신록이면 그 삽은 칸나의 언어를 심고
서 있을 것이다.

─「불구자의 칸나」 전문

우연적인 '피투성'에 의해 인간이 존재한다고 가정하면, 삶 역시 절대적인 의미로부터 멀어진 공허한 무엇이 된다. 또한 이와 같은 안타까운 진실을 목도하는 주체가 허전함과 서글픔의 정서를 동반하는 것은 당연한 일이다.

인용된 시의 첫 연에서 "칸나"와 피카소 그림 속의 "도라 마르"는 미묘하게 동일시되고 있다. 도발적인 매력과 뛰어난 지성을 지녔으면서도 천재적인 연인의 그늘 아래서 비참하게 스러져간 한 여인을 통해 화자는 인간의 삶이 지닌 모순과 한계를 지적하고자 한다. 이 시에서 실상 인간에게 '도구적 인간'의 위상을 부여한 "오른손가락"이 "미개의 칸나"에 빗대어지면서 불구의 상징으로 전락한 것은 이와 같은 맥락에서이다.

'오른손가락', '심장', '뼈' 등 육체의 부분들에 대한 구체적인 천착은 현현(顯現)과 소멸을 가르는 수단이 존재의 '육신'뿐임을 알리고, 그 육체성을 통해 소멸을 더욱 부각시키고자 한 시적 의도의 소산으로 여겨진다. 유한성의 한계에 봉착한 실존이 바랄 수 있는 최선이란 자유에 대한 책임을 의식한 채 "만개해서 존재"하고, "죽음으로 완성"되는 것이리라 여겨진다. 그러나 현실의 실존적 주체들은 "심장에서 밀어주지 않"음으로 말미암아 "오랜 세월 자신이 미완인 줄"

도 모르다가 어느새 "뼈조차 진토가" 되어버리는 일을 경험하기 일쑤이다.

불완전하고 모순에 휩싸인 인간들은 운명적으로 "고백할 수 없는 수모"를 "캄캄한 고방"에서 혼자 감내할 수밖에 없다. 그러나 그럼에도 불구하고 삶의 지속이 가능한 것은 -위 시의 3연이 보여주듯이- 앞에 놓인 죽음을 알면서도 혼신의 힘을 다해 비상하는 연어떼의 그것처럼, 부단히 '신록'을 기다리게 하는 벅찬 열정 덕분이리라.

인간적 숙명의 진실이 '죽음'에 있다면 삶과 죽음의 저변에는 무엇이 존재하는가. 불교적인 색채가 짙은 고형렬 시인의 시세계 안에서 죽음은 단지 삶의 끝자락만을 의미하지 않는다. 죽음이란 전생과 이승을 이어주고 이승에서 후생으로 가는 징검다리이며, 따라서 이승의 '나'는 전생의 '어떤 한 존재'로부터 후생의 '또 다른 한 존재'로 연결되는 매개이다. 이때 인간은 '자신을 바치면서 무언가를 남기고 돌연 어디론가 떠나가는 존재'이며, 죽음 역시 현재의 나를 버리고 새로운 대상으로 몸 바꾸는 행위의 동의어가 된다.

> 그날 그 기이한 향기를 영혼의 코는 흡입했다
> 그 태허 때, 내가 디옥시리보 핵산이었다
> 돌의 환상에서 잠 깬 육체는 깜짝 놀란다
> 육체가 나의 주인이 되어 있었던 것.
> 이토록 먼 곳에 한 인간으로 와 있는 것도
> 폭발한 언어의 태반을 뒤집어쓰고
> 그 디옥시리보 핵산의 추억을 반추하고 있다

저 빛다발, 나는 너에게로 돌아간다
내 맨발은 눈 깜짝의 광속을 지나가고 있는 중
태양계의 지구, 그 바닷가 어디에 있는가
네가 끝없이 간다는 사실만으로 꿈은 완성되고
빛의 상자 하나는 천공 밖을 부유한다
12월 태양계의 유리빛 속에 꿈꾸는
디옥시리보 핵산은 나에게 태양의 기억이다.
　　　　　—「디옥시리보 핵산의 첫 노래」(−2008년 12월 28일 일요일
　　　　　　　　　　　　　아침 맑음, 경험의 시 2) 전문

　지상에서 어떤 모양의 옷을 입고 존재하느냐는 그다지 본질적인
문제가 아닌 듯 하다. 대화엄의 세계를 지향하는 원융적 상상력 안에
서 삼라만상의 다양한 존재들은 공통의 잠재태에서 비롯한 현상적인
가능태들에 불과하기 때문이다. 이 가능태들은 현재 '유(有)'에 속해
있어도 미래에 '무(無)'의 것으로 옮겨질 수 있고, 혹은 오늘 '무'의 세
계에 있지만 내일은 '유'의 세계로 전이할 수 있는 성격의 무엇이다.
　위 시는 여러 가지 형태로 자유롭게 비상하는 존재성의 심연을 보
여준다. 가상적인 화자는 2행에서 "디옥시리보 핵산"(DNA)이었다가
5행에선 "한 인간"이 되고 8행에서는 다시 "빛다발"의 일부로 돌아
가고 싶어하며, 마지막 행에서 돌연 "태양의 기억"으로 화한다. 눈을
들어 하늘을 바라보면 태양계의 근원이면서 모든 생명체의 존재 기
반인 태양이 언제나 같은 자리에 있다. 이 태양의 진정한 의미는 무
엇일까. 생명의 과정을 범박하게 소급한다면, 존재를 견인한 것이
'디옥시리보 핵산'으로 상징되는 최초의 세포이고, 또한 최초의 세
포를 잉태한 원초적인 에너지가 태양으로부터 비롯했다고 볼 수 있

다. 그렇다면 위 시에서 구체적인 '유'의 형상으로 드러난 한 인간이 그 존재의 원초적 기반인 태양을 꿈꾸며 그리워하는 것은 너무도 자연스럽지 않은가.

이처럼 생물적 존재와 무생물적 존재의 경계마저 사라진 상태에서라면 굳이 '색즉시공(色卽是空) 공즉시색(空卽是色)'의 논리가 아니더라도 인간은 '무'의 방식으로서 '유'의 세계 안에 거하는 셈이다. 따라서 시원의 기억을 가슴에 품은 채, 삼라만상의 우주를 향한 애수의 눈빛을 띄고 기꺼이 소멸에의 길을 걷는 그 "한 인간"은 말할 수 없이 처연한 투명함의 감동을 선사한다.

한편, 우주적 존재인 화자는 현실 안에서 견고하게 일상적인 삶을 영위해가는 생활인이기도 하다. 전생과 후생 사이에서, 잠재태와 현상태의 유동 속에, 부인할 수 없는 비의성을 감춘 채, 묵묵히 그는 생을 지탱해간다.

> 생울타리가 작년만 못하다, 꽃도 덜 피고
> 바람에 흔들리는 횟수가 줄었다, 어떤 것은 이미
> 생생한 겨울을 뚫고 온 사철나무가 아니다
>
> 그러나 나는 나를 본다, 그 울타리 앞에 섰던
> 누군가 찍고 사라진 저 겨울 창공 속의 셔터
> 나는 변신하고 늙는다, 낡은 법칙 속에서
> 나는 늘 사회와 인간의 규칙과 약속을 위반한다
> 놀라운 신화의 주인공이 되어 변태하고 시간을 이동한다
> 변태, 이 육체를 짠 베틀을 돌리던 갈급

통쾌한 죽음의 전환을 노래하고 육체를 남긴다

망막에 걸린 가을 햇살 낚아챈 두 눈은

동그란 화점으로 태양 속을 통과하고 있다

돌화로의 불구덩이 속에서 영혼이 춤을 춘다

화염 속에서 흑점은 생울타리를 내려다본다.

— 「생울타리의 진화」 전문

'생울타리'로 표현된 삶의 환경은 그리 만족스럽지 못하다. 1연이 보여주듯이 이 세계는 늘 원한 대로 잘 되어가기만 하는 곳이 아니며, 끊임없이 낡아지는 법칙 속에서도 "사회와 인간의 규칙과 약속"을 지키도록 요구한다. 그러나 삶의 본질적 모순을 껴안고 살아가는 화자에게 이 지상의 현실은 그저 절반의 세계에 불과할 뿐이다. 현실의 세계를 이편에 두고서 화자의 영혼은 잠재적 가능태인 우주적 시공간을 자유로이 유영한다.

위 시에서 존재란 영겁의 시간을 흐르면서 수없는 몸 바꾸기를 통해 우주의 부분들을 두루 접하는 자이다. 그는 "놀라운 신화의 주인공"이며 "죽음의 전환"을 노래하는 존재이기도 하지만, 한편으로는 '생울타리'로 한정된 지상의 육체성을 거부할 수 없다. 즉 그는 어느 한쪽에만 설 수 없는 자, 양쪽에 동시에 거함으로써만 본연의 존재성을 지켜나갈 수 있는 자이다.

"돌화로의 불구덩이"인 "태양 속을 통과"하면서 그의 "영혼"은 "춤"을 추고 새로운 힘을 얻는다. 태양으로부터 공급받은 이 충만한 에너지로 인하여 그는 다시 돌처럼 단단해져서 생울타리로 귀환하게 될 것이다. 또한 그는 인생의 비애를 직시하면서도 그보다 더 강한 인내심과 담담함으로 '생울타리의 진화'를 만들어간다. 혼탁하고 조야한 현실세계 속에서도 적요한 평화를 구가할 수 있는 것은 이 때문이다. 고형렬 시인의 시세계가 보여주는 이 '한 인간'에게서 어떤 큰 파도의 유혹에도 일렁임을 보이지 않을 것 같은 암청색의 깊은 바닷속이 떠오르는 건 왜일까.

대상의 속살을 드러내는 감각적 사유

— 박주택 시세계

박주택의 시세계는 외부 대상과 사물에 대한 애정을 연민어린 시선으로 포착하고 있다. 남다른 섬세함과 구체적 감각이 돋보이는 이 시세계에서 화자는 사라져가는 모든 것들의 부질없음과 서러움에 한껏 집중한다. 박주택의 시들은 현실적으로 존재한다고 생각하는 그 순간 어느새 기억 속으로 침잠해버려 잡을 수 없게 되는 삼라만상에 대하여, 더없이 친숙하면서도 애상적인 태도를 취하면서 이들을 적절히 시화하고 있다.

> 거리가
> 의무만 남은 남자처럼 적막하다, 바람이
> 명줄을 나무에 대고 있는 몇 점 이파리를
> 끄집어 당긴다, 시간이, 미움과 이별의 피부 속에
> 살다 갔다

살진 물고기처럼 추억이
멀미를 일으키며 달려온다, 그 추억들은 협곡이다
얼음이며 말라붙은 젖이다

금연 구역 아래

기둥에 기대어 횟집이며 카페, 은행과
주식회사를 내려다본다

이 모든 것들은
기억 속에 자라난 것들로
배반에 길들여져 있는 것이다.

— 「기억의 황혼」 전문

    1연과 2연에서 화자의 관심을 불러일으킨 대상은 '거리−바람−
시간−추억' 등의 조합으로 이어지고 있다. 화자는 관심의 초점이 된
이들 대상에 대하여 온전히 그 표피를 벗기고 속내까지 드러냄으로
써 본질적 측면에의 접근을 시도한다. 또한 포착된 대상의 심층적 속
성을 매우 구체적인 묘사와 낭만적이면서도 세련된 정서를 빌어 드
러낸다.

    2연에서 "추억"은 기억에 속한 사연의 범주 가운데서도 특별히 아
픈 체험으로 남은 영역들을 지시하는 것으로 보인다. 즉 이때의 "추
억"이란 "협곡", "얼음", "말라붙은 젖" 등으로 표상되듯이 과거의
동의어이기도 한 '기억'이란 장소 안에서도 시련과 풍파로 점철된
시간들을 의미하는 것이다.

한편, 서글픈 상념에 젖어 그윽한 눈으로 주위와 과거를 둘러보던 화자는 3연과 4연에서 갑작스레 자본주의적 현실에 집중하는 모습을 드러낸다. "금연 구역"으로 나타난 현실은 물샐틈없이 구획되어 있으며, 이처럼 짜여진 구도 아래 "주식회사"들로 가득찬 자본주의적 세계가 화자에게 그리 만족스럽지만은 않다.

이어지는 마지막 연에서 현실로 마주치는 "이 모든 것들"은 존재 자체가 인식되는 바로 그 순간, "기억"이라는 공정 과정을 거쳐 주체 안에 저장됨을 보여준다. 그런데 이 "기억"이라는 장치를 통해 가두어지고 보존된 내용들이 언제까지나 불변의 모습으로 남는 것은 아니다. 마지막 행에서 화자는 이 기억 속의 대상들이 이미 "배반"에 길들여져 버렸음을 애통해한다. 이는 즉 대상, 관계, 사건 등의 의미가 시간의 흐름, 맥락의 변이 등에 따라 달라질 수 있음을 의미한다. 이 대목에서는 불변의 항상성을 유지하기엔 역부족인 변화무쌍한 세태에 대한 질타가 내포된 것으로도 여겨진다.

> 모두가 잠들기 전 자신을 돌아보는 법이다
> 잠들기 전 모두가 자신과 만나
> 자신으로 변하는 법이다 온몸에 돋은 가시와 날카롭게 치
> 솟은 송곳니를 빼고
> 털까지 벗은 뒤 어머니가 만들어주신 그 모양대로로 돌아
> 가는 법이다
>
> 돌아가지 않은 사람들이 서성거리는 거리
> 돌아가지 않는 사람들이 꿈틀대는 침대
> 그리고 머지 않아 평원을 달리던 말들이 돌아오고

평원의 바람이 집을 흔들 쯤에는
사람으로 돌아간 사람만이 후회를 망각으로
바꿔놓는다 그러나 코를 고는 그 순간
팔다리를 허우적거리며 허공을 움켜쥐는 그 순간
망각은 다시 기억으로 변하며
침대를 감싸 안는다

모든 어제는 살아 있다
모든 내일이 어제처럼 아가미를 가졌듯이
어제는 폐로 숨을 쉰다
잠든 이를 보라, 푸우 푸우 몰아쉬는 것은
막 기억의 거품이 올라오는 것이며 입을
벌리고 있는 것은 이빨의 순간이
떠올랐기 때문이다

이윽고 아침이 오면 털로 뒤덮인 온몸에
송곳니가 돋은 채
천천히 침대에서 일어난다.

— 「사람의 일생」 전문

위 시는 하루라는 시간을 기준으로 이 시세계 특유의 감각적이면
서도 깊이 있는 사유를 통해 "사람의 일생"에 대하여 성찰한 작품이
다. 현대인들의 고군분투하는 삶에의 치열함이 다소 그로테스크한
환상적 어법과 결합된 이 시에서 화자는 노련한 어법으로 그만의
'인생론'을 펼친다.
1연에서 "잠들기 전"의 밤시간은 하루치의 변장과 가면, 하루 분량

의 가시와 송곳니 및 털까지 제거하고 온전히 자연인으로 돌아가도 좋은 때를 의미한다. 그런데 이 언급은 동시에 다양한 역할을 감당해야 하는 현대인들이 사회생활을 하다 보면 어느 정도의 치장과 적절한 처세술을 동원하지 않을 수 없음을 시사하고 있기도 하다.

이어지는 2연은 하룻동안 거친 생존 현장에서의 무거운 짐들을 기꺼이 감당하고 드디어 안식처로 귀환하는 생활인들의 아슬아슬함을 담아낸다. 1연에서 "어머니가 만들어주신 그 모양대로"의 본래 모습은 2연에서 "사람으로 돌아간 사람"으로 연결되면서, 잠자리에 든 그 시간만큼이라도 온전히 편안함을 누리고픈 현대인들의 절실한 여망이 드러난다.

그러나 복잡다단한 현대 사회 속에서 하루를 살아낸다는 것은 하루의 호흡량만큼의 후회를 남기게 된다는 의미를 구성하면서 밤은 망각과 기억의 양자 사이에 놓임을 본다. 즉 밤을 보내는 동안 하루의 배설물로 쌓인 후회들은 깊은 숙면을 통해 망각의 늪으로 잦아들거나 혹은 반대로 더욱 되살아나 예민한 기억의 촉수를 뻗는다. 3연에서는 생활 속에 차곡차곡 쌓이는 후회에 대한 안타까움이 "기억의 거품"으로 묘사되었으며, 이때 '잊혀질 수 없음'의 동의어이기도 한 '기억'은 거친 현실의 상징인 "이빨의 순간"으로 변용되었다.

한편, 망각과 기억 사이에서 줄타기하던 화자는 마지막 연에서 다시 털과 송곳니로 자신을 한껏 무장한 채 새로운 하루치의 전투를 준비하는 모습이다. 예리하고 감각적인 사유를 통해 현대인들이 영위하는 삶의 본질을 보여준 위 시는 동시대인이라면 그 누구라도 동의하지 않을 수 없는 대상의 속살에 대한 통찰이리라. 또한 삶과 관계의 문제, 가책과 후회, 기억과 망각, 과거와 현재 및 미래의 의미 등을 두루 조망하고 있는 위 작품에서 자신의 레일을 벗어나지 않으려 몸부림치며 경주하는 현대인들의 다급한 실존을 목도한다.

삶에의 관조적 성찰과 우주적 회복의 시학

— 염창권 시세계

강물이 나직한 소리로
숨을 쉬고 있다

겨울이 한 자 두께로 얼음장을 깔아도
그 밑으로 깊이깊이 물줄기가 흘러간다
추운 날 손 입김을 불 듯
아침 강에서 안개가 피어오르는 곳이 있다
강이 정수리에
숨구멍 하나를 열어두기 때문이다
고래가 물구멍으로 물방울들을 내뿜듯
밤새 그 구멍으로
가쁜 숨을 돌려놓기 때문이다

내 가슴속을 흐르는 사람이 있다.

—「강물이 숨을 쉰다」 전문

한국적인 풍경과 정서를 잘 보여주는 위 시편은 얼음이 깔린 차가운 겨울강의 모습을 배경으로 하고 있다. 1연에서는 고요하고 평화롭게 흘러가면서 주변의 생태계를 조절해가는 강 주변의 풍광을 "나직한 소리로 숨을 쉬고" 있는 정경으로 묘사하였다. 그리고 2연으로 가면 일반적으로 역사를 상징하기도 하는 강물의 부지런한 흐름에 대하여 화자 나름대로의 감동적인 직시와 통찰을 보여준다. 2연의 2행에서는 "깊이깊이 물줄기가 흘러"가는 양상으로부터 쉼없이 진행되는 시간의 흐름과 그로부터 파생된 세상사의 면면을 유추할 수 있다. 또한 2연 3, 4행에 드러난 강의 구성 요소 중 한 부분인 "안개가 피어오르는 곳"은 신화적인 아우라를 담보하면서 태곳적의 신비가 어린 숨쉬는 강의 특별한 자태를 아름답게 드러낸다.

한편 2연의 5행에서 9행까지에서 화자는 지칠 줄 모르는 강물의 위용과 더불어 현실적으로 한 곳에 머물거나 정체되지 않고 끝없이 움직이려는 자연의 의지를 은근히 삶의 과정에 빗대면서 목도하고 있다. 또 2연 9행의 "가쁜 숨"은 평화롭게 저절로 움직여가는 듯한 강의 세계 역시 치유 및 회복을 의식하면서 매일매일 고군분투하는 사람들의 삶에서와 마찬가지로 치열하게 몸부림치고 있다는 사실을 형상화한다. 부연하자면 일상의 피로와 세파에 한껏 찌들린 '강'이 못내 '가쁜 숨'을 몰아쉬다가도 이내 숨구멍을 기꺼이 열어 재충전하여 다음 날 하루치의 에너지를 얻는 모습이다.

한편 위 시의 끝부분에는 말로 표현할 수 없는 애수의 그림자가 잔잔히 비쳐들고 있다. 강물로 상징되는 세상사의 바쁜 흐름 가운데서 화자는 마음 한 곳에 애틋하게 남아 그리움을 부추기는 대상을 떠올리면서 "내 가슴속을 흐르는 사람"이라 지칭하고 있다. 이 '사람'은 치명적인 사건이나 사고 때문에 갑작스레 작별한 가족이거나 지인, 혹은 못 이룬 첫사랑의 상대라든가 안타깝게 헤어진 연인인지도 모른다. 전후의 문맥을 통해 화자의 아픈 마음과 더불어 인간관계에서 만나는 가장 큰 슬픔이란 이런저런 이유들로 인해 어쩔 수 없이 정든 이가 떠나가는 것을 묵묵히 감내할 수밖에 없는 상황이 아닐까 생각하게 한다.

> 말의 가시를 뽑으려다
> 가시에 찔렸다
> 말로 인해 몸이 아프다
> 내 살 속에서 네가 자라고 있기 때문이다
> 내가 아프니 너 또한 아프지 않은가,
> 바늘 같은 가시 둘을 나란히 놓아둔다
> 아프지 않는 말은 인(仁)하지 않다는 듯,
> 가시를 견디려면
> 아프게 이야기해야 한다
>
> 네가 준 말을
> 살 속에 깊이 묻어둔다.
>
> ─「논어(論語)」 전문

위 시편은 인간관계에서 절대적인 비중을 차지하는 '말'에 대하여 철학적으로 고찰하고 있다. 위에서 말이란 의사소통의 기본적인 도구이면서 여러 모로 인간관계의 중요한 양상을 결정짓는 능력이 되기도 한다.

1연의 첫 부분에서 화자는 말할 때 특히 주의 깊은 태도로 신중해야 함을 일깨우면서 말 속의 "가시"를 경계하고 있다. 즉 현대의 복잡다단한 관계에서의 말에는 알게 모르게 가시가 들어 있기 마련이고, 이를 완전히 제거하는 게 생각만큼 쉬운 일이 아니라는 전제하에 원활한 인간관계를 위해 더욱 조심해야만 함을 역설한다. 이어지는 3행에서 5행까지는 말 속의 '가시'가 단순히 발화에만 관련되어 있는 게 아니라 발화자의 몸 속에서 이미 태동하여 아주 오래전부터 말과 함께 자라나고 있었음을 밝힌다.

1연의 6행에서는 두 사람의 실존이 한 자리에 어울려 의미심장하게 마주 보는 모습을 보여준다. 위에서 '아픈' 말은 '인(仁)'을 지닌 말과 등가라는 표현 속에서 진솔하게 진실을 드러내는 말들이 전달되는 그 순간엔 불편하다 할지라도, 진정한 성장을 위해서는 꼭 필요한 언어임을 역설적으로 강조하고 있다.

또한 양자가 지닌 말의 '가시'를 서로 견디면서 제대로 의사소통에 성공하기 위해서는 반드시 인내심을 지닌 채, 소통 속으로 직면할 것을 주지하고 있다. 한편 2연에서는 실존과 말 사이의 긴밀한 관계를 다시 한 번 새롭게 조명한다. 이 대목에서 "네가 준 말"이란 어렵게 마음을 열어 보인 양자 사이의 진심어린 대화를 뜻할 것이다. 다시 말해 1연에서 언급되었듯이 진실한 말이란 '아픈' 말이고, 아픈 말은 또한 진정성을 지녀 잊혀질 수 없는 말이기에 "살 속에 깊이" 기억되며 저장되는 모습을 보인다.

위 두 편의 시에서 보편적인 삶 속에서 나타나는 한국적인 서정과 관계에의 고찰이 잘 드러났다면, 다음의 작품들에선 인간 존재 특유의 한계 상황인 유한성에의 자각과 죽음에 대한 성찰이 중심을 이루고 있다.

> 바람이 내 몸에서 시간을 꺼내가겠지
> 차 한 잔이 식기 전에 마감될 짧은 생이
> 햇살의 길을 따라가다
> 받아드는 목숨의 끝
>
> 시간의 주인인 바람이 넘나들면서
> 속살마저 허물고 견과류 같은 정신만 남아
> 주워드는 뼈 한 마디
>
> 정강이뼈 하나 만나
> 빈 구멍을 열어놓고
> 지나온 길의 숨결을 빌어서 노래하리
> 시간을 숨구멍 사이로
> 넘나들게 하면서
>
> 그러면,
> 생의 온갖 비유로 만든 피리 속에서
> 향 맑은 영혼이 빚은 이야기가 새어나오고
> 나는 또, 한 생을 비우며
> 그를 찾아 나서겠네.
>
> ─「깔링─티베트의 인골피리」 전문

위 시의 첫 연에서는 인간의 삶이 지니는 유한성의 한계에 대하여 조망하고 있다. 인간의 삶에서 이 '유한성'이 지니는 의미는 매우 중요하다고 할 것이다. 만약 인간이 유한성의 덫에서 벗어나 누구나 원하는 만큼 충분히 불로장생할 수 있다면 매 순간순간마다 최선을 다하여 살아가려는 의지를 지니기 힘들지 않을까. 특히 첫 행에서는 결코 유한한 시간의 형식에서 자유로울 수 없는 실존의 아픔과 어김없이 삶의 종착역에 도달하여 지난 "짧은 생"을 반추하게 되는 순간의 허허로움을 체념적 어조로 드러내고 있다.

이어지는 2연에서는 결코 쉽지 않은 인간의 한 생을 비유적으로 보여준다. 주어진 환경적인 조건 안에서 시시각각의 부침을 견디며 삶을 지탱해오는 동안, 위 시의 화자에게 의미 없는 부수적 껍질들은 부서져 내리고 오직 고갱이로서의 "견과류 같은 정신"만 남은 상태이다. 삶의 마지막 순간에 서서 지난 날을 회고하는 화자에게 그저 인생이란 삶을 지탱해온 의지의 흔적으로서 "뼈 한 마디"만을 남겨 허락할 뿐이다.

3연에 이르면 화자가 복잡다단했던 지난 삶을 돌아보면서 흩어버릴 것은 과감히 버리고 의미 있었던 모든 값진 것들만을 발효시켜 "지나온 길의 숨결"에 자신만의 의미를 새롭게 부여하는 과정이 인상적으로 드러나 있다. 이 대목에서 감상자들은 만만치 않은 삶 속에서 화자가 느꼈을 압박감과 치열하게 고군분투했을 고통의 흔적들을 읽게 된다.

한편, 마지막 연에서는 생의 증거로 남은 뼈가 인골 피리가 되어 지난 수십 년의 얘기들 가운데 엑기스만 뽑아 연주하는 모습을 보여주고 있다. 또한 이 대목에선 화자가 생을 대하는 불교적 철학과 윤회설의 영향 및 지난 삶에서의 모든 것들과 헤어져야 하는 운명에 대한 아쉬움이 잘 느껴진다. 더불어 그 어떤 삶이라도 결국에는 연기처럼 흩어져버리고 고작 뼈 한 줌의 의미로 남을 수밖에 없다는 허허로운 메시지가 '깔링'의 연주 속에 안타깝게 녹아 흐르는 모습이다.

> 죽음이 너무나 가벼워서
> 날아가지 않게 하려고
> 돌로 눌러 두었다
> 그의 귀가 밝아서
> 들억새 서걱이는 소리까지
> 뼈에 사무칠 것이므로
> 편안한 잠이 들도록
> 돌이불을 덮어 주었다
> 그렇지 않다면
> 어찌 그대 기다리며
> 천년을 견딜 수 있겠는가.
>
> ―「고인돌」 전문

위의 시편은 고인돌을 매개로 한 죽음에의 단상 및 삶과 죽음의 거리에 관한 깊이 있는 성찰을 보여주고 있다. 위에서 고인돌은 장례의 한 방식을 보여줄 뿐 아니라 죽음에 대한 경이와 엄숙함의 표현이면서 죽은 이의 평안한 영면에의 희구를 드러내는 것이기도 한다.

처음 대목에서 "죽음"은 곧 죽은 대상을 의미하기도 하는데, 전체적인 문맥을 통해 마치 살아 있는 생명들과 똑같이 사후의 세계에서도 영적 존재로서 활동하는 모습들을 보여준다. 또한 7행에서 8행까지에서는 의인화를 통하여 삶과 죽음이 마치 하나로 이어진 것마냥 그려지고 있다.

한편 마지막 대목에서는 산 자와 죽은 자의 관계가 한 생에 국한된 것으로 부질없이 끝나는 게 아니라 천 년의 인연으로 이어짐을 자연스럽게 강조하고 있다. 위에서 "천년"이란 깊은 인연을 상징하는 시간의 단위로서 전후 문맥의 연결 과정을 통해 '변함없는 애정과 그리움'을 표상하는 모습이다. 또한 면면히 영속하는 우주적 시간의 흐름 속에서 인간이 지상에서 살다 가는 70 내지 80년 정도의 시간은 눈 깜짝할 사이에 불과하다 해도 과언이 아닐 것이다. 위 시에서 화자는 죽음을 삶의 결과이면서 삶에 연속된 과정으로 바라보는 대신 오히려, 죽음 즉 혼돈의 시간들 사이에 작은 전환의 과정으로서 생을 바라본다는 점이 인상적이라 하겠다. 또한 우주적 시간의 광활한 스펙트럼 속에서 삶과 죽음의 반복 및 교차의 자연스러운 순리와 더불어, 생과 사가 서로를 대신하면서 치열하게 이어가는 모습들을 담담하게 전달하고 있다.

껍질 속은 굴곡이 많은 별빛으로 채워졌다
빡빡한 뇌수처럼 생은 좀체 휴식이 없다
별빛을 헤아려본다
부유하는 먼지 같은……

우주는 딱딱한 두개골처럼 소리가 난다
반짝이는 머리통 속 질량은 충분하다
욕정의 신호나 되듯

은밀한 느낌이다

금기의 강이 있다 건너지 못하는
미확인의 진실이지만
그들은 서로 잇닿아 있다
별들도 사랑을 나눈다
눈빛을 보면 안다

호두껍질을 두드려서 잠든 별을 깨운다
기억의 숲 속으로 번개가 지나가듯
어둠이 파동치며 긁힌다
이젠 추억의 힘이다.

— 「호두껍질 속의 별」 전문

위 시는 호두껍질을 매개로 한 우주적 삶의 기원과 진행에의 성찰
을 보여주고 있다. 앞선 시에서는 삶의 과정 및 지난 삶 중간 중간
에 드러나는 죽음에의 이끌림을 보여주었다면 여기서는 심도 있는
서정성과 영겁의 시간 안에서 인간 존재를 둘러싼 신비주의적 상상
력이 잘 어울린 모습들을 보여준다.

1연에서 화자는 호두껍질 속을 하나의 세상으로 인식하고 있다.
살아가는 중 여러 가지 부침 속에서도 나름대로 온전하게 자기만의
영역을 이루고 존재하는 모습을 3행에서는 '별빛'으로 표현하는 모
습이다. 이어지는 2연에서는 호두껍질을 우주 혹은 '딱딱한 두개골'
에 비유하면서 삶의 비의성을 드러내고 있다. 또한 욕정이나 남이 알
지 못할 은밀함 등 인간적인 성정을 한껏 부각시킨 것으로 이해된다.

한편 3연에서 '강'은 우주적인 '역사'의 흐름들을 의미한다고 하겠다. 우주적 삶의 은밀한 감춤과 드러냄 속에서, 이를 3연의 2행에선 "미확인의 진실"로 연결시키는 모습이다. 역사는 돌고 돌면서 섬세하게 '차이 있는 반복'들을 만들어가고, 그 과정에서 인류의 대소사를 지탱해나가는 것은 존재들 사이에 면면히 흐르는 아름다운 '사랑'임을 알 수 있다. 그리고 3연의 마지막 행에서 관계의 처음이자 끝은 인간들 간의 '눈빛'을 통하여 확인되는 비언어적인 메시지임을 확인케 한다. 또한 이는 존재와 존재 사이의 교통 및 공감과 이해의 총체를 상징하고 있기도 하다.

마지막으로 4연에서 '별'은 생을 지탱하는 동시에 전반적인 삶을 추동해가는 힘이다. 또한 미래에의 비전이자 소망인 동시에 가장 큰 보람이라고도 하겠다. 2행에서 인간의 뇌는 여러가지 기억 중에서도 자신의 정체성 규정과 관련된 범주들을 선별하고, 그러한 기억들끼리 연합하여 추억의 다발을 만들어내는 모습이다. 그리고 기꺼이 그러한 추억들의 힘으로 삶을 지탱하고 의지적으로 살아내는 모습들을 암시하고 있다.

허무를 껴안는 포스트모던 보이의 포즈

— 유희경 시세계

유희경의 첫 시집 『오늘 아침 단어』는 요즘의 시대, 새로운 서정의 행보와 질감을 새록새록 잘 보여준다. 그의 시세계는 일상의 곳곳에 흩어진 이별과 부재의 흔적들을 섬세한 감각으로 포착해낸다. 싱싱하게 살아서 팔딱거리는 이 감각적 서정은 가상의 공간에만 존재하는 당신에의 절실한 그리움으로부터 시작된다.

　　나는 당신의 왼쪽과 오른쪽에 있는 사람이다 왼쪽에서 오른쪽으로 도는 사람이다 당신 발밑으로 가라앉는 사람이 있다면, 나는 그런 사람이다 당신이 눈 감으면 사라지는 그런 이름이다 내리던 비가 사라지고 나는 점점 커다란 소실점 복도가 조금씩 차가워진다 거기 당신이 서 있다 당신이 소중하게 생각하던 그것은 모르는 얼굴이다 가시만 남은 숨소리가 있다
　　오직 한 색만 있다 나는 그 색을 사랑했다 당신은 내 오른쪽의 사람

이다 오른쪽에서 왼쪽으로 도는 사람이다 내 머리 위에 흔들리는 이가
있다면 바로 당신이다 당신은 그토록 나를 지우는 사람이다.

　　　　　　　　　　　　　　　　　　　　　　— 「당신의 자리」 전문

　총 14개의 문장으로 구성된 위 작품은 현실에서는 존재하지 않지
만, 화자의 마음을 온통 뒤덮고 있는 "당신"에 관한 이야기이다. 전
체 시를 크게 세 부분으로 나누어 볼 때, 네 번째 문장까지 이어지는
첫 대목은 "당신"의 부수물로 존재하는 화자 자신의 미약함과 그런
"나"에겐 너무나 절대적인 당신을 대비시킨다. 이 부분에서 "나"는
당신의 주위를 끊임없이 배회하는 동시에 당신의 존재에 대한 불안
감에 젖어 있다. 또한 당신의 위치에 따라 자동적으로 나의 위치가
결정된다는 점에서 화자는 "당신이 눈감으면 사라지는" 그런 존재이
기도 하다. 이때 시세계 특유의 역동적인 이미지와 적절한 반복의 수
사는 사라져버린 "당신의 자리"에 대한 절실함을 배가시키는 역할을
한다.

　위 시에서 두 번째 대목에 해당하는 다섯 번째에서 열 번째까지의
문장은 화자가 당신의 부재(不在)를 인정하고 당신이 부재하는 세계
를 정상적인 것으로 받아들여가는 과정을 묘사하고 있다. 여기서 화
자는 "내리던 비"로 상징되는 슬픔의 파장과 "소실점 복도"로 표현
된 막연함을 지나, 이제 조금 정리된 심경으로 당신과 당신의 얼굴을
그려본다. 그런데 너무나 그리운 이의 경우라 할지라도 막상 그만의
사랑스러웠던 모습을 기억하려 애쓸 때면, 뚜렷한 형상이 잡히지 않
는 경우가 허다하다.

그런데 수없는 시도의 결과, 마음의 거울 속에 비친 그에 관한 단 하나의 형상은 "가시만 남은 숨소리"가 지시하듯 초췌하기 이를 데 없는 모습이다. 마찬가지로 그와 관련된 다양한 스펙트럼 중에서도 이상스레 명백히 떠오르는 것은 오직 단 한 가지 "색"일 뿐이다. 그리고 이처럼 각인된 단 한 가지의 인상은 대개 그가 곁에 존재할 때는 드러나지 않다가 부재로 화한 순간에 비로소 명료해지는 것 같다.

열한 번째 문장에서 끝 문장까지로 이어지는 마지막 대목은 형식적으로 첫 부분의 변주라 할 수 있겠다. 그러나 이 대목에서는 첫 부분에서와 달리 나와 당신의 자리가 전도된다. 당신을 잃은 직후 나는 당신을 놓지 못한 채 당신의 흔적을 좇기에 바빴지만 당신의 부재를 인정하고 새로운 상황을 충분히 긍정한 지금, 삶의 중심엔 화자가 있고 반면 화자의 주변에는 부수적으로 그가 존재한다. 하지만 그는 여전히 화자에게 막강한 영향력을 행사하는 존재이다. 마지막 행이 말해주듯이 "그토록 나를 지우는" 그는 화자로 하여금 예나 지금이나 그 앞에서 한없이 작아지게 만드는 그런 대상이다.

위 시에 드러난 부재하는 상대에의 절실한 그리움은 한편, 행복했던 지난 시절과의 결별이나 정답던 이들과의 멀어짐에서 비롯한 고독으로 변용되기도 한다.

> 봄이었고 여름이었던
> 분명한 한때,
> 누구에게나 있었던, 한 번쯤은
> 모든 것이 내 것이었던
> 그때

바람이었다가 물 흐르는 소리처럼
어루만지고 이따금 꽉 쥐었던,
사람의 적막

사라져버려 더는 내 것이지 않은
온도,라고 쓴 적이 있었다 결국
내게는 창백한 것들이 사랑이다

내 손이 죽었을 때 손이 받아낸
모든 이름들 다 죽어간다
놀랍도록 검고
어마어마하게 차갑게
인사를 전한다
작별을 통과하는 일
그것이 손의 전부다.

　　　　　　　　　　　　　　　　　―「손의 전부」부분

　　전체 시편의 2연이자 인용부의 첫 연에서 화자는 모든 것이 완벽
했던 시기의 과거, 혹은 라캉의 '상상계'에서 마냥 행복해도 좋았던
유년의 시절을 추억하고 있다. 하지만 누구에게나 존재했을 이 시기
는 애석하게도 다시 돌아올 수 없다. 이어지는 연에서 한때 나르시시
즘에 젖을 만큼 이상적이었던 세계가 오늘의 화자에게는 "창백한 것
들"로만 남아 있음을 본다. 또한 아름다운 시절을 상실한 이후에는
오히려 주체의 허탈감이 증폭되기 마련이다. 위 시의 2연과 3연에서
화자는 돌아올 수 없을 과거의 한 장(章)을 추억하면서 못내 아쉬워한
다. "사라져버려 더는 내 것이지 않은" 모든 것들이 소중할 수밖에

없는 이유는 인간에게 있어 가장 큰 한계이자 매혹인 삶의 유한성을 일깨우기 때문이리라.

마지막 연에서 화자는 극단적인 이미지들을 빌어 지독한 상실감과 외로움을 토로하고 있다. 헤어짐 즉, 관계의 단절은 관계를 맺는 일보다 훨씬 더 힘든 사건이다. 피할 수 없는 작별을 기꺼이 수용하고 극복한 후 드디어 망각하는 것, 즉 작별을 "통과"하는 일은 '호모 파베르(Homo Faber)'인 인간의 손에서 이루어지는 모든 일들 가운데서도 가장 어려운 일이다. 다시 말해서 그것이야말로 '손의 전부'일 것이다.

한편 더 이상 인과(因果)와 논리가 세계의 중심을 차지하지 못하는 시대, 위에서 소개한 갑작스런 헤어짐으로부터 온 고통은 어쩌면 현대인에게 너무나 익숙한 것인지도 모른다. 우연적인 모든 맥락을 당연한 일로 여기며 살아가는 이 시대의 화자들은 삶의 본질이기도 한 '허무'를 안타까운 시선으로 수긍하는 모습이다.

> 하얀 눈길 위로 간신히 늙은 사람들 걸어간다 초조해지는 이 밤에 나는 곱창을 구우며 한 사내의 첫사랑과 밤을 새워 그가 썼던 한 통의 편지를 읽는다 그는 한때를 글썽이고 도축된 기억 위로 수증기가 자욱하기만 하다

> 믿을 수 없겠지만, 나는 기침을 뱉으며 언 손으로 쥔 계이름을 생각한다 비스듬한 지금, 나는 이 모든 것이 노래 같다 바깥은 여전히 청춘의 겨울이 쏟아낸 삼킨 것들

■

하얗다 아직의 시간 속으로 우리라는 초췌한 이름

눈 덮인 오늘 밤은 거대한 동굴 같기만 하다 침묵을 지키고 뜨거워

지는 낮을 대하자니, 문득, 눈이 쌓인

다음 날에 내가 아프다.

—「폭설」 전문

유희경의 시세계에서는 위 시편에서처럼 몇 개의 장면을 연결시켜 몽타주로 구성하는 방식이 흔히 나타난다. 그런데 이때 만들어진 몽타주는 조화와 통일을 지향하는 '프도프킨' 류의 몽타주보다 갈등과 충돌을 표상하는 '에이젠슈타인' 류의 몽타주에 가깝다.[1] 위 시에서 각 연을 하나의 장면으로 가정해본다면 3개의 장면들이 모여서 후자의 몽타주를 이룬 모습이다.

이때 각 연들은 폭설이라는 배경을 공통 분모로 삼아 연결된다. 각각의 연들은 제각기 다른 이야기를 보여주고 있는데 이 이야기들은 서로 유기적인 구조를 이루지 못한다. 다만 의미상 조각조각 떨어진 세 개의 이야기들이 모여 제3의 주제를 형상화할 뿐이다. 동떨어진 이야기들이 모여 연출한 하나의 몽타주는 현대 사회의 속성이기도 한 관계의 무의미 및 반복적 일상에의 허무라는 기의를 효과적으로

••••

1) 몽타주란 한 차례의 지속적인 카메라 작동으로 촬영된 필름 단편을 뜻하는 각 쇼트들의 인위적 결합으로 만들어진 단위이다. 이때 각각의 쇼트가 어떤 관계에 놓여 있는가의 양상에 따라 서로 조화를 이루면서 동일한 이미지를 만들어내는 '프도프킨' 식 "조합과 통일의 몽타쥬"와 이질적인 쇼트들이 충돌을 빚어내면서 제삼의 의미를 생산하는 '에이젠슈타인' 식의 "갈등과 충돌의 몽타쥬"로 크게 나눌 수 있다(토마스 소벅 외, 『영화란 무엇인가』, 주창규 역, 도서출판 거름, 1998).

전달하고 있다.

첫 연에서 화자는 한 사내와 마주앉아 그의 슬픈 연애에 대한 사연을 듣는다. 그와 나 사이엔 한 접시의 곱창과 함께 아마도 가득 담긴 술잔이 놓여있을 것이다. 키치(kitsch)적인 현실처럼 사랑은 허무로 남아 다만 가슴 한켠의 "도축된 기억"이 되고 말았다. 1연의 마지막 문장은 실패한 연애담의 서글픔을 "글썽이고", "수증기" 등에서 온 눈물과 흐느낌의 이미지를 빌어 형상화하고 있다.

위 시의 두 번째 연에서 화자는 안타깝게도 혼자이다. 고독한 화자는 지금 악보를 보거나 혹은 악보를 보면서 뭔가 악기를 연주하고 있는 중이다. 아마도 첫 문장에서 지시하는 "계이름"은 세상이라는 악보의 상징이기도 할 것이다. "기침을 뱉으며"나 "비스듬한" 등의 시어에서 읽을 수 있듯이 화자의 실존 역시 1연에 나타난 사내의 그것과 마찬가지로 그다지 만족스럽지 못하다. 2연의 마지막 문장에서 청춘의 화자가 바라본 현실 풍경은 아무래도 녹록치 않고, 질서와 조화에 대한 일말의 기대를 배반한다. 위 시에서는 흔쾌히 소화되지 못할 이 답답증을 "쏟아낸 삼킨 것들"이란 역설적 표현으로 형상화하고 있다.

이어지는 3연은 무거운 현실의 짐을 떠안은 다수의 사람들이 한데 모여 불확실한 미래에 대하여 걱정하는 모습을 묘사한다. 막막한 미래를 앞둔 상황에서 "우리"의 모습은 초라하기 짝이 없을 뿐 아니라 누구 하나 제대로 말문을 열지 못한 채, 주위는 "침묵"으로 가득하다. 마지막 문장의 "뜨거워지는 낮"은 미로에 들어선 가운데 출구를 찾지 못하는 이들의 망연자실함을 보여주기에 충분하다.

이 긴 한숨과 더불어 시 전편을 감상하고 나면 파편화된 장면들이 하나로 어우러지면서 이루지 못한 사랑의 허탈함, 기대의 배반에서 온 고뇌, 답답하고 암울한 현실세계가 준 피로 등의 의미망이 구현되고 그 여운이 절절하게 전해져 온다. 위 시에서 참신한 비유, 긴장미로 팽팽한 언어, 총체적 의미를 구현하는 부분적 이미지들의 전개에 힘입어 포스트모더니즘 세계를 담보한 은회색의 스케치가 아름답게 마무리됨을 본다.

한편, 현대인들이 일상생활 및 관계의 전반에서 경험하게 되는 키치적 허무는 청춘의 가장 큰 화두인 남녀관계에서조차 예외일 수 없다.

우리는 빗방울만큼 떨어져 있다 오른뺨에 왼손을
　대고 싶어져 마음은 무럭무럭 자라난다 둘이 앉아 있는 사정이 창
문에 어려 있다 떠올라 가라앉지 않는,
　生前의 감정 이런 일은 헐거운 장갑 같아서 나는 사랑하고 당신은
말이 없다

　더 갈 수 없는 오늘을 편하게 생각해본 적 없다 손끝으로 당신을 둘
러싼 것들만 더듬는다 말을 하기 직전의 입술은 다룰 줄 모르는 악기
같은 것 마주 앉은
　당신에게 풀려나간, 돌아오지 않는 고요를 쥐여 주고
　싶어서.

　　　　　　　　　　　　　　　　　　　　　—「내일, 내일」 부분

위 인용부의 첫 연은 전체 시편의 2연에 해당된다. 이 대목에서 화

자는 제 것이 아닌 사랑에 대한 서글픔을 적나라하게 그려내고 있다. 물론 본질적으로 사랑이란 짝사랑에서부터 시작되는 것이다. 성공적인 사랑은 짝사랑에서 출발하여 결실을 맺지만, 그렇지 못한 사랑은 쓰라린 상처로 끝나버리고 만다. 위 시의 2연은 대상을 사랑하는 화자가 행복한 결말을 기대함에도 불구하고, 비극적 파국을 예감할 수밖에 없는 현실을 보여준다.

이 안타까운 상황 앞에서 화자는 전적으로 무기력하다. 어색한 분위기 속에 마주 앉아 있는 상대방 역시 서로의 일치할 수 없는 감정을 알기에 불편하겠지만, 양자가 지닌 입장의 차이를 수용하는 것만이 최선임을 되뇌일 것이다.

그러나 결말을 알면서도 자꾸만 자라나는 마음을 어쩌지 못하는 가운데, 위 시의 화자는 이를 "生前의 감정"으로 명명한다. 벗을 순 없는데 손에 맞지 않는 장갑처럼 스스로 그 무게를 감당해야만 하는 사랑, 서글프게도 이런 상황에서는 '나는 사랑'하고 끝내 '당신은 말이 없'다.

반면 외사랑에 빠져 있는 화자의 마음 한 구석은 불안하다. 그리움의 끝자락에 붙잡은 조우(遭遇)에서도 최대한의 자연스러움을 가장하면서 대상의 마음을 다시 타진해야 하는 화자의 입장은 쉽지 않다. 할 말과 들을 말이 너무나 뻔할 듯하여 굳이 꺼낼 필요가 없을 때, 그나마 그 자리를 차지할 최고의 대안은 침묵일 것이다. 그리하여 위에서 화자는 "더 갈 수 없는 오늘", "다룰 줄 모르는 악기"처럼 아슬아슬한 입술의 말 대신 기꺼이 "고요"를 선택하는 모습이다. 시편 「내일, 내일」을 통해 당신과의 희망찬 미래를 그려보지만 결코 그날이

올 수 없음을 안타깝게 목도하면서, 그 모순적인 사실을 오히려 당연한 것으로 수긍하는 현대인의 허무를 감지케 된다.

그런데 현대인의 삶과 관계 속에 본질적으로 녹아 있는 허무가 짙게 무르익을 때면 이 허무의 포즈는 어느새 공포와 좌절의 몸짓으로 변하고 있다.

1

> 티셔츠에 목을 넣을 때 생각한다
> 이 안은 비좁고 나는 당신을 모른다
> 식탁 위에 고지서가 몇 장 놓여 있다
> 어머니는 자신의 뒷모습을 설거지하고
> 벽 한쪽에는 내가 장식되어 있다
> 플라타너스 잎맥이 쪼그라드는 아침
> 나는 나로부터 날카롭다 서너 토막 나는
> 이런 것을 너덜거린다고 말할 수 있을까.
>
> ─ 「티셔츠에 목을 넣을 때 생각한다」 부분

위 시에서 일상의 도처에 널린 허무는 구체적인 빛깔을 띠고 그 존재를 드러낸다. "티셔츠에 목을 넣을 때"의 시간이란 과연 어떤 시간일까. 대개 이 찰나적인 순간은 '오늘'이라는 새로운 세계를 맞이하는 하루의 첫 시간에 해당될 것이다. 첫 문장과 두 번째의 문장은 그러나 기대와 희망으로 가득차야 할 시점이 이미 허무로 둘러싸여 있음을 보여준다. 현실에의 막연한 불안과 답답함에 시달리는 화자가 새 하루를 열면서 떠올리는 첫 생각은 놀랍게도 '비좁음'과 '알 수 없음' 뿐이다.

　이어지는 3행에서부터 6행까지의 대목에서는 삶의 피폐함과 열악한 주변 환경을 사실적으로 알리는 장면들이 등장하고 있다. '고지서-어머니-나-플라타너스 잎맥'으로 전개되는 일련의 이미지들은 누추하고 위축된 분위기의 고단한 아침 정경을 적나라하게 드러낸다. 또한 위 인용부의 끝부분에서 현대인의 자화상이기도 한 '나'는 일종의 자기 분열 상태마저 내보인다. 허무에 찬 정서적 상태와 함께 일련의 이미지들이 환기하는 소외감이 만나 급기야 신체적 부조화마저 야기하고 있는 것이다.

　사실 그것이 정신적 가치 혹은 물질적 가치에 속하든지, 때론 인간관계의 범주에 속하든지 간에 자본주의하에서 개개인이 욕망하는 대상과 소유할 수 있는 대상 사이의 괴리는 인간을 지치게 한다. 또한 무한경쟁의 이데올로기에 노출된 채 관료제의 한 부품으로 살아가면서 참된 자유를 잃어버린 현대인들은 늘 뭔가에 목마르다. 이런 상황에서 아무리 문을 두드리고 외부를 향해 외쳐도 적절한 대답이 없을 때, 인간은 허무의 극단인 공포와 좌절로 향할 수밖에 없다.

　위 시에서 "서너 토막"으로 조각난 화자는 그러나 내면의 고뇌에도 불구하고 이와 같은 한계 상황을 최대한의 가벼운 이미지를 빌어 형용하고자 한다. "이런 것을 너덜거린다고 말할 수 있을까"라고 자문하는 그에게서 포스트모던 보이의 능숙한 태연자약함을 감지케 된다.

부재의 기억을 건너 허무의 늪과 좌절의 동굴을 지나 이 시세계의 화자가 궁극적으로 도달한 곳은 어디일까. 좌절의 끝에는 무(無)와 죽음, 그리고 이 모든 것의 반복이 공존하고 있다.

> 무를 사러 나왔는데 밑동 잘린 눈이 내린다 당신,
> 무얼 상상했기에 이리도 하얀 눈이 내리나 그렇게,
> 하얀 눈을 맞으며 걸어간다 한 사내가 넘어진다 일어나 툭툭 털어
> 내는, 그의 잠바가 흐리다 익숙한 이미지를 더듬어 다시 눈이 내리고
> 나는 고요 그 중간쯤을 올려다본다 내일은 무를 말릴 것이다 나는 오
> 독오독한 그런 상황이 참 재밌어 또 슬프다 함께 사라져
> 버릴 것들 그리고 잊혀가는 것들도.
>
> ―「無」 전문

위 시의 첫 행에서 화자는 "무"를 통해 "눈"을 연상한다. 즉 이때 무와 눈은 등가이다. 누군가의 애절한 소망 때문에 놀랍게도 "밑동 잘린" 무처럼 눈은 내리고 나는 눈길을 걷는다. 쏟아지는 눈을 헤치고 걷는 것은 희노애락으로 가득찬 인생길을 걸어가는 것 마냥 쉽지 않다. 누군지 알 수 없는 "한 사내" 역시 눈길에서 미끄러져 넘어졌다가 다시 일어나 부지런히 걷고 있다. 화자 역시 쉽지 않은 길을 가면서 힘든 발걸음을 옮기다가 급격히 시야에서 사라져가는 한 사내를 익숙한 포즈로 바라본다. 눈길을 인생의 여정에 비유해본다면 '나'와 '사내'는 현대의 가볍고 무의미한 사회적 관계를 드러낸 기표이기도 하리라.

5행과 6행에서 세상은 눈으로 가득 쌓인 정경을 보여준다. 지상의 모든 알록달록한 형상들이 은빛의 옷을 껴입으면서 원래의 모습을

서서히 잃어가고 있다. 또한 함박눈이 온 지면을 적시면서 설렘과 풍요의 첫 느낌은 점차 고요와 적막으로 변해간다. 세상은 무화(無化)되고 "나"는 유(有)에서 무(無)로 향하는 대상들을 조용히 응시한다. 지상에 가득했던 존재들이 눈에 의해 무로 화하면서 만물은 어느새 깨끗이 사라져버리고 만다.

그런데 삶이 언제나 그 자리에 있는 것만은 아니다. 커다란 사건이나 치명적인 상황의 발생에 의해 어제와 오늘이 180도 만큼이나 달라지는 일들이 우리 주변에선 여전히 감지되고 있으니까. 그것은 개인적인 영역에서 발생할 수도 있겠고 한 사회나 국가 단위 혹은 그보다 큰 범주에서도 일어난다. 굉장한 일이 벌어져 180도 만큼이나 멀어진 어제와 오늘 사이를 위 시에서 눈이 내리기 이전과 쌓인 이후의 세계로 비유하면 어떨까.

그러나 위 시의 화자는 "내일"이 도래하면 눈부신 햇빛이 눈을 말릴 것이고 순식간에 눈은 녹아내리리라 전망한다. 이때 눈이 다 녹아서 즉, 햇빛이 무를 다 말려 새로운 모습으로 변할 세상을 화자는 "오독오독한 그런 상황"이라 묘사하고 있다.

7행과 8행에서 화자는 눈으로 인한 세상의 변화무쌍한 모습에 대하여 짐짓 가볍고 초연한 어조를 가장하여 "재밌어"서 "슬프다"고 한다. 갑작스레 세상을 덮은 함박눈 세례에 의해 무채색으로 변용된 유채색의 만물이 다시 햇빛 안에 마르면서 한 겹의 껍질을 벗고 재생하듯이, 이 시대에는 쉽게 존재하다가 더 쉽게 모습을 감추는 것들이 너무나 많다.

한편 무(無)가 사라지는 것들을 시사하고 명멸 혹은 소멸하는 모든 대상의 끝에 존재의 죽음이 자리한다고 할 때, 위 시는 '죽음'까지도 딱히 심각한 일이 될 수 없는 현대의 체질을 함의하고 있는지 모른다. 여기서의 죽음이란 비단 생명의 정지나 관계의 단절 등에만 국한되지 않는다. 어쩌면 이 죽음은 숨이 가쁠 정도로 진행의 템포가 빨라져 '지금 이전'과 '지금 이후' 사이에 최소한의 유기적인 맥락마저 부여하기 힘들어진 현대 사회의 근본적인 운명을 상징하는 것이리라. 또한 5행에서 의미심장하게 읽히는 "익숙한 이미지"와 "다시"의 두 시어는 이 모든 상황들이 일회성에 그치지 않고 언제까지나 반복될 것이라는 의미를 넌지시 전달한다.

현실과 상상의 접점에 서서

— 진은영 시세계

진은영의 최근 시집 『훔쳐가는 노래』에 실린 최근 시편들은 시단의 전반적인 분위기가 그러하듯이 역사와 현실에의 무거운 테마들보다는 소소한 생활 가운데서 추려낸 보통 사람 즉 서민들의 모습과 성정을 두루 담아내고 있다. 구체적인 생활을 이루는 풍경들에 집중하고 있는 그녀의 시세계는 때론 미고소를 머금기도 하고, 때론 가슴 아픈 이웃들의 슬픔에 동참하여 소리없는 눈물을 보이기도 한다.

　　늙은 여인들이 회색 두건의 성모처럼 달려와서
　　언덕 위 쓰러지는 집을 품안에 눕힌다

　　라일락이 달콤하고 흰 외투자락을 날리며 달려와
　　무너져가는 저녁 담을 둘러싼다

면식 있는 소매치기가 다가와
그의 슬픔을 내 지갑과 바꿔치기해간다, 번번이

죽은 사람이 걸어다닌다 꽃이 진다 바람이 분다 여름이
파란 얼음처럼 마음 속으로 미끄러진다

하늘의 물방울 빛난다
내가 사랑했던 이가 밤새 마셨던.

— 「오월의 별」 전문

　현대시에서 '오월'은 역사적인 맥락에서 떼어낼 수 없는 의미를 지닌다 해도 과언이 아닐 것이다. 아래로부터의 대대적인 민주화 운동인 5 · 18이 오월과 더불어 자동적으로 뇌리에 떠오르기 때문이다.

　위 시의 첫 연에서는 "언덕 위 쓰러지는 집"에 대한 화자의 단상이 구체적으로 드러난다. 이때 성모님의 출현은 카톨릭교에서 오월을 성모의 달로 제정하여 기념하는 것과 연결된 사건이라 하겠으며, 종교의 힘으로 가난하고 소외된 이웃들을 감싸안는 따스한 모습이 인상적으로 제시된다.

　두 번째 연으로 가면 화자는 지친 서민들을 어루만지고 위로하는 탁월한 치유자로서 자연의 모습을 잘 담아내고 있다. 이 절기의 대표적인 꽃이라 할 라일락을 의인화하여 부각시키면서 이 대목에서는 자연이 적극적으로 인간을 품어 어루만지는 신비스런 장면이 연출된다.

　반면 이어지는 세 번째 연에서는 삶의 정신적, 물질적 피폐함에 지친 어느 소매치기의 이야기가 독자의 주의를 끈다. 그런데 이때 소매치기의 존재는 일반적 기의인 사회에 해악을 끼치는 범죄자로서의 이미지를 표방하지 않는다. 대신에 그는 개인적인 트라우마와 구조적 모순에 매인 지극히 연약한 존재로 묘사되고 있다. 즉 진정으로 원해서 사회에 악을 행한 존재라기보다 인간적으로 너무나 무력하고 나약하여 범죄를 저지른 것으로 이해된다.

한편 4연에서 이 지상은 여러 오브제들의 환상적 연결을 통해 드러나며, 여름을 "파란 얼음"에 비유하면서 개성적 수사의 묘미를 더해주고 있다. 마지막 연에서 "하늘의 물방울"은 아마도 이슬, 비나 눈 등의 심상으로부터 비롯하여 눈물을 포함하는 것으로 추정되는데, 대상에의 막연한 그리움과 삶에 대한 연민, 그리고 평탄치 않았던 역사에의 서글픈 부채의식까지 한데 어우러져 화자의 비애를 집약하는 모습이다.

> 내 죄를 대신 저지르는 사람들에 대해
> 내 병을 대신 앓고 있는 병자들에 대해
> 한없이 맑은 날 나 대신 창문에서 뛰어내리거나
> 알약 한 통을 모두 삼켜버린 이들에 대해
>
> 나의 가득한 입맞춤을 대신하는 가을 벤치의 연인들
> 나 대신 식물원 화단의 빨간 석류를
> 따고 있는 아이의 불안한 기쁨과
> 나 대신 구불구불한 동물 내장을 가르는 칼처럼 강, 거리,
> 언덕을
>
> 불어가는 핏빛 바람에 대해
> 할 말이 있다

달콤한 술 향기의 전언을

빈틈없이 틀어막는 코르크 마개의 단호함과 확신에 대해

수음처럼 할 말이

나 대신 이 세계에 대해 더 많은 것을 희망하는 이들과

나 대신 어두워지려는 저녁 하늘

들판에 우두커니 서 있는 검은 묘비들

나 대신 울고 있는 한 여자에 대하여.

— 「고백」 전문

마음을 열고 고개를 높이 들어 세상을 바라보자면, 굳이 불교의 가르침을 떠올리지 않더라도 이웃의 아픔들이 나에게도 전이되고, 사회의 각 부분 부분들은 하나의 그물망 속으로 긴밀하게 연결되어 있음을 깨닫는다. 위 시에서 외부의 세계를 구성하는 타자들은 화자의 거울 속 모습인 동시에 자아의 일부로 제시된다.

1연에서 소개하는 공포와 고통, 2연에 드러난 불안과 환희 등은 일상적인 삶을 구성하는 본질적인 요소이며 여기서 삶이란 언제 어떠한 모습으로 찾아들 지 알 수 없는 아나키스트와도 같은 존재이다. 한 치 앞을 제대로 볼 수 없는 한계 상황의 인간에게 삶은 벅찬 기대인 동시에 늘 숙연해질 준비를 요구하는 아픔의 집이기 때문이다. 마지막 연에서는 자아의 또 다른 존재이자 자신의 확장인 가까운 이웃들의 모습을 통해 소멸과 좌절이 주는 공허함 및 애수 섞인 우울을 형상화하고 있다.

끝부분에서 "나 대신 울고 있는 한 여자"를 통해 화자는 서로 타인의 어깨를 빌려 살아갈 수밖에 없는 사람살이의 정을 목도하면서, 인

간이 결코 혼자의 힘으로만 살아갈 수 없다는 사실과 따라서 살아간다는 것이 타인 및 공동체에 대한 빚이 늘어가는 일임을 애타게 강조한다.

오월의 사과나무꽃 핀 숲, 그 가지들의 겨드랑이를 흔드는 연한 바람을
초콜릿과 박하의 부드러운 망치와 우체통과 기차와
처음 본 시골길을 줄 텐데
갓 뜬 술병과 팔랑거리는 흰 날개와
몸의 영원한 피크닉을
그 모든 순간을, 모든 사물이 담긴 한 줄의 시를 써줄 텐데

차 한 잔 마시는 기분으로 일생이 흘러가는 시를 줄 텐데

네가 나의 애인이라면 얼마나!
너는 좋을 텐데
그녀 때문에 세상에서 제일 큰 빈집이 된 가슴을
혀 위로 검은 촛농이 떨어지는 밤을
밤의 민들레 홀씨처럼 알 수 없는 곳으로만 날아가는 시들을
네가 쓰지 않아도 좋을 텐데.
　　　　　　　　　　　　　　　　　　—「시인의 사랑」 부분

위 시에서 화자는 살아간다는 일의 허허로움과 일상의 고뇌에도 불구하고 삶을 꿋꿋이 지탱하게 하는 묘약인 '사랑'에 관하여 본격적으로 이야기한다. 아무리 삶의 길이 스산하고 세계를 구성하는 대상들이 지쳐 있다고 할지라도, 변함없이 순수하고 열정적인 모습을

간직한 사랑이야말로 삶에 온기를 제공하는 최고의 매개가 아닐까.

전체 시의 4연에 해당하는 인용부의 첫 연에서는 사랑에 빠진 이의 설레임과 벅찬 흐뭇함을 오월의 숲, 연한 바람, 초콜릿과 박하, 정다운 시골길, 술병, 흰 날개, 피크닉 등 낭만적인 오브제들의 도움을 빌어 형상화하고 있다.

또한 위 작품의 경우 사랑으로 가득한 분위기에서 잉태된 "그 모든 순간"과 "모든 사물"을 놓치고 싶지 않은 화자의 열망이 시의 행간마다 가득하다. 일반인들에게도 벅차오르는 감동과 흔치 않은 경험으로 다가오는 애절한 "사랑"이 시인의 섬세한 감수성과 만난다면 어떠하겠는가.

5연과 6연에서 화자는 연인에 대한 애틋함과 사랑의 감정을 시인 특유의 치열한 가슴을 빌어 표현한다. 한편 마지막 연에서는 사랑하는 과정에서 파생되는 모든 정신적, 육체적인 부담들을 스스로 온전히 감수하면서, 상대방에게는 만족과 행복만을 안겨주려 애쓰는 화자의 정성어린 마음이 잘 드러나고 있다.

또한 "일생이 흘러가는 시"를 기꺼이 상대에게 선사하는 반면, "알 수 없는 곳으로만 날아가는 시들"을 결코 쓰게 하고 싶지 않은 화자의 고귀한 태도로부터 일상적 피로에 지치고 찌든 현대인들을 능히 구원하고도 남을 '사랑'이라는 강력한 치료제의 효과를 확인케 된다.

일상적 분위기 위로 흐르는 고통의 풍경들

— 최정진, 손정순 시세계

최정진의 최근 시집 『동경』에는 리얼리즘 범주의 주제에 환상 혹은 동화적 색채가 가미된 시편들이 많다. 일견 두 항목의 어울리지 않을 것 같은 조합 속에서 이 시세계는 다양한 대상들 사이의 적절한 상호작용을 꾀하고 있다.

> 다린다는 말은 주름을 지우는 게 아니라 더 굵은 주름을
> 새로 긋는 문제였다 수선된 옷들이 마지막 누운 곳은 다리미틀 위
> 였다 뜨거운 것과 닿으면 닳은 곳부터 반짝거렸다
> 오래 입은 옷일수록 심했다 엄마는 밤마다 어딜 가는지 브라더 미
> 싱 앞에서 드르륵 어깨를 떨었지만 우는 게 아니었다 꿰맨다는 말은
> 상처를 없애는 게 아니라 얼마나 잘 가리느냐의 문제였다 엄마, 엄마
> 가슴에 난 구멍은 얼마나 크길래 날 실통에 걸어야 했나요 나를 돌돌
> 풀어 가슴에 안아야 했나요

천장엔 옷가지가 우거졌다 바스락거리는 소리를 바닥에 흘려두면 주머니 속의 새들이 쪼아먹었다 엄마, 주는 대로

먹지 않는 헨젤에 관한 동화를 읽고 싶어요 뼈다귀를 내밀기 전에 끝나는 동화 말이에요 밤의 세탁소 깜깜한 비닐의

숲을 헤치고 다가가면 엄마는 내 바지의 밑단을 늘여 내밀었다 짧아지지 않는 바지 안에 갇혀 내 몸은 부풀고 부풀지만 그러다 세탁소 밖으로 뻥 터져버렸는데 그 후로는 얇은

바람에도 어깨를 떨어서 지금껏 너덜너덜한 등을 가진 아이라고 불린다.

— 「기울어진 아이 1」 부분

위 시는 개개인이 자신의 삶을 살아갈 때 각자의 한계에 갇혀 경험하는 슬픔이나 숙명적인 비극에 대하여 생각해보게 한다. 전체 시의 2연에 해당되는 인용부 첫 연에서 인생을 살아간다는 일은 삶의 행보 중 그때그때 생긴 피로의 흔적인 주름들을 지워나간다는 의미이기도 하다. 그런데 매 순간 주름들을 깨끗이 지워나가는 게 그리 쉬운 일만은 아닐 것이다. 2연의 1행과 2행에서 '더 굵은 주름'을 '새로 긋는' 행위란 고달픈 인생 노정을 밟는 가운데서 만나는 크고 작은 상처들을 덮기 위해 뭔가 다른 대치물을 찾음으로써 해결해감을 뜻한다.

또한 2연 후반부에서 '꿰맨다'는 말은 "얼마나 잘 가리느냐"로 재진술되는데, 그것은 각 개인들에게 트라우마로서의 상처가 비록 치유될지라도 완전히 사라지긴 어렵다는 사실 및 상처란 아물고 난 다음에도 지속적으로 보듬고 다독여야만 하는 대상임을 강조한다.

한편 위 시의 3연은 1연에서부터 2연까지 드러낸 리얼리즘적 현실

세계에 환상적, 동화적 요소를 접목시켜 시의 효과를 끌어올리고 있다. 3연 전반부에서 현실의 문제들에 지쳐버린 화자는 눈앞의 세계로부터 벗어나 다른 세상을 꿈꾸기 시작하지만, 아무리 화자가 환상적 혹은 동화적 세계를 현실처럼 가정한다고 할지라도 "짧아지지 않는 바지 안에 갇혀 내 몸은 부풀고", "그러다 세탁소 밖으로 뻥 터져버"리고 마는 아픔은 지속된다. 3연의 마지막 부분에서 상처와 구멍들로 가득한 현실세계는 여전히 남아 있고, 자신을 온전히 수용해줄 수 없는 현실 안에서 '너덜너덜한 등'은 영원히 가려지지 않는다.

4
눈이 나빠지고 졸음이 늘어갔다 고개를 끄덕이며 긍정하는 순간 분필은 더는 나를 맞히지 않았지만 렌즈를 죄는 안경다리가 눈가에 어색하게 걸쳐 있었다

하품을 하면 눈가에서 밀리던 눈물 글자들이 지워졌다
적히는 뿌연 칠판을 지나치며 나는 책상을 모는 자세로 앉아 어디로부터 달아나는 주행중이었을까

교실 밖의 공터는 자꾸 맴돌아서 운동장이라 불렸다 조회시간마다 더는 견디지 못하던 굉음들이 현기증을 일으키면서 운동장에서 뙤약볕 속으로 픽픽 쓰러질 때 나는 왼손을 꼭 쥔다

눈물을 멈추라고.
— 「졸음의 높이」 부분

현실을 살아간다는 것은 끊임없이 눈물 흘리는 일의 연속이기도

하다. 위에 인용한 또 다른 시편에서는 현실과의 갈등 상황에서 고군분투하는 화자의 심경이 적나라하게 드러나 있다. 4부의 첫 연에서 이러한 모습은 "렌즈를 죄는 안경다리"가 "눈가에 어색하게 걸쳐"있는 장면으로 묘사되다가 두 번째 연에서는 "책상을 모는 자세로 앉아", "달아나는" 행위로 변용되었다. 이렇듯 만만찮은 상황이 세 번째 연에 이르면 "운동장에서 뙤약볕 속으로 픽픽 쓰러"지는 사건과 등가를 이룬다.

그런데 이와 같이 연이어 제시된 몇 개의 장면들은 화자가 현실이 주는 압력과 부담들을 견뎌내지 못하는 점을 증명하고 있다. 현실에 가로놓인 구체적 생활 면면과 관련된 메시지가 실험적 어법과 만난 위 시편에서 주어진 세계 안에 안주하지 못하는 이들의 숙명은 '왼손을 꼭' 쥐는 행동으로 귀결된다. 능숙한 생활인들이 갈등 없이 영위해가는 일상이 '오른손'의 세계라면, '왼손'의 세계는 상식과 보편의 범주에서 벗어난 경향성을 지닌 이들의 드러나지 않는 비애를 지시하는 것으로 여겨진다.

손정순 시집 『동해와 만나는 여섯 번째 길』에서는 현실 주변의 리얼리즘적 메시지들을 초현실주의적 풍경 및 몽환적인 분위기와 배합시켜 시화하고 있다.

> 이교도의 머리채
> 통째 둘러묶었던 나뭇가지
> 어깨에서 툭, 잘려나간
> 몸통뿐인 회화나무가

칭칭 철사줄 감긴 옆구리를
제 상처로 내보이며 서 있다

엽차로 쓰려는지
감잎 줍는 할머니 한 분,
늦가을 햇빛은
모퉁이마다 자글자글 끓고
창검을 부딪치며 훈련하던 그 자리엔
동네 아이들 몇 모여 발야구 한다

무너진 성벽 위로
자욱한 담쟁일 부여잡고
부활한 영혼인 듯 안개 막, 기어오르고
그 너머로
두건 쓴 억새꽃무리 출렁인다.

— 「해미읍성」 전문

　시편 「해미읍성」은 손정순 시세계의 특징을 그 어떤 다른 작품보
다도 더 잘 보여주는 것으로 여겨진다. 먼저 1연에서는 해미읍성에
관한 역사적인 사실과 메시지가 직접적으로 제시되고 있다. 1연 4행
의 "회화나무"는 대규모의 천주교도 박해에 연루된 사건을 상징적으
로 증언하는 대상이며, 4행부터 6행까지에서 처참했던 살육 현장의
고통을 생생하게 느끼게 한다. 또 이러한 고통의 현장은 5행의 "칭칭
철사줄 감긴 옆구리"가 지시하는 수인(囚人)의 이미지를 통해서 더욱
공고하게 구축된다.

　그런데 이어지는 2연에서 '해미읍성'에 얽힌 역사적 사건들은 어

느새 세월의 흐름 속으로 묻혀지고 과거의 핏빛 흔적은 사라진 채 현실의 일상적 정경이 그 위로 자연스레 덮이는 모습이다. 화사하고 훈훈한 정서를 유발하면서 "감잎 줍는 할머니 한 분", "자글자글 끓"는 "늦가을 햇빛" 등의 배경 아래 한 장의 친근한 삽화를 이룬 이 대목에서는 잔인했던 현실 상황을 더없는 포근함으로 변주하는 화자의 능숙함이 엿보인다.

한편, 1연에서 과거의 참혹한 역사적 메시지를 제시한 후 2연에서 이를 현재의 일상적 정경 안으로 끌어온 화자는 마지막 연에 이르면 이 시세계 특유의 초현실주의적인 태도로 비약한다. 몽환적 분위기와 무의식적 영감이 교차하는 이 대목에서 부활한 영혼에 비유된 '안개'는 이내 해미읍성에서 희생당한 천주교도들의 모습과 오버랩된다. 가득 피어오르다가 순간 사그라들어버린 안개의 자리에는 '두건 쓴 억새꽃무리'의 출렁임이 남아 묘한 여운을 주고 있다.

> 누군가의 희생을 담보한 저 문명은
> 자연을 내다판 것
> 내 한 평 텃밭을, 일용할 양식을 내다판 것
> 삶의 양식이 아닌, 죽음 부르는 생명담보의 양식
>
> 텃밭에 물을 주는 이 경계 너머
> 번뜩이는 눈과 창칼 벼룬 이빨들 도사리고,
> 모래사막에 바벨탑을 쌓는다
> 지금 서울은.
>
> ―「사막 뉴타운」 부분

위 시는 리얼리즘적 메시지에 독특한 이미지들을 적절히 결합시키는 이 시세계의 또 다른 매력을 확인케 해준다. 앞서 소개한 시가 통시적인 역사의 한 부분으로 존재한 사건에 집중했다면 이 작품은 현재 화자를 둘러싼 외부세계에의 공시적인 통찰을 드러내고 있다.

인용 첫 부분인 3연에서는 자연 환경 파괴의 심각성 및 이 문제에 대한 화자의 반성적 성찰과 인식이 잘 나타난다. 또한 첨예하고 무거운 주제를 일상적 정경에 접목시킨 채 자연스럽게 변용하는 화자의 능숙함을 확인하게 한다.

한편 자연과 문명의 이분법적 경계를 대비시킨 마지막 연에서 '텃밭'이 자연을 상징하는 기표라면, '바벨탑'은 그 반대편의 자리에 선 문명을 뜻하는 것으로 여겨진다. 마지막 연 2행에서 이 '텃밭'과 '바벨탑'의 아슬아슬한 '경계' 선상의 치열한 긴장을 화자는 "번뜩이는 눈과 창칼 벼룬 이빨들"이라는 그로테스크한 이미지를 빌어 강조함을 본다.

제4부
치유와 회복, 생태주의의 매혹

일상과 화해하는 변증법의 시학 — 금별뫼 시세계 물에의 열망과 둥근 고요 — 김선태 시세계 만물을 포용하는 궁
매정으로 길어 올린 순천만의 아름다움 — 정호승 시세계 존재의 본질을 현현(顯現)시키는 탐색의 노정 — 최명희 시

일상과 화해하는 변증법의 시학

― 금별뫼 시세계

금별뫼 시인의 최근 신작들은 '중년'을 살아가는 이들의 서글픔과 수고로움을 낭만적인 필치로 애잔하게 담아내고 있다. 그렇다면 중년의 삶이란 무엇일까.

청년기의 미덕이 도전과 추진력이라면 아마도 중년의 미덕은 '인내심'이 아닐까 한다. 중년이란 목숨을 걸어 무언가 새로운 대상을 추구하려 하기보다는 일이나 관계 등에서 이미 이루고 쌓아놓은 대상들을 잘 유지하는 게 우선시되는 시기이기 때문이다. 그러나 끊임없이 잘 유지한다는 일이 그리 녹록치만은 않은 데다 눈에 띄는 성취감을 주지 못하는 점이 문제이다. 따라서 이 시기에 정신적으로는 간간히 허무의 그림자가 드리울 뿐 아니라, 젊음의 정점을 지난 육체는 마음과 더불어 점점 쇠약해지기 시작한다.

1) 마음이 달거리하는지 슬그머니 또 나를 빠져 나가는군

　내 안에 있어도 내 것이 아닌 것들은 끝내 나를 슬프게 하더군

　철없는 아내처럼 나이만 들었지 제 안에 욕정이 차오르면 잡을
수 없더군

　기웃거리는 욕정의 속성은 헛발 딛기 일쑤, 가시나무에
　걸려 끝내 피보고 말더군

　'달아달아마음달아달아나지마라천지는벼랑이란다'

　　　　　　　　　　　　　　　　　　　— 「바람난 달」 전문

2) 빗방울 떨어지자
　피라미 떼 몰려온다
　새물 받아먹은 주둥이들 싱싱하다

　풍경이 웃는다

　숨 막힐 듯한 저 평화로운 시간 사이로
　피라미 한 마리가 번쩍, 튀어 오른다
　바람이 휙 지나가자 그 피라미
　바람 타고 저쪽으로 점프를 한다
　살아남기 위한 몸짓일까.

　　　　　　　　　　　　　　　　　— 「서바이벌 게임」 부분

흔히 중년을 살아가는 소시민의 보람은 자동차와 집의 크기가 커

져가는 것으로 재단된다고 한다. 그러나 '안정'의 이면에 도사린 '권태'와 '상실감'은 가끔 장미의 독한 가시처럼 잔잔한 생(生)을 파고든다.

위 1)에서 화자의 고민거리는 자꾸만 "나를 빠져나가"려 하는 "마음"이다. 비록 "몸"은 이성적이며 합리적인 규범의 끈으로 잘 조여져 현실의 수레바퀴를 무던히 지탱하고 있지만, 마음은 그렇지 못하다. 2연에 나타난 내면의 세계는 현실적인 나에게 만족하지 못하는 "내 것이 아닌 것들"로 소란스럽다. 몸과 마음이 이원화된 위 시의 화자는 기실 우리 주변에서 흔히 볼 수 있는 지친 중년의 표상이라 할 것이다. 딱히 수술이 필요할 만큼 아픈 것은 아니라서 공공연히 하소연할 수도 없으면서 늘 현실의 틈새에 의해 위협당하는 피로한 자아의 모습이 역력하다.

중년기의 매력으로 간주되는 '안정을 얻었다'는 것은 중요한 무언가를 선택했다는 의미이고, 어떤 대상을 선택했다는 건 같은 범주의 다른 대상들을 전부 포기했다는 뜻이기도 하다. 살아가면서 점차로 삶이 안정되어간다면 이것은 또한 그에 비례하여 선택의 자유와 성취의 기회들이 사라져버림을 의미한다. 위 시의 화자 역시 일상을 유지하기 위한 인내심이 바닥나면 사라져버린 기회들에 대하여 체념하지 못한 서글픔이 솟아올라 "욕정"에 못 이긴 마음이 몸을 뛰쳐나가지만, 성급한 의욕에 그저 "헛발 딛기 일쑤"임을 고백하고 있다.

어떤 측면에서 중년의 현실은 청년의 그것보다 치열하다. 수면 아래 발짓을 멈출 수 없는 백조의 우아함이 보여주듯이 견실한 안정을 지켜가기 위해서는 끊임없이 그것을 방해하는 자신의 다른 마음과 싸워야 하기 때문이다. 시 1)의 제목인 '바람난 달'은 섬세하고 변덕스런 중년의 여심(女心)을 상징한다. 그 여심은 마지막 연에서 "'달아달아마음달아달아나지마라천지는벼랑이란다'"를 주문처럼 되풀이하면서 스스로를 타이른다. 마음 등불의 심지를 다시 돋우며 자신을 추스르는 화자에게서 아스라이 흔들리기에 더 아름다운 '한 잎'의 여자를 본다.

서정적인 성격이 강한 1)의 시에 비해 시 2)는 이러한 삶의 풍경을 좀 더 사실적으로 드러내고 있다. 일견 풍경은 너무 평화로워서 "숨막힐 듯"한 느낌을 주는 가운데 피라미 떼의 무리가 비를 받아 더욱 싱싱하다. 화자는 이와 같은 정경 안에서 정적의 분위기를 깨고 돌연 바람과 함께 '번쩍', 점프해 오르는 한 마리의 피라미를 주목하고 있다. 영원의 세계 앞에서 인간이 한 마리 피라미에 불과하다고 할 때, 피라미의 튀어오름은 일상 안에 점점이 놓인 갈등과 유혹에 대한 반작용일지도 모른다. "피라미 한 마리"와 "내 마음"을 등가로 본 위 작품은 아무리 문제가 없어 보이는 일상일지라도 그 속에는 효과적인 유지를 위해 고군분투하는 노고가 있고, 삶의 노정에는 도처에 사건의 함정이 도사리고 있음을 시사한다. '서바이벌 게임'은 때로 점프하는 피라미처럼 튀어오르는 마음을 다잡으려 애쓰는 이들의 삶에 대한 다른 이름이다.

그러나 이토록 삶의 모순이 존재를 속이고 슬프게 한다 할지라도 언제까지나 비애에 젖어 있을 수만은 없다. 그리하여 자아는 삶의 항로를 바로잡기 위한 적극적인 해법을 모색하기 시작한다.

문이 열린다

헝크러진 것들을 빗질해주는 빗소리
가파른 생각이 평평해지고 있다
비는 비를 찾아가고 나는 나를 찾아온다

빗살만큼 가는 마음이 빗줄기 사이로
기억을 향해 거슬러간다
기억할 수 없는 것들, 빗물 되어 흐르고 있나
가만히 귀를 만져 본다

사람들 모두 집으로 돌아간 시간
적막이 추적추적 걸어오고 있다

비는 짧게 세상의 문을 열고
나를 찾던 나 젖은 옷 말리고 있다
모든 문들 빗속에 잠긴다.

— 「빗소리」 전문

위 시에서 자아는 자꾸만 몸과 현실에서 분리되려는 마음의 문제를 해결하기 위해 적극적인 성찰과 치유의 길을 모색하고 있다. 이때 '빗소리'는 성찰과 치유의 매개이다.

'기억론'을 연구하는 학자들에 의하면 인간은 일반적으로 과거를 기억할 때—무의지적 기억이 작동되는 특수한 경우를 제외하고—자신의 내적 요구에 따라 의식적으로 기억의 대상을 취사선택한다고 한다. 즉 현실의 자아를 가장 충일하게 하고 유의미하게 만들어

줄 수 있는 방식으로 의지에 의해 기억을 구성한다는 것이다. 따라서 자신의 과거를 정성껏 성찰하며 더듬어본다는 것은 현재의 삶에 강한 정체감과 존재적 의미를 부여하고자 하는 의도를 내포한 행위이다.

시 「빗소리」에서는 기억을 통해 자신의 정체성을 다시금 확인하는 화자의 모습이 잘 드러나고 있다. '흐르는 물'의 속성을 지닌 '비'는 그 자체만으로 역사적 시간성을 상징한다고 하겠는데, 이 빗소리로 인해 마음의 문을 열고 과거에의 성찰로 접어드는 순간 "나는 나를 찾아"올 수 있게 된다.

비는 과거에의 정돈된 성찰을 통해 정체감을 회복시키고 상한 자아를 치유할 뿐 아니라, 의식적인 사유에 의해 재구되지 못한 채로 망각의 늪을 떠도는 어두운 기억을 말끔히 씻어주는 역할을 하기도 한다. 위 시의 3연에서 화자는 차마 의식에 의해 각성될 수 없는 삶의 부정적인 얼룩들은 "빗물 되어 흐르고" 있다고 믿는다.

5연에서는 성찰을 통해 발견된 자신의 미진한 부분들에 대한 반성의 과정이 "젖은 옷 말리"는 것으로 형상화되었다. 마지막 행에서 문제들 사이로 놓인 견고한 문을 적시는 빗줄기에 힘입어 세상의 모든 문들이 빗장을 열고 치유의 양약(良藥) 속으로 흠뻑 젖어들고 있음을 본다.

한편 또 다른 시편 「나목의 시간」에서 화자는 현실의 흔들림을 해결하기 위한 방법으로 기꺼이 '지우고, 버리는' 자세를 선택하고 있다.

바람 속에 그 많던 잎 지웠으니 이 시간
나도 시간의 무늬를 지워야겠다
삭발한 수도승처럼 버릴 건 모두 버려야겠다

버릴 때마다 나는 세상이 가렵다
이럴 때마다 나는 내가 가렵다
버림과 잃음이 한통속이라는 걸
이제야 알겠다.

— 「나목의 시간」 전문

일상의 삶에서 항상적인 평정을 유지하기 위해서 가장 손쉽게 붙잡을 수 있는 해결책 중 하나는 과도한 욕망이나 기대에 대한 체념이리라. 위 시에서 화자는 '나목'처럼 "버릴 건 모두 버려" 버림으로써 잃어버린 생활의 균형을 회복하고자 한다. 물론 이러한 자세는 부단히 자신을 다잡고 끊임없이 겸허해지려 노력하는 순간에만 얻어지는 것이다.

그렇지만 이와 같은 '비움'의 과정이 늘 순탄하게 찾아오는 건 아니다. 비우고 낮아지고 포기하고 버리는 일이 필연적으로 내포하는 '상실'의 측면으로 인하여 끊임없이 '비우고' 있는 자아의 한켠엔 어쩔 길 없이 허전하고 섭섭한 마음이 자리한다. 위 시의 마지막 연에서는 이 상실로부터 오는 못내 성가신 심경이 '가렵다'의 어휘 속으로 수렴되고 있음을 본다.

한편 살아가는 일이 끊임없는 상처와 치유의 반복이라 할지라도 자아는 삶에의 소망과 의지를 망각하지 않는다.

> 그는 우울증에 시달리고 있었다
> 비행을 꿈꾸느니 차라리 하늘을 끌어내리면 저절로 새가 될
> 거라 생각했다
> 그가 할 일은 하늘을 눈에 담아 쪽방으로 나르는 일이었다
>
> 하늘을 바라볼 때마다 그의 몸에는 깃털이 듬성듬성 돋았고
> 새처럼 가벼워지기 시작했지만 우울은 우물처럼 깊었다
>
> 세월은 쪽방을 하늘로 채웠다
> 구름이 방바닥에 내려와 건달처럼 어슬렁거리다가도 독거노
> 인처럼 허공을 응시했다
> 우울 또한 허공을 응시했다
>
> 천년 후
> 우울은 새가 되어 날았다.
>
> ─「새의 역사」 전문

    눈앞에 놓인 현실을 바라보면 그 누구라도 결코 간절히 원하는 멋진 "비행"에 도달할 수 없을 것만 같다. 위 시에서 화자는 이처럼 원하는 소망을 직접적으로 성취하긴 어려워 보이는 상황에서 적절히 기대 수준을 조정해가며 인내하는 방법을 선택하기로 한다. 시의 첫 연에서 기다림이 깊어지고 우울증은 여전히 계속되고 있지만, 그럼에도 불구하고 자아는 "하늘을 눈에 담아 쪽방으로" 나르는 일을 멈출 수 없다. 그것만이 자신의 삶이 추구해야 할 필연적인 의미이며

과제라는 것을 너무나 잘 알고 있으므로……

인간의 시각에서 보면 날개 달린 조류의 비행은 당연한 것이다. 그러나 인간이 아닌 새의 입장에서 고찰한다면 이들의 비행은 당연하지 않다. 새의 유연한 비행은 생래적으로 주어진 능력에 의한 것이라기보다 양쪽 날개를 적절히 움직여가며 그 기능을 최대화하기 위해 부단히 몸부림친 훈련의 결과라고 보는 쪽이 더 타당하겠기 때문이다. 즉, 비상하고픈 욕구와 함께 부여받은 새의 날개가 그 자신에게 마냥 행복한 조건인 것만은 아니다. 날개란 탄생에서부터 필연적으로 스스로 자기와의 부단한 싸움을 하게 만드는 덫이기도 하다. 조물주는 새에게 날 수 있는 권리를 부여하고 도구인 날개를 허락했지만, 그가 이 날개를 최대한 활용하여 탁월하게 비행하기 위해서는 녹록치 않은 값을 지불해야만 한다.

위 시에서 화자는 때론 건달이나 독거노인의 그것과도 같은 비애를 견뎌내며 도달하기 어려운 소망에로 한 걸음씩 전진하고 있다. 3연과 4연에서는 허공에의 응시를 끝없이 반복하면서 숱한 세월을 기다리며 노력한 끝에 목표를 실현하는 인간의 의지를 잘 그려낸다. 마지막 행의 "우울은 새가 되어 날았다"는 대목은 무언가 간절히 품었던 소망이 실현된 바로 그때가 진정한 존재의 완성임을 넌지시 암시한다.

반면, 또 다른 시편 「봉철이」에서는 어느 곳에도 정착하지 못한 채 방황하던 한 소외된 사나이가 악착같은 의지로 삶에 뿌리 내리는 과정을 보여주고 있다. "뿌리 내린 선인장"으로 형상화된 그를 통해, 자신이 위치한 바로 그 자리에서 흔들림 없이 부지런하게 일상을 영위해가는, 가난할지라도 인간적인 이웃의 얼굴을 본다. 그리고 이러한 소시민의 삶에 대한 의지는 현실적 생활에서의 약진과 활기로도 표현된다.

> 햇살도 이사 가는 날
> 갇혔던 시간들이 제 몸 말리며 뒤 따라간다
> 화분에는 생명이 꿈틀거리고 햇살도 그들을 조명하며 따라간다
>
> 웅크리던 것들이 기지개를 하자
> 사람들 키가 쑥−쑥 높아지고 도시는 풍선처럼 늘어나고 있다
>
> 포만과 허기가 수런거리는 오후.
>
> ─「살림 풍경」 부분

위 작품은 분주한 도시의 오후를 배경으로 소시민의 이사 풍경을 그려낸다. 집이 존재를 담는 장소라 할 때, '집을 바꾼다'는 것은 과거의 삶에 대한 일단의 정리 및 새로운 삶으로의 출발이란 의미를 동시에 지닌다고 하겠다. 또한 이사는 생활을 구성하는 살림의 면면을 꼼꼼히 돌아보아 버릴 건 버리고 필요한 건 새로 구입하게 하는 기회가 된다. 그런데 집을 바꾸고 정리하는 일은 공동의 작업과 상당한 에너지를 필요로 하는 것이기도 하다. 위 시의 2연에서는 특별한 행사이기도 한 이사를 준비하고 실행하는 이들을 둘러싼 그와 같은 수런거림을 잘 보여주고 있다.

한편 장소가 인간에게 주는 영향을 무시할 수 없다고 본다면, 기존의 집보다 더 좋은 곳으로 이주하거나 혹은 그렇지 못하거나 간에 이

사는 존재의 삶을 변화시키는 표지로서의 의미를 지닌 셈이다. 따라서 역동성과 활력을 담보한 이사의 행위란 삶에의 강력한 의지를 표명하는 동시에, 적극적으로 환경의 변화를 도모하는 데서 주체의 마음을 다지는 계기로 작용한다. 인용부의 마지막 대목에서 화자는 익숙했던 장소에의 아쉬움과 새로운 공간에의 기대를 "포만"과 "허기"로 적절히 호명하고 있다.

상처의 풍경과 둥근 고요

— 김선태 시세계

본질적으로 이 시인의 시세계는 물, 바다, 해안에의 친연성을 자랑하고 있다. 기표 자체로 한없는 그리움과 기다림 및 애상성을 담보하는 '물'의 애잔한 세계가 작품 안에 자연스럽게 녹아 있다.

마음의 버려진 폐가에
우물 하나 아직 있군
덮개로 입 다물고
숨막히게 있군

덮개를 열자, 와아!
오래 갇혀 있던 시간들
일제히 박쥐 떼처럼 날아올라
삽시에 하늘은 어둡군

우물 속엔 아직
누군가 있군

돌을 던지자, 풍덩
깨어나는 외마디 비명
검게 튀어오르는 상처
아, 저주도 있군

아니, 아버지
일렁이는 눈빛
아니 아니, 심하게 깨진
내 얼굴 있군.

　　　　　　　　　──「버려진 우물 속을 들여다보다」전문

　위 시에서 '우물'은 흐르지 않고 유폐된 물로서 정적인 속성으로
더불어 쉽게 실현되기 어려운 소망에의 집착 등을 표상한다.

　1연에서 화자는 사람들에게 생명의 젖줄로 기능해야 할 우물이 화
자의 마음속에서 이미 덮개에 막힌 채 버려진 모습을 드러낸다. 여기
서 생명 유지를 위한 공급선인 우물이 이미 버려졌다는 것은 개인의
삶 역시 더할 나위 없이 피폐해진 상태임을 암시한다.

　2연으로 가면 화자가 오래도록 방치되었던 우물 속을 적극적으로
파헤치려 하는 모습을 보여준다. 닫아두었던 마음의 한 부분을 활짝
열고 버려진 우물의 덮개를 없애자, 그동안 곰삭은 시간들의 유물은
"박쥐"처럼 일어선다. 아마도 애써 잊고 싶었고 잊은 줄만 알았던 오
랜 여망, 오랜 기다림 혹은 그리움, 좌절된 욕망 등의 흔적들이 그에

속하는 것이리라. 3연에서 화자는 우물 깊은 곳의 누군가 혹은 그 맥락을 찾아 무엇엔가 홀린 듯 연신 두리번거리는 모습이다.

이어 4연에서는 화자가 우물 깊은 곳의 정황을 알고자 하여 돌 하나를 던져보았더니 트라우마로 남은 상처와 오해의 덩어리, 혹은 저주의 파편들이 밑바닥에 가득하다는 점을 나타낸다. 매일 생활 속에서 실존의 가슴을 답답하게 했던 사건과 존재들이 이제는 마음 한 구석의 보이지 않는 숙주로 자리잡고 화자의 분신을 이루어버린 상황이다.

그런데 마지막 연에서 조명한 우물 안 분신의 대표적인 존재는 놀랍게도 화자의 아버지와 화자 자신이다. 이 대목에서 특히 "아버지"란 존재는 양가적인 의미를 나타낸다. 한편으로 아버지는 가장 상처를 주고 받기 쉬운 가까운 관계들을 의미하고, 다른 한편으로는 다시 만나기 어려운 절실한 그리움의 존재를 환기하는 것으로 여겨진다.

끝부분의 "심하게 깨진 내 얼굴"이란 상처의 방치와 아픔의 응결 속에서 어렵게 찾아진 실존의 모습이다. 대상으로부터 심신의 상처를 입고 깊은 트라우마에 빠지게 되는 일 역시 넓은 의미에서 본인의 책임일 수 있다는 점을 인정한다면, 마지막 행에서의 "얼굴"은 화자에게 돌아보기조차 싫을 만큼 후회로 남는 과거의 흔적이 아닐까. 전체적으로 위 시편은 현실에 매인 실존이 날마다 부딪치게 되는 아픔과 한(恨), 그리움 등의 전통적 정서를 마음속 "우물"을 매개로 하여 깊은 성찰과 함께 드러내고 있다.

내가,
은빛 감성돔처럼 솟아오르길 바라는 것이다

동해의 햇덩이가
처연한 핏빛으로 날비린내로
얼굴을 내밀듯이,

욕망의 찌가
물속으로 고개를 처박아야만
낚싯대가 팽팽한 반원을 그리듯이,

내가,
감성돔을 낚는 것이 아니라
내가 나를 낚기를 간절히 바라는 것이다

오늘도 사유의 바닷가에 들어앉은
저 하염없는 기다림의 시간이여.

　　　　　　　　　　　　　—「감성돔 낚시」 전문

　위 시편은 낚시의 과정을 빗대어 인생과 인간 전반에 대한 통찰을
보여주고 있다. 먼저 1연에서는 "은빛 감성돔"에 완전히 감정이입하
고 있는 화자의 모습을 강조한다. 이어 2연에 등장한 "동해의 햇덩
이" 역시 같은 맥락에서 파악할 수 있는데, 여기서는 고통스럽고 답
답한 한계를 벗어나 더 나은 이상향의 세계로 비약, 혹은 도약하고픈
화자의 의지가 전경화되는 모습이다.
　한편 3연에서는 "욕망의 찌"를 중심으로 낚시의 과정과 인생의 여

정을 비교하는 장면이 포착된다. 특히 3연 2행에서는 '익을수록 고개를 숙인다'고 하는 벼의 모습과 찌의 외양을 견주면서 두 대상을 은유의 구조로 연결시키는 게 인상적이다. 3연 3행에서 "낚싯대가 팽팽한 반원을" 그리는 모습은 목표물을 낚기 위한 최적의 상태를 확보했다는 뜻으로서 인생에서도 일의 성취나 최선의 결과를 위해 치열한 준비가 필요함을 암시한다.

4연과 5연에 이르면 화자는 "감성돔"과 자신을 나란히 동일시하는 모습이다. 그리고 가장 잘 아는 대상이면서도 실상 객관화시키는 일이 어려운 자기 '자신'에 대한 단상이 직접적으로 제시되고 있다. 즉 한층 성숙해져야 할 미래의 자아를 바라보면서, '정중동(靜中動)' 속에 필요한 부분들을 조화시키려는 노력이 "내가 나를 낚기를" 원하는 열망으로 드러난다.

한편, 마지막 대목에서 화자는 바다 너머 먼 뭍의 세계를 하염없이 갈구하는 전형적인 어촌인으로 표상된다. 한결같이 낚싯대에 시선을 고정시킨 채 미동의 소식을 기다리는 그 모습에서 애처롭고 처연한 정이 느껴지기도 한다. 짜디짠 바다 내음과 눈물을 머금은 그리움의 정서가 오버랩되면서 유한한 인생의 본질이기도 한 '기다림'의 길은 언제까지나 계속될 것이다.

앞에서 화자가 삶의 내재적 원리로서의 아픔 및 그리움을 다소 주관적으로 표현하였다면, 다른 몇몇 시편들에서는 인간의 운명이기도 한 이러한 정서가 좀 더 객관화된 상황을 보여준다. 다시 말해서 지극히 서정적으로 받아들이고 소화했던 아픔과 그리움 혹은 끝모를 기다림의 정서와 상처의 파편들이 적절한 맥락을 지니게 됨과 아울러 형식 또한 서술적 서정 즉 이야기의 구조로 변용됨을 본다.

> 한밤중에 울어 잠을 설치게 하는 장닭을 잡아 없애라는 아버지 성
> 화로 겨울 아침 마당가에서 닭털을 뽑는다
> 동생은 닭 모가지를 쥐고 나는 닭발을 밟고 닭털을 뽑는다 그냥 죽
> 이기 싫어 먼저 닭털을 뽑는다 닭털을 다 뽑고 나니 닭 몸뚱이에 닭살
> 이 돋는다 닭 모가지를 누가
> 비틀 거냐 실랑이하며 잠시 한눈을 파는 사이 닭이 도망간다 알몸
> 으로 오돌돌 떨던 닭이 쏜살같이 마당을 가로지른다 가로질러 마구간
> 아궁이 속으로 처박힌다 연기를 피워도 계속 불을 때도 뛰쳐나오지 않
> 는다.
> (…후략…)
>
> —「헐벗음에 대하여」부분

아픔 혹은 그리움의 정서는 세상 어느 곳에서나 예외없이 견고하
게 작동한다. 또 아픔이나 그리움의 대상을 객관적인 시선과 냉철한
태도로 바라볼 때, 대상과 그 주변의 고통에 대하여 자신도 모르게
민감해지기도 한다.

서술적인 특성이 강한 위 시에서는 부친의 명에 따라 집에서 길러
오던 장닭을 잡는 순간, 두 형제를 둘러싼 주변의 이야기가 잘 드러
나고 있다. 사실 장닭의 죽음과 관련된 이 일을 형제의 입장에서 조
망하자면 아버지의 성화에 못이겨 닭을 죽이려 하는 게 그다지 탐탁
치 않아 보인다. 그리하여 한참 동안 화자와 동생은 닭털을 뽑으면서
도 의도적으로 시간을 벌고 있다. 기어이 닭털을 다 뽑은 후로는 닭
몸뚱이에 닭살이 돋는 걸 지켜보면서도 "모가지를 누가 비틀 거냐"

는 문제로 신경전을 벌이기도 한다.

그러는 사이 도망간 닭은 또 하필 "아궁이" 속에 처박히고 만다. 닭의 입장에서는 직면한 생사의 갈림길에서 어디로든 일단 도망하지 않을 수 없는 상황이지만, 기를 쓰고 숨어든 장소가 하필 "마구간 아궁이"인 점 또한 비극적이다.

넉살 좋은 화자는 애써 태연한 척 하며 극히 감정을 배제한 채 이야기를 실질적으로 끌어나가고 있지만, 독자 입장에서는 장닭의 생사를 건 도주 앞에서 대상에의 안타까움과 형제에의 겸연쩍음으로 인해 씁쓸해하지 않을 수 없다. 결국 위 시편을 통해 독자들은 아파하는 자의 절실함과 그를 그저 바라보는 이들의 방관과 체념 및 연민 등을 의식하게 된다. 시의 화자인 '나'는 최대한 자신의 목소리를 감추면서 이야기의 전달자 역할에 충실하고 있는데, 그렇게 함으로써 이 시세계의 서술적 단면이 잘 드러나는 것으로 이해된다.

> 흔히 보름게는 개도 안 먹는다는 속설이 있지요. 왜냐구요? 이놈들이 주로 보름 물 때엔 탈피를 하느라 아무것도 먹지 못하기 때문이지요. 하여, 겉은 번드르르해도 속은 텅 비어 있으니 그야말로 무장공자라는 말씀이지요.
>
> (…중략…)
>
> 어허, 그런데 말입니다. 호랑이 앞에서도 집게발을 쳐들고 대드는 용기를 가진 이놈들이 그깟 제 그림자에 속아 도망을 치다니 참 우습지 않나요? 그러고 보면 세상에서 가장 두려운 놈은 다름 아닌 제 자신이 아니었을까요?
>
> ― 「꽃게 이야기」 부분

앞서 소개한 시편이 갈등의 상황과 그 주변의 진술에 초점을 두었다면, 「꽃게 이야기」와 같은 시편에서는 갈등을 둘러싼 전후의 사정이 마치 옛날 이야기처럼 드러난다. 즉 이야기가 전경화되면서 내레이션은 상대적으로 후경화하고, 화자는 설화적 시공간을 자유롭게 넘나들고 있다.

보름 밤, 어느 갯마을을 배경으로 한 위 이야기에서 "야행성 꽃게들"은 신나게 먹이를 찾아 나섰다가 밝은 달빛에 짙은 음영으로 드러난 자신들의 그림자에 그만 주눅이 들고 만다. '등잔 밑이 어두워' 밤새 자기 그림자와 숨바꼭질한 게들은 어느새 지칠 대로 지친 상태에 이른다. 시의 끝대목에서는 "제 그림자에 속아", "밤새도록 줄행랑"을 치면서 결국 "속 빈 강정"이 되는 꽃게들의 속성이 우화적 뉘앙스를 풍기면서 잘 드러나고 있다.

위에서 보듯이, 이 시세계가 지닌 서술적 서정성의 특징을 잘 보여주는 일부 이야기 시편들은 바다를 매개로 하여 그에 걸맞는 설화적 시공간을 효과적으로 구현해내는 모습이다. 동시에 신비스런 바다의 위용을 밑그림으로 하면서 갈등 역시 희화화되고, 희화화된 갈등 안에 적절한 해학미까지 담보하고 있음을 본다.

낮에는 연일 방파제에 나가 꼼짝 않고 파도를 바라보았다 자폭할 듯 덤벼드는 파도를 뚫어지게 쏘아보았다 그렇게 쏘아보는 일로 눈총을 맞은 갈매기 한마리 떨어질 것 같은데, 그렇게 쏘아보는 일로 바다는 하루에 두 번씩 썰물이 져서 마음을 비운다 마음을 비움으로써 드러나는 뻘밭은 상처의 무늬를 그림처럼 펼쳐 보인다 그 검은 뻘밭 위에서 바닷게들은 분주히 집을 짓고 길을 내고 먹이를 찾는 일로 해가

저문다

　그러므로 생은 어쩌면 저 상처의 풍경 위에 있는 것이 아니냐 제 상
처를 파고 덮는 일로 위안은 밀물져 오는 것이 아니냐.

―「마음의 유배」 부분

　한편, 서술적 성격이 두드러진 일부 작품들은 대상에의 묘사와 숙
고가 돋보이는 동시에 시의 흐름이 자연스럽게 이완되는 모습을 보
여주고 있다. 이때 화자는 세계와 대상에 대하여 친숙한 태도를 나타
내는 것으로 여겨지며, 이야기가 후경화되는 대신 내레이션이 한껏
전경화된다.

　위 작품에서 화자는 방파제에 나가 하염없이 이리저리 움직이는
파도를 바라본다. 그리고 끝을 가늠할 수 없는 크고 작은 거품들을
주시하면서 한없이 생각에 젖어드는 모습이다. 특히 한창 파도가 몰
아치다가 사그라드는 과정에서 각종 "상처의 무늬"를 담은 뻘밭과
그 뻘밭을 터전으로 한 생명들이 일시에 훤히 드러나는 풍경은 매우
인상적이다.

　화자는 이처럼 밀물과 썰물의 때를 따라 상처입고 아물어가는 일
의 반복을 인생의 본질적 성격으로 재단하면서, "제 상처를 파고 덮
는 일"에 빠져 있는 바다의 성실함에 주목한다. 전체적으로 위 시는
남도의 바다라는 황홀한 배경 아래 인생의 의미를 깊이 성찰하고 있
다. 또한 삶의 비의와 진리에 접근하고자 하는 의도와 서술적 서정성
의 형태적 특징이 어우러짐으로써 한 차원 높은 시적 성취에로 비상
한다.

　그런데 전통적 서정의 외침이든 서술적 서정의 경향이든 간에 화

자의 눈에 조명된 외부 현실은 늘 그다지 녹록치 못하다. 복잡다단한 현대 사회 속에서 그간 개발의 재료로만 인식되어 온 자연 앞에 이제 사람들은 반대로 구원의 손길을 요청해야 하는 모습이다. 삶의 편리 이면의, 개발에 대한 대가는 결코 가볍지 않아 거꾸로 자연의 몸통에 기대어 위로와 활로를 모색하는 현대인들의 태도가 강조된다.

한편, 이 시세계에서 화자가 주목한 자연의 속성은 뾰족한 것이 아닌 둥근 모습이거나 피로하게 하는 소음들 대신 팽팽함이 깃든 고요이다. 즉 주변에 팽배한 문제들에 대한 최선의 해답으로서 각고의 '둥글어짐'과 확신에 찬 '고요'를 선택한 화자는 궁극적으로 '인간'의 '자연되기'를 열망하는 셈이다.

> 정도리 바닷가 몽돌들은 저마다 색깔과 무늬가 서로 다르다 그러나 모두가 둥글다 서로에게 둥글어서
>
> 아무렇게나 뒹굴어도 아프지 않는 것들이 함께 모여 한 세상을 이룬다 시퍼렇게 침입한 바다를 팔 벌려 감싸는 해변의 끝에서 끝까지를 맨발로 걸어본다 몽돌들의 이마를 짚으며 걸어가노라면 단단하게 여문 말씀들이 차례로 발바닥에 와 닿는다 그것들은 모난 마음을 부드럽게 어루만지며 말한다 모든 둥근 것은 모난 기억을 갖고 있다고 가만 들여다보면 다채로운 세월의 물결무늬 선명한 그것들은 가끔씩 들여다보는 자의 얼굴을 되돌려주기도 한다 저마다 있어야 할 자리를 알아 구계(九階)의 질서로 빛나는 몽돌들 가장 몸이 가벼운 것들이 바다 깊숙이 유영하리라.
>
> ──「둥근 것에 대한 성찰 ── 정도리 몽돌밭 論」 부분

둥글어진다는 것은 어떤 의미일까. 위 시에서 나타나듯이 물리적

으로 한데 놓인 모난 돌멩이들이 죄다 둥근 모습으로 변하는 데는 수 많은 시간과 자극이 필요했을 것이다. 주체인 돌멩이들과 갈등의 객 체인 파도 사이에 존재했을 애증의 극한 공존 역시 어렵지 않게 짐작 할 수 있다.

"저마다 색깔과 무늬가" 다른 와중에도 긴 훈련 과정을 마친 해안 의 모난 돌들은 어느새 서로 경쟁하듯 부드러운 형태를 보이면서, 특 유의 몽돌밭을 만들었다. 모두 함께 둥글어지면서 원래 뾰족했던 개 개의 물질들은 "아무렇게나 뒹굴어도 아프지 않은" 몽돌밭 공동체의 일원으로 승화된 모습이다.

위에서 화자는 큰 맘 먹고 이 몽돌밭을 찾아 거닐면서 호흡을 다듬 어 남모를 아픔을 달래고 있는지 모른다. 또는 언젠가 과거엔 모난 돌들로 가득 차 있었을 해변을 기억하며 감히 평가할 엄두가 나지 않 는 신(神)의 경지를 예찬하고 있을 수도 있다.

화자의 언급처럼 "모든 둥근 것은 모난 기억을 갖고" 있으므로 더 욱 귀하고, 그 때문에 몽돌밭의 정경이 진실로 값지게 다가오는 것 아닐까. 너무나 완벽하게 둥글어서 맨발로 거니는 이에게 자극도, 소 리도 없이 부드러운 이 몽돌들은 현실적으로 갈등의 치유책으로서 사랑받는 모습이다. 쉽지 않은 여건을 오히려 기회로 삼아 각고의 노 력 끝에 비상할 때, 존재의 한계를 뛰어넘는 경이(驚異)의 세계가 가 능함을, 정도리 몽돌밭은 그 둥근 몸통들을 통해 증거하고 있다.

한편, 아픔과 그리움의 정서로 점철된 이 시세계의 현실 상황은 화 자로 하여금 그에 대응할 수 있는 새로운 세계와 해법을 모색케 한 다. 앞서 대안으로 선보인 해답이 '둥글어지는 것'이었다면 이어 둥장하는 대안은 '고요'이다. 이 시세계를 은밀하게 유유히 흐르는 '고요'란 침묵이나 일상적 소리가 아닌 제3의 물리적 상태를 의미한 다고 하겠다. 즉 터질 듯한 긴장 속에서 위태로울 수 있는 잡음들을 지운 그 자리에 '꽉 차서 더 신뢰가 가는' 참된 고요의 세계가 등장 한다.

> 아이가 팽이를 친다 운동장 한복판
> 채찍을 몇 대 맞자 팽이가 이리저리 몸을 피한다
> 더 세게 내려치자 비로소 중심을 잡고 돈다
> 팽이가 돌자 다른 풍경들도 함께 따라 돈다 빠르게
> 돌다가 팽이의 소용돌이 속으로 빨려들어간다
> 마침내 팽이는 채찍도 아이마저도 삼켜버리고
> 저 혼자 외롭게 돌고 있다
> 아니 우뚝 멈춰 서 있다
>
> 아,
> 저 무아지경의 황홀한 천착
> 저 꼿꼿한 自立 혹은 自存
>
> 그리하여 팽이는, 천형의 팽이는
> 울음소리도 어지럼증도 미동마저도 없이
> 팽팽한, 한 송이 고요를 피워올리는 것이다
> 동중정과 정중동의 경계를 넘나들며
> 바짝, 세계의 숨통을 조이기도 하는 것이다.
>
> ─「팽이」 전문

위 시의 1연은 아이가 신나게 팽이를 지치는 모습으로부터 출발한다. 화자는 1연 3행에 나타난 것처럼 팽이가 제 궤도에 안전하게 들어서기까지 감수해야 하는 고통과, 그럼에도 불구하고 상황 가운데 몰입하여 집중하는 존재의 치열함에 대하여 피력한다. 그리하여 2연에서는 초보의 시련을 능히 극복하고 한 경지에 도달한 실존의 당당함이 잘 드러나고 있다. "꼿꼿한 自立 혹은 自存"의 세계를 구가한 팽이는 화자에게 무아지경의 감동을 선사하는 모습이다.

화자는 마지막 연에서 자신의 존재 확인을 위해 끊임없이 채찍에 맞으면서 내키지 않을지라도 최선을 다해 돌고 있는 이 대상에 대하여 "천형의 팽이"라 명명하고 있다. 또한 팽이의 세계를 통해 삶 혹은 자아를 정상 궤도 속에서 지탱하는 일이 결코 쉽지 않다는 사실까지 목도하게 한다.

3연의 3행에서 긴장 때문에 금방 터질 듯한 상황을 "한 송이 고요를 피워올리는 것"으로 묘사한 까닭은 이때의 '고요'가 텅 비어 있는 침묵이 아니라, 다양한 소리들의 응집을 의미하기 때문이리라. 불순물을 제거한 이후 진실들만을 농축시키고 발효시킨 팽이의 모습에서 화자는 '한 송이 고요'를 잉태하기 위해 치러야 하는 대가로서의 보이지 않는 고달픈 노고와 주변의 영향들을 잘 보여주고 있다.

한편, 여태 이 시세계가 아픔에 대한 치유의 지름길로 제시한 모난 것들의 "둥글어짐"과 꽉찬 "고요"라는 양자의 모습이 함께 피력된 시편들도 존재한다.

공은 둥글어서 잘
구르는 힘을 갖고 있구나

잘 구르는 것들에게야 어디
쓰러지는 일이 있겠느냐
오히려 마룻바닥을 굴러가서
핀들을 쓰러뜨리는 것 좀 봐
장벽의 중심을 단번에 쳐버리는
저 소리의 상쾌!
은유의 종점에서 피어나는
저 소리의 개화!
그 상쾌한 깨어짐으로
마룻바닥 끝이 환하게 뚫리는구나
그 상쾌한 깨어짐이
깨우침을 불러들이는구나.

　　　　　　　　　　　　　　　— 「볼링장에서」 전문

　위 시의 전반부에서는 완전한 구의 형태를 자랑하는 볼링공의 존재를 한껏 부각시키고 있다. 또한 이를 통해 화자는 이처럼 온전하게 대상이 둥글어지다 보면 그 어떤 장애도 쉬이 극복 가능하리라는 점을 암시한다.

　6행에서 "핀들을 쓰러트리는" 장관이 연출되도록 하기 위해서는 우선적으로 완벽한 구의 형상 및 공을 다루는 이들의 노련한 솜씨가 요구된다. 그리고 그 과정의 끝에서 핀들을 한꺼번에 넘어트리는 장면과 더불어, 핀들 사이의 겨냥한 곳을 정확하게 맞추었다는 증거이기도 한 "상쾌"하게 울리는 소리가 들려온다.

　이는 고요 속의 열정이 에너지로 가득찬 순간, 에너지가 "상쾌한" 탄성음으로 변환되는 찰나의 포착을 의미하기도 하는데, 이때의 탄

성음이란 그저 일상적으로 존재하는 소리라기보다 인고에 의한 대가로서 풍부한 고요의 성취에 가까운 것이라 하겠다.

또한 시의 후반으로 갈수록 뾰족함에서 벗어나 "둥글어지기"를 끊임없이 갈구하고, 소음과 같은 소리들에게서 멀어져 '고요' 혹은 '고요'와 유사한 소리와의 합일을 원하는 화자의 의지 및 상처 회복의 과정이 전경화되고 있음을 본다. 이와 같은 현상들을 통하여 볼 때, "둥근 고요"는 그 어떤 어려움도 가볍게 극복하게 하는 신비스런 힘인 동시에 독특한 치유의 태반으로 기능하리라는 점에 의심의 여지가 없으리라.

만물을 포용하는 긍정과 생성의 시학

— 임원식, 김현옥 시세계

공교롭게도 이 글의 대상이 된 두 시집은 삶의 의미와 보편적인 원리를 공통적으로 모색하고 있다. 또한 우주를 끌어안는 화해와 사랑의 정신이 시세계의 기저에 자리한다. 구도적인 생을 지향하는 두 시세계의 화자들에게서 진지하고 용감하게 삶의 노정을 밟아가는 잔다르크의 모습을 발견하게 되리라 기대한다.

'임원식'의 근작 시집 『환속하는 봄비』에는 화자가 인식한 삶의 기본 원리와 만물의 이치가 명료하고 아름답게 잘 드러나고 있다. 화자는 인생에 대한 긍정적 태도를 기반으로 하여 외부에의 따스한 시선을 유지하면서, 어린아이의 그것과 같은 순수함으로 삶의 이치들을 탐구한다.

그의 시세계에서 가장 먼저 주목하게 되는 것은 '생명에 대한 사랑'이다. 이때의 사랑이란 우주 구성의 중심 원리로서 광활한 우주 안에 약동하고 흐르면서 우주 전체를 숨쉬게 하고 원만하게 지탱시켜 나가는 힘이다. 사랑의 에너지로 인하여 우주 내의 생명들은 비로소 태동하며 각각의 삶을 얻는다. "봄 햇살"(「봄 햇살」)은 이 사랑의 대표적 상징이기도 한데, 봄 햇살이야말로 겨우내 얼었던 땅을 일깨우고 나무들로 하여금 활짝 꽃을 피우게 만든 주역이다. 화자는 햇살로 인해 개화되는 모습을 보면서 "어떤 사랑이기에 목련이, 개나리가, 진달래가 저렇게 속마음을 활짝 열어 보일까"라며 찬사를 아끼지 않는다. 또한 이 사랑은 잠자던 대상들에게 생동감을 불어넣는 근원으로서 약동하는 생동감이 "산골짝 개울물 소리", "숲속 수런거리는 소리", "하늘 아래 음계" 등 다양한 소리들로 표현된다.

한편 이 시세계를 흐르는 '사랑'은 사랑이란 이름으로 대상을 구속하고 변형시키려는 그런 사랑이 아니다. 욕망이 투사되거나 일방적으로 자신의 눈높이에 맞춘 사랑이 아니라는 점에서 이는 진정으로 존재의 '자유'를 보장할 수 있다.

한 세월이 저물면
나뭇잎들은 홀홀히 자유스러워진다

어머님과 나눈 이별의 키스
바람의 음계 타고 허공에 연출하는 한바탕 춤사위
끝내 조용히 내려 눕는다

어머님의 발등 베고 누워
어머님의 핏줄 사이에 비친 하늘 바라보며

비로소 지하에서 들려오는 밀어의 의미를 깨닫는다.

— 「자유 · 1」 전문

임원식 시세계의 화자는 근본적으로 자유에 천착하고 더 깊은 자유를 추구한다. 무엇보다도 이 시세계에서 그려지는 자유는 소유를 초월하여 자신을 비워내고 스스로 텅 빈 상태가 됨으로써 온전히 찾아오는 무엇이다.

위 시에서 봄부터 가을까지 분주하게 생명을 키워나가면서 자신의 일에 몰두해온 나뭇잎들은 몸을 비워버린 겨울에 이르러서야 참된 자유를 구가하는 모습이다. 이때 '자유'는 외부세계나 자기 자신에 대한 욕망과 정념들로부터 최대한 멀어진 상태에서만 온다. 또한 이 상태는 외부의 대상들에 대하여 마음을 활짝 열어 수용하고 받아들이는 동시에 초연하고 무심하게 바라보는 태도를 포함한다. 시편에서 낙엽이 되어 기꺼이 숲의 밑거름으로 귀환하는 나뭇잎들은 돌아가신 어머니를 새삼 생각나게 하고, 생과 사의 경계마저 지워버리게 하는 것을 본다.

화자에게 '자유'란 무엇보다도 물질이나 명예, 기술 문명의 혜택 등을 비롯한 모든 현실적 편리와 세속적인 가치들을 버리고 포기함으로써만 소유할 수 있는 가치(「자유 · 3」)이며, "또 다른 나라로 훨훨 날아오르네"(「자유 · 2」)가 암시하듯 하나의 양태로부터 또 다른 양태로의 이동과 도약을 의미하는 것이다.

한편 시인이 자신의 시세계를 통해 일관되게 추구하는 고양의 표지로서의 자유는 오랜 시간의 긴장과 고통을 감내한 이에게 휴식이나 포상처럼 찾아든다.

　　　　산골짜기 흐르는 투명한 소리
　　　　풍경소리 싣고 산 아래로 흐르는 물소리
　　　　반야심경 독경소리도 함께 흐르네

　　　　산발치의 대나무 발부리를 적시고
　　　　천년 바위 틈 푸른 이끼의 입술을 적시며
　　　　들판에 핀 들꽃들의 가슴도 적셔주네

　　　　때 묻은 인간들의 몸뚱이에 깨끗한 몸 내어주고
　　　　강 상류로 뛰어오르는 은피라미 떼
　　　　햇볕을 타고 하늘로 승천하네

　　　　촉촉이 환속하는 봄비.
　　　　　　　　　　　　　　　　— 「환속하는 봄비」 전문

　이 시에서 화자는 촉촉이 봄비가 내려 온 산야를 적시는 장면에 주
목하고 있다. 위에서 모든 생명을 일깨우고 물주어 자라게 하면서 존
재에 빛을 더해주는 "봄비"야말로 자유를 상징하는 표지이다. 그러
나 이 자유의 만끽은 생의 여정이 준 고단함을 잊게 해줄 달콤함을
제공하지만 결코 쉽게 얻어지지 않는다. 그것은 2연에 나타나듯이
천 년의 정성이 쌓이고 발효되었을 때 비로소 발현되는 가치라 할 수
있다.
　"환속"이 시사하는 의미처럼 고양의 빛으로 가득찬 이 자유의 순
간은 일상적 현실에서라기보다는 현실을 넘어선 초월세계로부터 공

급되는 것이며, 그렇기에 현실에 속한 이들에게 이 순간은 더욱 눈부시다. 삶의 때를 벗겨내는 이 고양의 순간이 있어 현실은 비속함으로 흐르지 않으며 자유에 대한 희구와 갈망으로 말미암아 생은 정결함을 얻는다.

또, 화자에게 자유란 일정한 수련 과정을 밟은 주체들에게 다가오는 것으로서 정진 끝에 구가하게 된 '자유'의 너머에는 "겨울 나무에서 봄 나무로"(「12월의 산」) 만물이 옮겨지듯이 한 차원 더 나아간 의미깊은 세계가 도래함을 본다.

한편, 자유에 대한 사랑은 이 시세계의 화자를 보다 차원 높은 사랑의 태도인 헌신과 박애로 인도한다. 이 같은 태도는 때로 변함없이 희생을 아끼지 않는 숭고한 모성에의 예찬으로 나타나며, 「겨울의 끝자락」에선 '어머니'인 겨울 숲 속의 나목들이 '자식'인 낙엽들을 온 몸의 울음으로 지켜내는 것으로 형상화되고 있다. 나아가 이 모성은 역사적 아픔까지도 온전히 제 것으로 끌어안음으로써 "탱크에 깔린 5월의 영혼들과 가난한 새끼들을 가슴에 품으신 무등"(「무등은 말이 없으시다」)의 이미지로 변용된다.

꽃이 피고, 지는 것
혼자서 하는 것 아니지요

꽃봉오리에 바람이 잠시 머물다가
꽃잎을 데리고 사라지는 것도
혼자만의 일 아니지요

(…중략…)

한 계절의 역사가 끝난 나뭇잎들의 윤무도
혼자만의 이별이 아니지요

해도, 별도, 이 땅의 모든 생명들도
저 혼자만의 생존이 아니지요

이 모든 것이 보이지 않는
당신님의 마음이지요.

―「보이지 않는 은총」 전문

어머니의 사랑에서 헌신과 박애를 보던 화자의 시선이 마침내 도
달한 곳은 삼라만상 가운데 내재적 원리로 자리잡고 있는 조물주의
마음이다. 화자에게는 이 '마음'이야말로 시간과 공간을 초월하여
변함없이 우주를 지탱시켜 온 마르지 않을 생명의 샘인 것이다. 시세
계 안에서 '당신님'으로 명명되는 이 조물주는 시인이 닮아가고 싶
은 정신적 지향을 대변하고 있다.

이러한 관점으로 만물을 바라볼 때, 박애로서의 '은총'은 "우주의
질서"이고, 그 빛으로 "거룩한 생명들을 존재케" 하며, "오순도순 사
랑의 꽃을 피우게"(「태초의 말씀」) 하는 생명력의 근원이 된다. '보
이지 않는 은총'이야말로 오염된 세상을 정화시킬 수 있는 단 하나의
열쇠이며, 무지에 빠지기 쉬운 인간을 구원해줄 빛이다. 따라서 화자
는 인간세계가 유지되는 한 결코 사라지지 않을 "거짓과, 배신과, 탈
법" 등의 모든 악덕으로부터의 구원 역시 오직 "갈릴리 바다 위를 걸

어오시는 그대"(「그대에게」)에 의해서만 될 수 있음을 넌지시 암시하고자 한다.

'김현옥'의 근작 시집 『서리뱀에게 물리다』는 수록 시 전편을 통하여 삶과 세계에 대한 존중과 겸양의 미덕이 고혹적인 내음으로 풍겨온다. 이 같은 미덕이 성찰의 생활화로 드러나고 있으며, 아주 작은 대상에게서도 그를 통하여 깨닫고 배우는 자세로 연결된다.

> 봄이면 매화가지
> 가려움증에 시달린다는 걸 비로소 알았다
> 홍역 앓듯 온몸 뜨거워
> 바람 없는데도 꽃가지 흔들린다
> 가려움 참으면
> 봉오리 봉오리 향기로 터진다
>
> 홍매가 하는 말에 좀 더 귀 기울였다면
> 그 열기와 가려운 이유 찾아냈다면
> 끓는 극점에서 물이 수증기로 변하듯
> 아기의 가려운 잇몸에서
> 흰 잇꽃 피어나듯
> 내 홍매는 어떤 향기로 터져 나왔을까.
>
> ─「몸에 핀 홍매화」 부분

위 시에서 화자는 외국 여행 중에 생긴 온몸의 붉은 반점으로 괴로움을 겪는다. 피부의 간지러움과 통증으로 평정의 상태를 잃으면서, 그러나 화자는 아이러니컬하게도 '고통'이 주는 의미를 음미하게 되고 고통이 있어야만 모든 의미 있는 성취가 따른다는 인식에 도달한다. 위에서 봄을 빛내는 매화는 "홍역"을 앓는 듯한 열기와 가려움증의 고통을 받아들였기에 아름다운 "봉오리"들을 피워낼 수 있었다. 또한 절로 솟아난 듯한 아기의 "흰 잇꽃" 역시 수많은 가려운 순간들을 무심히 견뎌냄으로써 피어난 아름다운 "향기"이다.

시편에서 "끓는 극점"은 가장 혼돈스런 고통의 순간을 표상하는 동시에, 액체가 본래의 몸을 벗고 기체의 상으로 화한다는 측면에서 매혹적인 열림의 지점을 뜻하기도 한다. 물이 부글부글거리며 끓어오르는 과정은 안주하지 않기 위해 끊임없이 스스로를 단련하고 숙성시키는 행위라 할 수 있겠다. 주체가 자신만의 고유한 색깔과 운치 있는 향기로 차오를 수 있는 것은 이처럼 안으로 영글고 다듬어지게 하는 고통의 시간들이 수반되었기 때문이리라.

귀중한 무엇일수록 끊임없이 인내의 문을 거쳐야만 온다는 고통의 미학은 일상생활 가운데서도 스스로의 부끄러움을 외면하지 않고 낱낱이 드러내어 씻어버리고자 하는 삶의 태도로 연결되고 있다. 자신의 부족함을 치열하게 직면하는 것은 녹록치 않은 일이고, 예기치 못한 아픔을 가져다줄 수 있는 행위이기도 하다. 그러나 "육신의 때"와 "영혼의 때"를 닦아내기 위해서는 "물 밑에 감춰진 잘못들"(「창 닦기」)을 정면으로 들여다보아야만 한다. 또한 반복적으로 들여다보는 행위를 통해서 비로소 흐려졌던 마음속의 호수는 고요한 '거울'이 되고, 이 호수 속으로 더 깊이 들어갈 때마다 "새로 개척된 땅"이 조금씩 넓어지는 고통의 신비가 찾아온다.

또 다른 시편 「태풍의 눈」에서 성찰적 태도는 화자로 하여금 태풍

이 지나간 후에도 가지 끝에 눈부시게 매달린 풋감 몇 개를 주목하게
한다. 고통을 이겨내면서 오히려 더 굵어진 "남은 감"들은 시련의
소용돌이에 맞서 시련보다 더 강한 힘으로 응전한 이의 위용을 표상
하고 있다. 이어서 「거울 보는 달팽이」에서는 성찰의 미학이 "밤새
도록 한 자리에 붙어"서 "더듬이 내놓고 자신을 들여다"보고, "빨판
하나에 의지하여 안테나로 심장 소리 듣는" 달팽이의 모습으로 그려
진다.

　자신의 부끄러움을 내내 주시하며 직면한 성찰로부터 배워 성숙을
일구던 일상적 태도는 이제 적극적인 속죄와 정화의 의식으로 나아
가게 된다.

　　　솔뫼마을 봄 해질 무렵이면
　　　새 한 마리 하늘 향해 울곤 했다
　　　저녁밥 지어 사립에서 가족 기다리며
　　　마음 중심에 귀 들여놓고 듣고 있으면
　　　우물 속이 맑아지고 깊어지는 듯했다
　　　그저 조용히 듣고 있으면
　　　매화 꽃봉오리 피어나듯
　　　겹겹이 맺힌 울음덩이가
　　　멍울멍울 풀리곤 했다
　　　겨우내 얼었던 자귀나무도
　　　실컷 울고 난 울음 끝에
　　　연분홍 눈썹 깜박이며 눈을 뜨곤 했다

　　　솔뫼 떠나고 나서야
　　　새 이름이 휘파람새라는 걸 알았다

휘파람새가 슬픔을 대신 울어

잉크빛 멍울 녹이고

자귀꽃 피웠음도 알았다.

　　　　　　　　　　　　　　　　　　―「속죄」 전문

　삶이 주는 고통에 대면하면서 끊임없이 성찰하는 행위를 통해서만 값진 것을 얻을 수 있다는 깨달음은 주체로 하여금 정진하게 한다. 그러나 모든 주체가 이러한 깨달음을 얻는 것은 아니다. 또한 인간들의 세계 안에는 개인적인 영역 이외에도 성찰하고 참회하고 털어내야만 하는 갖은 문제들이 도사리고 있기 마련이다. 미처 깨닫지 못한 자들과 특정한 개인만의 문제가 아닌 더 긴급한 문제들 때문에, 또한 궁극적으로 영적 세계의 미제(謎題)를 풀기 위해서는 희생의 옷을 입고 대신 속죄해줄 누군가가 절실히 필요하기 마련이다.

　위 시 「속죄」에서 "휘파람새"는 대속을 의미하는 존재이다. "해질 무렵", "하늘 향해 울곤" 하는 '휘파람새의 울음'은 처절하다. 그 울음은 남들이 울어야 할 "슬픔을 대신"하는 울음이고, 자신의 몫이 아닌 것에 대한 참회라는 점에서 철저한 희생이며, 그 희생의 정신 때문에 어떠한 눈물보다도 고귀하고 값진 것이다.

　반면에 절대자와 피조물을 위하여 기꺼이 자신의 모든 것을 내던지는 수도자의 모습을 연상케 하는 이 휘파람새의 울음으로 말미암아 다른 생명들은 마음껏 웃을 수 있다. 그의 대속이 있기에 화자의 마음속 우물은 깊어지고, "매화 꽃봉오리"들은 활짝 피어나며, "겨우내 얼었던 자귀나무"도 "잉크빛 멍울 녹이고" 자귀꽃을 피워낸다. 이러한 대속의 주체는 또 다른 시편에서 '비구니'(「비구니」)로 형상화되는데, 그 고고하고 정결한 이미지가 법당, 솔향, 소나무, 샛별 등으로 비유되고 있다. "살아 있는 고요한 법당"인 그녀는 "옆 생명들"의 "걱정하는 소리"와 "앓는 소리"를 다 듣고 있다가 가만가만 얼러주는 치유자인 동시에, "밝아오는 어둠 속에 혼자" 앉아 참회의 샛별을 밝히는 대속자로 그려진다.

한편, 불교적 색채가 강한 김현옥 시인의 시세계에서 개체들 사이의 엄격한 구분이나 분리는 무의미하다. 시적 화자는 만물 속에 충만해 있으면서 서로를 타고 끊임없이 흐르는 근원적인 생명 에너지를 바라본다. 그리하여 우주적 생명 에너지의 흐름을 바탕으로 그 자장 안에 존재하는 모든 대상들은 너와 내가 따로 없이 '하나'이며, 그러하기에 서로 긴밀하게 소통해야 한다는 데 주목하고 있다.

> 놀라운 일이다
> 물이 사람의 말 알아듣는다 하니
>
> (…중략…)
>
> 모든 사물의 살갗은
> 음파를 붙드는 수신기
> 다가오는 말결에 따라
> 자기 모습 만들어 간다
> 파도의 속삭임에
> 갯돌은 꿈꾸는 알이 되고
> 별의 노랫소리에
> 나무는 향기로운 횃불이 된다

오래 닫혀 녹슨 문 열고 보니
주변의 사물들 두근두근 귀 세워
간절히 엿듣고 있다
입 속에서 오래 굴려 둥글어진 말로
곱게 다듬어 주기를
감춰진 꽃무늬 피워주기를.

—「문 하나 열다」 부분

　화자가 이해한 세계는 커다란 우주적 에너지의 흐름을 그 구성원
들이 받아들이며 공유하는 모습이다. 굳이 '연기설'이나 '윤회설'을
들어 말하지 않더라도 이 세계 안에서 각각의 개체들은 매우 밀접하
게 연결되어 있다. 존재들이 명료하게 개성적으로 구별되는 것은 단
지 그들의 외피일 뿐, 본질적인 시각에서 우주 내 존재들은 단일한
에너지 장의 지배를 받는 원융적 공동체이다. 따라서 개체들은 시간
선상에서 지속적으로 변화하는 에너지의 흐름을 따라 매순간 순간
서로 영향을 주고 받으면서 상호의존적으로 존재를 형성해간다.

　모든 사물이 하나의 큰 몸을 이루는 부분들로서 동등하게 가치를
가진다고 이해할 때, 인간과 비인간 및 생물과 무생물의 경계를 넘어
모든 대상들은 서로를 받아들일 수 있다. 그리고 이 받아들임은 참된
소통의 형식을 통해 구현된다. 이때의 소통이란 피상적인 언어 행위
에 그치지 않고, 마음의 '문'과 '귀'를 열어 간절함으로 듣고, 오래
음미된 말로 상대를 어루만지는 것을 의미한다.

　위 시에서 화자가 발견한 '관계'란 발신자와 수신자가 서로의 문
앞에 서서 상대의 문을 조심스레 노크하거나 혹은 노크해주기를 기

다리는 모습이다. 서로의 이 같은 태도가 균형과 성숙을 이룰 때 관계는 빛을 발하고, 나아가 상대 안에 "감춰진 꽃무늬"를 피워내는 경지에 이를 수 있을 것이다.

따라서 진정한 관계란 참된 소통이고, 이를 가능케 하기 위해서는 먼저 "영혼의 귀"와 "아기의 눈빛"(「수화」)을 지녀야 한다. 이 소통은 '수화(手話)'가 그러하고 "바람과 나무들의 대화"가 그러하듯이, 입으로 전달되는 구두 언어가 없이도 가능하다. 화자가 지향하는 소리 없는 이 소통의 방식이야말로 "눈과 귀만 열면", "입 대신 몸으로 통하는", "짓푸른 노랫소리"라 할 수 있다. 온몸으로 통하는 '노랫소리'는 그 어떤 말보다도 서로의 존재를 따스하게 안아줄 수 있으리라.

> 나무 뿌리에 스미면
> 꽃으로 피어나기도 하고
> 풀방울 벌레에게 스미면
> 맑은 노래로 깨어나기도 하지
> 바가지 너머
> 우물물도 내 자신인 것을
> 하늘의 여행자 구름과
> 자궁인 바다도 내 자신인 것을
> 내게 손 내밀거나 등 돌리는 너도
> 물 한 모금 바로 내 자신인 것을.
>
> —「한 바가지 물」 부분

우주 만물이 한 몸에서 떨어져 나온 분신들로 이해될 때 주체는 만물과 우주적 소통을 이루고, 만물과 하나가 된다. 이러한 관점에서

보면 개체들이 서로 몸을 바꾸어 입는 일 역시 자연스럽기만 하다. 다양한 개체들이 궁극적으로 상호간에 가족유사성을 지니고 있음을 인정하면서 위 시의 화자는 "우물물"이 되고 "구름"이 되고 "바다"가 되는가 하면, 급기야 "너"로 화한다. 또한 만나는 대상에 따라 형체와 방법을 달리하여 양분이 되어주는 '한 바가지 물'처럼 화자는 "누구나 목마른 이 입술 축여줄" 준비에 여념이 없다.

위 시는 고통과 참회의 신비를 통해 궁극적으로 만물과의 일치에 도달한 구도자의 내면을 표상하고 있다. 이 수행자는 「늘푸른나무」, 「겨울 장다리꽃」 등을 포함한 많은 시편들에 녹아 있듯이 파종하고 길러내어 꽃을 피우고 열매 맺는 '식물되기'류의 정직한 상상력을 드러낸다. 또한 온몸으로 대상과 소통하려 하다 보니 마음을 다해 귀로 듣고, 향기(냄새)를 코로 마시는 일이 강조된다.

보들레르적 '상응'과도 통하는 이러한 자세는 "두견새"의 노랫소리와 "내 속에서"(「통섭」) 우러나는 소리가 서로 화답하는 것으로 이해하는가 하면, 108배를 드리는 새벽 예불의 자리를 "절할 때마다", 사방으로 "향기"(「둥근 꽃자리」)가 튀어오르는 꽃자리로 변용시키고 있다.

애정으로 길어 올린 순천만의 아름다움

— 정홍순 시세계

정홍순 시인의 이번 시집에는 '순천만'의 모든 것이 들어 있다. 그만의 풍부한 감성과 애정 어린 시선이 포착한 순천만의 풍경들은 때론 따스하고 감미롭게, 때론 절절할 정도로 아프게 독자의 마음을 파고든다.

먼저 화자는 순천만을 이루는 크고 작은 대상들을 두루 포착하고 그들 하나하나에 대하여 정성스레 주목하고 있다. 화자의 정겨운 눈에 비친 이 대상들은 바다의 생명력과 모성에 힘입어 더할 나위 없이 긍정적인 모습으로 그려진다.

> 무너진 돌담 고치고
> 밭둑길 새로 다지면서
> 바르게 골라놓은 돌들의 살갗에

따뜻한 지문이 묻는다

준설 시작된 해룡천 포클레인 휘두르는 삽질로
바람은 한결 가벼워
왜가리 높이 뜨고
노란 짚신 발에 걸어 띄운 순천만

갈대발 구멍 끝 바람
사방 돌에 문지르고 온
응어리들을 찾아
대숲골 왕대 옆구리 치며 흔든다

(…중략…)

참으로 따뜻한 눈물이 난다.

— 「순천만 49 – 금성 대숲골」 부분

좋을 때나 서글플 때 언제든지 즉시 꺼내어 극대화된 기쁨의 동반
자, 혹은 격려와 위로의 치유자로 삼을 수 있는 가슴속 한 자락의 풍
경을 지닌 이라면 늘 행복할 것이다. 위 시의 화자에게 '순천만'은
바로 이와 같은 의미를 지닌 장소가 아닐까 한다.

1연에서는 우리네 보통 시골이 친근하게 보여주는 대상들인 "무너
진 돌담", "밭둑길", "골라놓은 돌들" 등이 구체적인 생생함과 함께
제시된다. 1연을 배경으로 하여 이어진 2연에서는 비로소 순천만의
개성적인 윤곽의 일면이 드러나고 있다. 논밭과 하천이 그림처럼 어
우러진 이곳은 뭍의 온화함과 바다의 에너지가 만나 신비스런 조화

를 이룬다. 2연은 순천만을 이루는 대상들이 서로의 존재에 연쇄적으로 기대어 한층 더 생명력을 키우고 있음을 보여준다. "해룡천"이 있어 "바람"이, "해룡천"과 "바람"이 있어 "왜가리"가, 높이 날아오른 "왜가리"의 부지런한 시선이 있어 "노란 짚신 발에 걸어 띄운 순천만"이 비로소 그 진경을 드러내는 것이다.

3연에서는 바다와 육지를 오가며 많은 사연들을 접하고 품은 "바람"과 끊임없이 자신을 비우면서 세워가는 "대숲골 왕대"가 만나 교감하고 조응하는 모습이 잘 묘사되고 있다. 위 시에서 감상자들은 돌, 해룡천, 왜가리, 갈대밭, 대숲골 왕대, 바람 등 자기 식구들을 가슴에 품은 넉넉한 어머니로서의 순천만을 읽는다. 마지막 부분에서 감상자들은 순천만에 깃들인 존재들에 대한 애틋함으로 가득찬 화자의 심회에 왠지 덩달아 눈시울이 뜨거워짐을 느낄 것 같다. 또한 순천만을 이루는 소소한 대상들에 대한 관심의 양상은 「순천만 30 – 메리 크리스마스」에서 "십리 갈대 길"에 주목한 내용 등을 비롯하여 다수의 작품들에서 다양하게 드러나고 있다.

나 죽거든
네 눈물로 나를 덮지 마라

순천만 맑은 두멍 물
한 홉 길어다 쏟으면 좋겠다

나 죽거든
네 아픔으로 나를 묻지 마라

순천만 어딘가 울다만 병이 남았을 거다.

—「순천만 38 – 눈물병」 전문

위 시에서 화자는 순천만 전체를 '눈물병'으로 이미지화하고 있다. 순천만 인근의 주민들 및 여러 가지 이유들로 순천만을 오간 많은 이들의 사연과 눈물들을 이곳은 고스란히 받아들였다. 오랜 세월이 지나면서 그 눈물들은 증류되고 정화되어 그 어디에서도 찾기 어려운 '맑디맑은' 물이 된 것은 아닐까. 2연의 "순천만 맑은 두멍 물"은 그런 과정이 있었기에 더 소중하고 4연의 "울다만 병"은 훨씬 섧고 애닯게 느껴진다. 희노애락의 모든 질곡을 묵묵히 감싸안는 순천만이 늘 그 자리에 존재하기에 이곳을 찾는 이들은 삶의 피로를 떨쳐버린 채 한결 가벼워진 심신을 되찾을 수 있다.

위 작품에서 사는 동안 내내 순천만과 동행하던 화자는 급기야 죽음에 이르러서도 순천만의 품에서 순천만과 함께 가겠다고 한다. 이 대목에서는 삶과 죽음을 초월하여 절대적 치유 공간의 위상을 부여받은 순천만 일대의 존재감을 확인케 된다. 또한 저승길의 유일한 동반자로 순천만을 지목한 화자의 의지로부터 이곳은 모종의 신성성까지 확보하는 모습이다. 한편 순천만을 구성하는 생명체들의 작은 흔적에도 감격하곤 하는 화자의 시선은 여러 시편들에서 다채롭게 나타난다. 시편「순천만 9 – 농게와 밥」은 천연기념물 제22호인 '흑두루미'의 "우아한 식사" 장면을 통해 인간과 동물의 자리를 가볍게 전도시킨다. 농게 한 마리를 입에 문 흑두루미와 간장게를 먹는 인간 사이의 유일한 차이란 단지 '날 것' 섭취의 유무에 있을 뿐이다. 인간과 다를 바 없는 흑두루미의 "성스런" 식사 앞에서 동물과 인간, 자연과 인간 사이의 경계가 사라져버린 순천만을 본다.

　순천만에 대한 화자의 애정은 이 장소를 구성하는 모든 오브제들에의 관심에서 시작하여 서서히 이들의 삶 속에 알뜰히 녹아 있는 문화적인 영역 속으로 이동해간다. 여기서 화자의 시선은 순천만 사람들이 만들어가는 하루하루의 발자취와 구체적인 호흡에 맞닿아 있다.

　　명절 대목이 코앞에 닿았다

　　물가에 여남은 여자들이 도란거린다
　　약간의 의식 같기도 한 채비 끝나도록
　　갯물은 미적거리고 앉아있다

　　(…중략…)

　　활짝 핀 갯벌로 명절이 오고 있다
　　대굴대굴한 꼬막이 달려 나온다
　　뻘꽃 되어 나온 여자들
　　이름 모를 겨울 꽃이 무겁다.
　　　　　　　　　　　　　　─「순천만 36 - 겨울 꽃」 부분

　순천만 일대는 갯벌 지역으로도 유명하다. 만조 때는 바닷속에 잠겨 있다가 간조 시에 일제히 위용을 드러내는 갯벌은 그 자체로 자연의 깊은 신비를 보여준다고 하겠다. 바다에 포함되면서 동시에 뭍이기도 한 이곳은 기실 그 어느 한쪽에 속한다고 말할 수 없다. 즉 양가적인 정체성을 지녔으면서 비일상적인 공간이라 할 것이다.

순천만 사람들에게도 양가성의 세계인 이 갯벌은 매우 특별한 의미로 다가온다. 평상시에 갯벌이 생계를 위해 이들을 땀 흘리게 하는 일터이자 휴식 공간이었다면, 명절이 다가올 무렵 이곳은 명절날의 상차림을 풍성하게 해줄 근사한 시장이 된다. 위 시의 1연에서 배경으로 제시된 "코앞에" 다가온 "명절 대목"은 사람들 사이에 배어 있는 은근히 들뜨고 가슴 설레는 분위기를 전달한다. 이어 2연에서는 명절을 기다리는 여자들의 모습이 생생하게 묘사되고 있다. 갯물 사이로 둘러앉아 "도란"거리며 본격적으로 바다 생물 채취에 나설 준비 중인 이들의 모습이 마치 어떤 "의식"처럼 보이는 것은 갯벌이란 공간의 양가성 및 일탈적이면서도 신비스런 성격 때문이리라.

갖가지 생명체들이 살아 움직이는 까만 땅을 온몸으로 파헤치면서 아낙네들은 어느새 "뻘꽃"으로 변해버린다. 인용 후반부에서는 바다를 향해 나란히 서서 갯벌의 일부로 갯벌이 키워낸 자식들을 애써 꼼꼼하게 거두고 있는 이들의 수고가 정겹게 그려진다. 마지막 대목은 명절을 앞둔 설렘으로 더욱 부산해진 일손들을 바라보면서 안타까워하는 화자의 심경을 잘 형상화하고 있다.

위 시는 문화를 구성하는 중요한 요소이기도 한 명절과 명절 무렵의 풍속을 소재로 하여 순천만 사람들의 속내를 드러낸다. 간조 때만 자신을 내보이는 땅에서 그 땅이 존재하는 동안 온몸에 뻘을 뒤집어쓰는 것을 개의치 않은 채 자신들만의 방식으로 명절을 준비하는 이들에게서 노동의 뿌듯함이 전해져 온다.

날 수 있는 것을 제 날개보다 더 믿는 것이 새다
때로는 날개가 너무 아플 때도 있었으니까

꼬꼬산 아래 채씨 집안들로 반촌 이룬
황새머리 솟아 있는 학봉에서
신선이 터 잡아주었다는 선학(仙鶴)리 뒤란
저수지 물이 새난들로 흘러
진펄 적시고 개펄에서 성에 띠 띠는 동안
차디찬 하늘 질금 매는 것은 새들이었다

(…중략…)

꼬꼬산 바위에 새겨진 십자가
학의 날개 같은 십자가
십자가 지고 가듯 울타리 돌아가는 나뭇짐
반촌의 밤은 일광 베고 잠들을 것이다.
　　　　　　─「순천만 31─학은 해를 이고 있을까」 부분

　새는 두 날개를 가진 것으로서 규정되는 동물이다. 그런데 위 작품
에서 새란 "날 수 있는 것을 제 날개보다 더 믿는" 존재라고 한다. 이
말은 흔히들 생각하듯이 날개가 있어서 당연히 새가 난다기보다는
새의 날고 싶은 본능적 욕망이 양쪽 날개를 단련하여 사용하도록 만
든다는 함의를 나타내는 것 아닐까.
　또한 그가 이 날개를 최대한 활용하여 탁월하게 비행하기 위해서
는 "십자가"라는 녹록치 않은 값을 지불해야만 할 것이다. 위 시에서
화자는 하늘과 지상을 잇는 존재인 새 중에서도 순천만의 정갈한 이

미지를 표상하는 '학'의 날개를 클로즈업하면서 이러한 측면을 부각 시키고 있다.

한편 위 시를 주의깊게 읽다 보면 순천만 한 부분의 지리가 지도처 럼 선명하게 머릿속에 펼쳐지는 것만 같다. 2연에서 "채씨 집안들" 로 이루어진 "반촌", "황새머리 솟아있는 학봉", "선학(仙鶴)리 뒤란", "새난들", "진펄", "개펄" 등 구체적으로 언급된 지명들은 감상자들 에게 순천만에의 향수를 다시금 불러일으키면서 반촌과 그 일대의 문화지리적 자료들을 사실적으로 제시하고 있다. 위 시는 생태수도 로 상징되는 순천만의 지리적 측면과 문화적 가치를 잘 보여준다. 또 한 이와 같은 맥락에서 시편 「순천만 67 – 말을 알아듣는 꽃, 해어화」 에서는 "2013년 국제정원지 풍덩리"의 면모를 애상적으로 담아내고 있다.

앞서 순천만을 이루는 대상들 및 순천만 일대의 지리적 풍광에 천 착하던 화자의 시선은 이제 한 걸음 더 나아가 순천만과 그 호흡이 닿아 있는 모든 사람들에로 향하기 시작한다. 유정하고 따스한 가슴 을 지닌 화자에게 순천만을 둘러싼 이들의 사연은 하나하나가 더할 나위 없이 애틋하고 소중하다.

> 목구멍이란
> 서러움과 기쁨이 왕래하며 만들어낸 전설구멍이다
>
> 오늘은 바람이 넘친다
> 고요히 묻혀 자던 순천만에 바람이 넘친다

섣달 스무사흘이 여든다섯 생일인 귀례씨
남해에서 천안에서 서울에서
재취로 간 어머니 찾아
보름이나 앞당겨 차려내온 생일상에 목이 멘다

새 옷고름 한 번 매보지 못하고
살며 속은 세월이 서러워
딸년들 가슴에 두고 살아온 죄가 무거워
생전 처음이란 말로 갈음하는 아침
바람이 넘친다

아베라는 끄나풀 끊어지자
목구멍이 무서워 정실도 못하는 세월 속으로
생명의 껍데기일 뿐 어머니는 아니었다

본시 부르던 이름 불러주오 하던 날처럼
담 밑에서 노래짓고 놀더라고 기별하던
〈키야 키야 어서 커라 우리 엄마한테 가게〉
어린 딸들의 노래 삭히지 못하고 게우는 그에게

이다 자란 갈대처럼 하얀 꽃을 얹은 딸네들이
울어 넘치는 바람으로
오늘은 얼음 끝도 한 치나 자라고
늙은 사위의 사모곡은 아침 내내
순천만을 꼭 여미게 하였다.

— 「순천만 33 − 서러워 기쁜 날」 부분

위 시는 애환으로 가득찬 순천만의 이미지를 닮은 "귀례씨"의 서글픈 이야기를 담아내고 있다. 갈등이 부각된 서술시의 형태를 띤 위 작품은 주인공의 일생을 '재취로 결혼함—어린 딸들과 생이별하고 어렵게 살아옴—남편 죽은 이후 고달픈 삶을 살다가 85세 생일을 보름 앞두고 운명함—각지에서 찾아온 딸네들과 늙은 사위의 사모곡이 순천만의 아침을 섧게 물들임'이라는 구조로 정리한다. 시 속에 드러난 "귀례씨"의 인생은 결코 순탄하지 못하다. 어떤 배경이 생략되어 있는지 모르나 그녀는 재취로 재가한 이후, "살며 속은 세월"을 보내면서 "딸년들 가슴에 두고 살아온 죄"로 늘 서러웠다. 그리고 남편을 여읜 후 그녀의 삶은 "생명의 껍데기"라는 어휘의 파장이 지시해주듯 물심양면으로 힘든 생활의 연속이었을 것이다.

시의 마지막 연은 그렇게 한 세상을 살아온 어머니의 운명 앞에서 역시 본인들조차 무거운 운명의 굴레로부터 완전히 자유롭지는 못했을 딸들의 모진 울음을 부각시키고 있다. 살점과도 같은 딸들을 억지로 떼어내고 그 생채기에 시달렸을 어머니의 고통과 평생 어머니에의 그리움을 가슴 한 구석에 묻은 채 연연해했을 딸들의 회한이 교차하면서, 순천만의 이 날은 숙연하기만 하다.

위 작품에서 순천만은 그만의 고적한 바다와 수줍은 갈대, 맑은 바람 등을 통해 온 힘을 다하여 모친의 죽음에 직면한 가족의 시름을 위로하고 있다. 또한 위 시가 대상으로 한 여인의 그것과 같은 정도는 아니라 할지라도 순천만을 찾는 모든 인간의 삶은 나름대로 다소간의 아픔들을 지닐 것이다. 주민들뿐 아니라 오가는 많은 이들의 한숨과 눈물을 받아 그 정결한 맛을 더해가는 헌신적인 어머니 순천만의 품에서, "사모곡"으로 가득찬 이 서글픈 날도 서로에의 진한 사랑에 힘입어 "서러워 기쁜 날"로 화하고 있음을 본다.

> 여의주를 희롱한다는 농주마을 앞산
> 용산전망대에서 미인의 눈물을 본다
> 갈대 같은 그녀가 울고 있는 것을
> 망연히 바라보다
> 솔가지 스치는 바람 마디가 있는가
> 엎어져 흔드는 가랑잎 사이
> 산 꿩 소리 날아왔을 때 눈물은
> 붉게 타며 흘리는 물방울이었다
> 용의 눈이 젖어
> 전설 같은 하루 흘리고 있거니
> 그녀 가슴에 물길 갈래지고
> 새들도 따라 흐르다 떠가는 길에
> 들물 속으로 머리 디밀고 일몰 걸쳐 입는
> 그녀의 눈물은 얼지 않는다
> 소리 없이 흐르는 그녀의 눈물로
> 생의 밑바닥 적신 지순한 전설은
> 알알이 석류 알처럼
> 맛있는 빛으로 익을 것이다.
>
> ― 「순천만 29 – 미인의 눈물」 전문

　위 시에서 화자는 한순간, 어느 "미인의 눈물"을 바라본다. 이어 아프게 우는 그녀의 모습 속으로 "산 꿩"이 찾아들고 9, 10행에서는 "용"과 "전설"로 집약되는 태곳적으로부터의 역사가 이에 동참한다. 생각해보면 기나긴 역사 속에서 서민들의 삶이란 언제나 애환과 눈물로 얼룩진 것이었으리라. 특히 '끝없는 기다림', '지워지지 않는 기억', '물이 주는 애상성의 정서' 등 바다가 부여하는 상징적 파장들과 더불어 살아온 바닷가 하층민들의 삶 속에는 평야의 삶에서보다 훨씬 진한 애수가 묻어 있다. 이어지는 대목에서는 "꿩"과 "용"에 더하여 "새"들이 그녀의 눈물에 연대함과 아울러 14행에서 이 눈물은 "얼지 않"고 마르지 않는 영속성의 의미로 다가간다.

결국 이 작품에 등장한 '그녀'는 비록 가난하지만 끈끈한 사랑과 증류수 같은 눈물을 간직한 순천만을 둘러싼 사람들 전체에 대한 상징이리라. 화자는 가족이나 이웃과 같은 이 사람들의 애끓는 아픔들에 공감하면서 이를 '미인의 눈물' 속으로 집중시키고 있다. 그러나 마지막 대목이 보여주듯이 갖가지 사연들로 점철된 이들의 눈물이 그저 공허한 메아리에만 그칠 수는 없다. 마지막 행에 드러난 "맛있는 빛으로 익을" "석류 알"의 이미지는 이들의 눈물이 고통에 대한 인내가 담보하는 값진 정신적 결실로 이어지리란 점을 환기한다. 이처럼 결실에의 확신을 지닌 이들의 열정과 눈물이 있어 순천만은 지금처럼 아름답고 청정한 고유의 비경(秘境)을 가지게 된 것인지 모른다.

존재의 본질을 현현(顯現)시키는 탐색의 노정

— 최봉희 시세계

최봉희 시인의 시에서 생(生)은 고(苦)의 다른 이름이다. 생의 본모습을 그렇게 이해했기에 시는 기본적으로 생이 주는 고통이나 그로부터 오는 허무함을 외면하지 않는다. 삶이 고통이기 때문에 삶에의 모방이자 삶의 일부인 시 또한 고통 속에 지어지는 집이다.

> 저녁밥상을 차리며 된장찌개에 넣을
> 하얀 섬유질 둥글고 단단하게 뭉친
> 무안 양파 한 개
> 그 껍질 벗기며
> 껍질 속에 그 껍질 또 벗기며
> 그렇게 한 겹 두 겹 벗기고 보니
> 아무것도 남은 것이 없었다
> 양파 한 개 까고 보니 아무것도 아니구나

이제 내가 살아온 껍데기를 버리고
그렇게 다 지내고 보니
그 아무것도 아닌 내 삶의 분수령에서
눈 질끈 감았다 떠 보는 아찔한 생의 무늬와
절망 같은 쓸쓸함이 배어나오는
그 매운 냄새에
나는 그만 눈물이 난다.

― 「양파」 전문

　위의 시에서 삶을 사는 것은 양파의 껍질을 하나하나 벗겨나가는 행위와도 같이 묘사된다. 한순간 한순간 힘겨운 삶의 행보를 내디딜 때마다 이 과정을 벗어난 다음 단계에서는 더없이 완벽한 세계가 펼쳐질 것이라 기대해보지만 문제들은 미처 그 수를 헤아릴 수 없는 양파의 껍질처럼 또다시 모습을 드러내기 마련이다.

　세계는 고해(苦海)이고 인간은 사방의 고해 속에서 쉴 새 없이 길을 찾으며 노 저어 가야만 하는 존재이다. 자칫 이러한 접근은 생에 대한 회의주의 혹은 허무주의로 귀결될 수 있을 것이다. 그러나 최봉희 시세계에서의 화자들은 회의나 허무와 같은 감상에 빠져드는 것조차 허락되지 않을 만큼 진지하고 초연하다. 진지함과 초연함의 결합은 세계와 사물에 대한 적극적 관조의 시선을 만들어내고 고통을 생의 본질로 인정하는 가운데, 고통스런 삶을 껴안고 지탱하는 행위의 연속으로 이어진다.

　고통스런 생의 순간 순간들을 직면하는 데 열중하다가 어느 순간 뒤돌아보면, 양파의 껍질을 다 벗긴 자리에 남은 매운 냄새처럼 삶의 자리에는 매콤한 쓸쓸함만 가득하다. 눈물의 이미지로 마무리되는 위 시가 전혀 감상으로 치닫지 않는 것은 화자의 개성적인 시선 때문이라 할 것이다. 화자는 세계와 사물에 대해서 독특한 방식으로 객관적인데, 그것은 깊은 진지함으로 치열하게 관조하면서도 결코 대상에 빠져들지 않는 거리 유지의 감각으로부터 비롯된다. 이러한 자세가 「겨울 숲에서」에서는 욕망과 번뇌의 잎사귀들을 홀가분하게 벗어버린 겨울 나목들에서 절대 고독을 만나게 하며 잔잔한 관조적 성찰의 여운을 남기고 있다.

삶 속의 작은 죽음들인 고통의 순간을 직시하고 음미하는 과정은 이 시세계의 화자로 하여금 낭만적 속성과 결별하게 하는 대신, 깊고 의미심장한 삶에의 탐색을 가능케 했다. 그러나 이처럼 충만한 고통 속에서 그 고통의 수위를 훨씬 능가하는 성찰의 힘으로 화자는 회복과 구원을 모색한다.

> 아주 천천히 불을 피우세요
>
> 누워있는 당신의 마른 손에
> 의지의 빛살로
> 풀잎 끝에 한 줄기 빛살로
> 젖은 장작개비에 불을 덩그듯이
>
> 허무의 연기가
> 매운 냄새로 빠져나가게 하세요

물 한 방울의 파문처럼
남몰래 찾아온 방문객의 미소처럼
조용한 신비의 산실에서

조급하게 서두르지는 마세요

비바람에 씻긴 풀잎
이지러진 조각달이 차오르듯이
손톱만큼씩 다가서는 발걸음으로
아주 천천히 불을 일구세요.

— 「회복기」 전문

극과 극은 통한다. 색즉시공(色卽是空) 역시 그것을 의미하는 표현이 아니던가. 고통뿐인 삶일지라도 고통의 극한에서 오히려 구원의 서광은 비쳐든다. 특히 최봉희 시인의 시세계에서 이러한 원리는 정반합(正反合)의 양상으로 드러난다.

따지고 보면 일상의 세계는 밝고 긍정적인 것만도 아니고, 어둡고 부정적인 요소만으로 구성된 것도 아니다. 선과 악이 다양한 색채로 뒤섞여 아찔한 화폭을 이루고 있을 뿐이다. 이 시세계 안에는 세계 내 본질로서의 고통과 그에 수반되는 허무와 아픔을 내면화하는 자아가 등장한다. 이 자아는 고통에 직면할 수 있다는 점에서 강인한 자아이며, 그 강인함을 무기로 일그러진 세계를 목도하는 용기를 보여준다. 즉 고통스런 외부 현실에 대하여 내면으로부터의 의지와 에너지로 대응해나가는 양상이 이루어짐과 동시에 양자가 만나 정반합의 새로운 국면으로 접어든다. 분투하며 고통에 맞서는 순간, 화자는 한 줄기 찬란한 위무의 빛을 감지하게 되는데 이 빛은 때론 소망으로, 때론 초월(해탈)로 인도하는 이정표가 되고 있다.

인용한 시 「회복기」에서 허무로 표상되는 인생은 텅 빈 공허일 뿐이다. 그러나 이를 인식한 순간 화자는 비어 있는 공간을 채우고 결핍을 회복으로 바꿔야 한다고 생각한다. 빈 지대를 채워 충만하게 하는 작업은 '의지의 빛살'을 '손톱만큼씩 다가서는 발걸음으로' 꾸준히 뿌리는 행위를 통해 비로소 가능하다. 화자는 허무란 끊임없는 의지로 열정의 불을 달구는 것에 의해서만 방어될 수 있음을 말하려는 것이다. 그리하여 '아주 천천히 불을 피우'는 행위에서 구원은 시작되고, '아주 천천히 불을 일구'는 행위로부터 구원은 완성되어간다. 내면 깊은 곳으로부터 분출되는 이 충만에의 의지는 '흔들릴 대로 흔들린 나무'가 되어 '마흔의 바람'을 스치면서도 '나는 다시 크고 싶구나/별이 빛나는 밤하늘에'(「여자의 꿈」)의 긴 외침으로 울려퍼지고 있다.

한편 최봉희 시인의 시 안에서 인간들이 서로 부대끼며 살아가는 양상은 이상적 혹은 낭만적 모습으로 드러나지 않는다. 서로 개성이 다른 많은 이들이 이런 저런 관계 속에 어울려 사는 곳에는 필연적으로 갈등이나 이해관계의 엇갈림이 수반되기 마련인 때문이다. 따라서 인생이란 개인적으로는 고(苦)의 번뇌를 초월해 해탈에 이르기까지의 응전인 동시에, 사회적으로는 관계의 성숙과 조화로운 연대를 위하여 끊임없이 정진해나가는 노정이 된다.

1) 빗발치는 듯 울울한 아우성
   그 소리도 한데 얼려 밀어닥치는 것을
   남녘땅 그 끄트머리
   정도리 포구에서
   갯돌이 갯돌끼리
   몸 부딪쳐
   물 빠진 몸을 부딪쳐
   자갈자갈 소리를 낸다

   천지간에 밝은 이 세상
   하늘 보며 어둡다고
   이 날에 자갈자갈
   소리를 낸다.

   —「갯돌이 갯돌끼리」부분

2) 그 해
   십이월의 첫 번째 일요일에 눈이 내렸다

   어둠이 분탕질한 자리
   어제와 다른 성스러운 아침이었다

   밤새 눈이 내려
   세상의 얼굴이 달라 보였다

   학동 천주교 십자가의 첨탑 아래
   평등한 발자국이 찍혔다
   그 길을 밟는
   모든 사람들이 행복해 보였다

가장 차갑게 빛나는 것이

환하고 부드러운

아침을 열어

가장 따뜻한 세상을 만들고 있었다.

— 「따뜻한 세상」 전문

삶은 수고로운 짐으로 가득한 예측불허의 여로이다. 개인으로서의 인간이 스스로 감당해야 할 인생의 업을 안고 고군분투해야 하는 운명적 실존이라면, 사회란 각각의 업을 짊어진 수많은 개인적 그물망들의 얽힘이다. 고된 실존들끼리의 아름다운 어울림의 상태는 그러므로 쉽게 구현되지 않는다. 그것은 위 1)의 시에서 보여주듯이 수많은 개인들이 제각기 자신의 길을 따라 부단한 정련의 과정을 거치면서 제 살을 깎고 다듬어 '남녘땅 그 끄트머리'에 도달할 즈음에야 비로소 이루어진다.

'갯돌이 갯돌끼리' 자유롭게 몸을 부딪칠 수 있는 것은 더 이상 깎일 데 없이 둥글어진 몸들이 되었기 때문이며, 이때 둥글어진 몸들끼리 모인 곳에는 '자갈자갈'의 경쾌한 하모니가 울려 퍼진다. 이 하모니는 투박한 돌덩이들이 이윽고 진주 같은 갯돌로 변모하기까지 순간순간 응축된 힘들의 표출이기도 하다.

한편 둥글어져가는 과정에 있는 인간들이 모인 곳은 하모니보다 불협화음으로 구성된다. 서로가 지닌 업의 구조들이 길항 작용을 일으키면서 세상은 복잡다단한 문제들로 가득하다. 최봉희 시세계의 화자들은 그러한 생의 본질을 너무나 잘 인지하고 있기에 삶 주변의 비극적 표지들을 늘 자연스럽고 담담한 것으로 받아들인다. 세계에 대한 그와 같은 이해 덕분에 대부분의 작품들은 그리 밝지도 어둡지도 않은 중간 정도의 색조를 띠고 있다. 그러나 좀 더 의미심장한 눈으로 바라볼 때, 이 고즈넉한 화폭에 섬광 같은 하이라이트가 배색되어 있음을 깨닫는 것은 그리 어렵지 않다.

위 2)의 시에서 '어둠이 분탕질한' 흔적들로 가득찬 세상에 한 밤 내 눈이 쌓여 성스러운 일요일 아침이 찾아든 것은 업으로 가득한 고해의 삶 속에 한 줄기 구원의 빛이 스민 것과도 같다. 비록 순간이나마 모든 사람들이 평등하게 행복해 보이는 이 고양의 순간, 세상은 벅찬 따스함을 회복하고 냉혹함 속에서도 다시 일어설 에너지를 충전한다.

오르지 못한 산
첩첩이 쌓여
이네 꿈이 하얗게 흔들리나니

먼 발치서
너는 아름답구나

거친 황야에
버티어 서야 할 거친 바람 위에
한 줌 흙 위에
잠 못 깨는
이네 꿈이 휘청이나니

눕지 말아라
절망의 가쁜 숨으로

이네 영혼의 차디찬 흐느낌으로

흔들리며 흔들리며
흩뿌리는 살점

정상에서 빛이 나는
눈부신 촉루가 되리니.

—「갈대」 전문

대상을 향한 철두철미한 관찰과 접근은 최봉희 시인의 시들이 드러내는 주요 면모 중 하나이다. 이 시세계의 화자는 마치 산 하나를 그리면서도 대상의 내면을 파고들어 직시한 결과 대상 자체가 되어 버리고 마는 화가와도 같다. 이때 대상에로 몰두하는 관심은 깊은 관조를 낳고, 지속적으로 이루어지는 깊은 관조는 대상의 표면을 해체시키는 데 이른다. 해체의 과정 속에서 껍질인 표피는 온전히 걸러지고 결국 그 자리엔 알맹이로서의 본질만 남게 된다. 그리고 피상적인 접근으로는 감지하기 어려운 대상의 내적 본질들이 있는 그대로의 모습으로 시의 문면 가득 떠오른다. 대상을 향해 피투된 화자의 힘은 주객일체(물아일체)의 경지를 이루고, 이 즈음에 이르면 대상은 경계의 빗장을 절로 허물어 스스로의 본질을 드러내고 만다.

위의 시 「갈대」에서도 피상적인 눈으로 바라본 '갈대'의 존재는 그저 '먼 발치서' 보아야 아름답게 보일 뿐이다. 표피적으로 아름다워 보이는 이면에는 위태롭게 흔들리면서도 황야와 바람을 마다하지 않는 '꿈'이 존재하고 있다. 이 꿈이 있어 '흩뿌리는 살점'들을 뒤로 하고 '눈부신 촉루'로 향하는 모습은 진지한 구도자에 의해서만 제대로 읽혀지는 갈대의 본질이다. 정상의 빛을 위해 흔들림 속에서도 결코 눕지 않는 갈대의 자세는 '정진'에의 '치열함'이라는 최봉희 시세계의 기본적인 시적 태도와도 일치하는 것이다. 이 같은 태도는 외부의 대상을 목표로 할 때 외피를 던져버린 대상의 본질을 현현시켜 드러내기도 하고 반면, 화자의 내부를 향할 때 열반에의 동경으로 나타난다. 또한 시편들에서 자연스럽게 느껴지는 선시풍의 분위기는 시세계의 격조를 드높이는 데 일조하고 있다.

/// 찾아보기

ㄴ

찾아보기 ■

263

지주현(池周炫)

1972년 광주에서 태어나 이화여대 국어국문학과를 졸업하고 연세대 대학원 국어국문학과에서 석사 학위를, 전남대 대학원 국어국문학과에서 박사 학위를 취득했다. 2008년 『시와 사람』으로 평론 활동을 시작하였으며 현재 전남대와 조선대, 목포대 등에서 강의를 하고 있다. 저서로 『백석 시와 서술적 서정성』이 있으며, 주요 논문으로 「김춘수 시의 형태 형성과정 연구」「백석 시의 서술적 서정성 연구」「김춘수 시의 심리기제」「김춘수 시의 영화적 요소」「서정인 소설의 소통과 미의식」「은유적 시각으로 본 백석 시세계」「오정희 소설의 트라우마와 치유」「현대시에 나타난 서술성의 양상」「나희덕 시에 나타난 생태여성주의적 특성」「박인환 시의 양면적 의미와 기억」 등이 있다.

푸른사상 평론선 13

서정과 서사의 미로

인쇄 2014년 3월 15일 | 발행 2014년 3월 20일

지은이 · 지주현
펴낸이 · 한봉숙
펴낸곳 · 푸른사상사
주간 · 맹문재 | 편집, 교정 · 지순이 · 김재호 · 김소영

등록 제2-2876호
주소 서울시 중구 충무로 29(초동) 아시아미디어타워 502호
대표전화 02) 2268-8706~7 | 팩시밀리 02) 2268-8708
이메일 prun21c@hanmail.net
홈페이지 www.prun21c.com

ⓒ 지주현, 2014

ISBN 979-11-308-0197-1 93810
값 21,000원

이 도서의 국립중앙도서관 출판시도서목록(CIP)은 서지정보유통지원시스템 홈페이지(http://seoji.nl.go.kr)와 국가자료공동목록시스템(http://www.nl.go.kr/kolisnet)에서 이용하실 수 있습니다. (CIP제어번호 : CIP2014008158)

푸른사상 평론선 13

서정과 서사의 미로

푸른사상 평론선 13

서정과 서사의 미로